NOIR D'ENCRE

BIBLIOTHÈQUE ITALIENNE
Dirigée par Serge Quadruppani

Sara VALLEFUOCO

NOIR D'ENCRE

Traduit de l'italien
par Serge Quadruppani

Éditions Métailié
20, rue des Grands Augustins, 75006 Paris
www.editions-metailie.com
2024

Cet ouvrage a été traduit avec l'aide du
Centro per il libro e la lettura del Ministero
della Cultura Italiano

CENTRO
PER IL **LIBRO**
E LA **LETTURA**

Titre original : *Neroinchiostro*

ISBN : 979-10-226-1354-5
ISSN : 1264-5834

À mes étoiles jumelles

1

Serra, mardi 4 juillet 1899

À la frontière matinale de l'insomnie qui, depuis dix jours, affecte le poste des Carabiniers royaux de Serra, quelqu'un va et vient dans le couloir en faisant claquer ses talons sans se décider à frapper ni à s'en aller. Les nerfs maintenant à vif, Ghibaudo se lève pour ne pas devenir fou.

– Carabinier Sgrelli, qu'est-ce qu'il y a ? lance-t-il en ouvrant la porte à la volée.

Angelico Sgrelli, blond normand de Sicile, n'a jamais été aussi jeune. Un enfant aux joues lisses.

– Vice-brigadier ! lance-t-il en claquant des talons. Le garçon des réverbères demande l'adjudant Audisio pour rapporter la nouvelle d'un vol. Ça pourrait être du sérieux.

Il l'a dit tout d'une traite et on comprend qu'il voudrait disparaître, s'effacer, à la limite se liquéfier sous la semelle des chaussures qu'il ne cesse de fixer.

– Bien sûr, que c'est du sérieux, rétorque Ghibaudo. Ici, on en meurt, de porter plainte. Ne le laisse pas s'en aller et ne réveille pas Audisio, j'arrive tout de suite.

Une plainte ! Qui ose aller jusque-là, dans le coin ?

Ghibaudo n'est affecté que depuis trois mois à la Troisième Légion des Carabiniers royaux, répartie entre Cagliari et Sassari, mais pour ce qu'il en sait, un fait de ce genre n'a pas de précédent au poste de Serra, bien que les registres fassent état de meurtres, d'un massacre familial, de blessures graves, de vols de bétail et, en dernier, d'une affaire d'enlèvement qui s'est terminée avec l'otage égorgé et le brigadier Marasco entre la vie et la mort. Ghibaudo doute de beaucoup de choses en ce lieu, mais surtout qu'entre subir le mal passivement et s'adresser à la justice, il y ait la moindre différence.

Tout en digérant la nouvelle, il enfile la tunique bleu roi sur le pantalon réglementaire à bandes rouges et il se retrouve encore une fois dans les vêtements d'un autre, plus grand et plus gros que lui, qu'il a perdu de vue durant la nuit de la Saint-Jean. Il y a eu une amélioration, ça oui. Le bruit du coup de feu – toujours un seul, toujours le même – a cessé de résonner dans sa tête et, quand il descend l'escalier, les cicatrices se font moins sentir.

Le garçon qui l'attend dans le hall bouge les pieds comme un danseur. Il tient une longue perche posée sur une épaule, un bâton maigre comme lui, avec un petit couvercle à son extrémité. On devine qu'il a une envie folle de filer de là au plus vite. Dans la pénombre, Ghibaudo, hébété, met quelques instants à l'identifier comme le garçon d'écurie qui ravitaille leurs chevaux en avoine.

– Ah, c'est toi. Qu'est-ce que c'est, ça?

– La perche pour éteindre les réverbères à gaz, monsieur. C'est presque l'aube, je dois me dépêcher de dire ce que j'ai à dire.

– Entre donc, l'incite Ghibaudo en lui montrant la salle des dépositions.

Le garçon ne réagit pas à l'invitation.

– Mme Lianora m'a recommandé de ne parler qu'avec l'adjudant. Il y a eu un vol chez elle, dit-il, en se repentant aussitôt d'avoir tout révélé.

Comme un comédien qui s'est trompé de réplique, il recommencerait volontiers du début en retournant dans les coulisses pour en ressortir: on repart de là.

Au nom de Lianora, la veuve de l'otage tué la nuit de la Saint-Jean, Ghibaudo a une montée de bile. L'échec dramatique de sa première vraie mission a été comme un coup de poing en pleine face. Depuis lors, une voix le harcèle constamment avec la perspective de se sortir de cette boue pour rentrer à Turin d'où il est venu, dût-il avoir une vie de clochard comme son père. Tout plutôt que d'avoir à étouffer chaque matin son orgueil humilié, plutôt que de devoir chaque nuit supporter le visage moribond du brigadier Marasco derrière ses paupières.

– Si Mme Lianora me demande moi, c'est avec moi que le garçon doit parler, tonne de fort près une voix de baryton.

L'adjudant Audisio, apparu à la porte de son bureau qui donne sur l'entrée comme une coulisse sur la scène, est un natif des Marches d'un mètre quatre-vingt-dix, parfaitement rasé, fleurant bon l'eau de Cologne et, quoique le soleil ne se soit pas encore levé, il a déjà arrangé ses moustaches à pointe recourbée.

– Adjudant, il y a eu un vol chez Lianora, dit le garçon sur le seuil, un pied déjà dehors.

Puis il disparaît en inclinant la perche avec habileté sous la grande porte de l'entrée.

Rideau.

– Procédons. Ghibaudo, réveillez Moretti. Je vous veux en tenue impeccable, pour les directives, à quatre heures et demie. Vous irez, vous, devant. Je vous rejoindrai chez Lianora.

Ghibaudo claque des talons en affectant une vigueur qu'il n'a pas, puis remonte les marches en traînant ses bottes qui ont commencé, inexplicablement, à lui faire mal.

2

Serra ne se distingue pas de beaucoup d'autres villages de Sardaigne orientale, à mi-côte, adossés à la pente la plus douce. Les constructions sont éparpillées sur les terrasses comme des grains de gros sel répandus par un géant. L'église pour les femmes et la taverne pour les hommes palpitent comme deux cœurs, l'un sacré et l'autre profane, qui pulsent la vie dans la circulation périphérique. Sur la communauté, ici, règne une orgueilleuse autosuffisance, comme l'a appris Ghibaudo : plus une maison est éloignée de l'église et de la taverne, plus elle tient à se garder et à se protéger par elle-même.

Là, les vents ne rencontrent pas de résistance et, plusieurs fois par an, ils déracinent les arbres. L'horizon s'étend de la montagne à la mer, les sentiers s'ouvrent à toutes les possibilités. Depuis le sommet de la colline la plus élevée on peut observer sans être vu quiconque arrive d'en bas, avec de bonnes ou de mauvaises intentions. L'idéal, pour le repos des bandits. Au printemps et en automne, il y a souvent de la brume mais ce sont des nuages bas qui se dissipent rapidement. Audisio dit : c'est une brume innocente.

Ce matin, il n'y a pas de brume.

– Marasco va s'en sortir, annonce Moretti sans que personne ne lui ait rien demandé. Il se réveillera et tu le remercieras devant le roi et la reine pour t'avoir sauvé la vie. Mais, s'il te plaît, débarrasse-toi de cette tête lugubre.

– Vraiment, ça t'enthousiasme, l'idée d'aller tenir la main à une veuve dont on n'a pas réussi à sauver le mari il y a dix jours ? Tous morts, elle nous voudrait. Et, en fait, elle se fout de nous avec une histoire de vol totalement stupide, répond Ghibaudo.

Moretti sourit dans le vide de toutes les dents qu'il a. Il serait parfait comme modèle pour l'édition dominicale du *Corriere*, n'étaient ses yeux cernés par l'insomnie collective qui a frappé le poste depuis que Marasco dort pour tous.

Moretti donne de l'éperon à son cheval et contraint Ghibaudo à suivre son allure le long de la Route Droite, qui, en dépit de son nom, se déroule comme un serpent paresseux jusqu'au bord du plateau. Voilà dix jours que cet homme a de l'énergie à revendre. L'euphorie coupable des survivants : c'est l'explication que l'adjudant Audisio a formulée au retour de la chasse aux brigands. L'euphorie dure des heures, des jours parfois, puis il faut s'attendre à un effondrement, a-t-il dit. Ghibaudo ne croit pas à l'euphorie. Moretti n'a jamais cru à l'effondrement et espère chaque semaine voir son beau visage dessiné dans une revue illustrée, de celles qui racontent la geste des carabiniers et finissent entre les mains des messieurs et des dames qui habitent son immeuble romain.

– Nous y sommes. Là, en bas. Vers la vallée. Au-delà des lauriers-roses, indique Moretti. Mais c'est quoi, cette histoire ?

Ghibaudo lève les yeux au ciel. Moretti laisse échapper un rire.

– Je ne crois pas qu'il nous faudra tenir la main de la veuve, Ghibaudo.

– Brigadier Moretti et vice-brigadier Ghibaudo, pour vous servir, madame. Pouvons-nous attacher nos chevaux ? demande Ghibaudo en montrant le tronc mince d'un chêne vert à l'entrée de la cour.

Une femme de l'âge de leur mère, à l'aspect gothique dans la lumière de l'aube, avec son châle noir et son foulard noué serré derrière la nuque plutôt que sous le menton, les yeux si fatigués que chez n'importe quelle autre femme ils auraient inspiré la pitié, est assise sur une souche au centre de l'esplanade devant sa maison. Elle tient un revolver sur ses genoux comme elle tiendrait un chat. Elle monte la garde devant sa propre étable et, à la vue des carabiniers, elle ne bronche pas, ne se lève pas.

– Nous avons bien reçu votre signalement d'un vol. Nous sommes prêts à vous écouter, madame, annonce Moretti.

Ce disant, il tend la main comme un soupirant, dans l'attente qu'elle lui remette le revolver, ce qu'en fait elle ne fait pas.

– Je n'ai pas fait de signalement. J'ai envoyé quelqu'un pour donner la nouvelle. Débarrassez-moi de ce type, rétorque la femme.

Les deux carabiniers regardent l'étable de l'âne encore plongée dans l'obscurité et apparemment dépourvue d'âne, sans comprendre le moins du monde qui peut être ce *type*.

– Je m'occupe du voleur, dit Ghibaudo tandis qu'il attache la bride de son cheval sans demander l'autorisation, puis il avance avec précaution vers la bicoque destinée aux bêtes.

Au fond de l'étable s'ouvre une fenêtre pas plus grande que la tête d'un chrétien. Dans le peu de lumière cendreuse qui annonce le soleil de juillet, un homme dort sur une paillasse. Le voleur, peut-être ? Ghibaudo fait un pas à l'intérieur.

L'homme a un couteau planté dans la poitrine.

C'est le vol le plus étrange sur lequel Ghibaudo soit jamais tombé.

3

En premier lieu, Ghibaudo devrait se forcer à regarder le corps. C'est la procédure.

Dès qu'il est dans l'étable, ses narines absorbent une vieille odeur d'animaux, de paille, de sueur et d'urine. La nuit, à peine plus fraîche que le jour, n'a pas réussi à disperser les exhalations.

Aucun mouvement, pas le moindre bruit, tandis que les yeux s'aventurent dans une obscurité dont les minutes sont comptées, et, peu à peu, la forme couleur de plomb devient de chair. Le tas de paille sur lequel le corps est étendu, comme endormi, a bien plus l'air d'un grabat pour chrétien que d'une litière pour âne. Sur un côté, une planche de bois posée sur deux bûches paraît être une table sur laquelle se distinguent les silhouettes d'une gamelle et d'une chope. De la chope émerge un couvert, ou un crayon, ou un couteau, difficile à dire. Au pied de la paillasse, un amas de chiffons.

Le soleil survient, inexorable, sans préavis. Les premiers rayons transpercent le fenestron dans un éclairage soudain qui n'admet pas d'hésitations.

Seigneur Dieu, il a la bouche et les yeux ouverts. Personne ne devrait mourir la bouche ouverte, pense Ghibaudo, tandis que dans sa tête le souvenir fraie son chemin, d'un salut militaire, d'un départ en escouade, d'une silhouette qui progresse avec lui à quatre pattes, en haletant.

Cet homme n'est pas un inconnu.

Pour reprendre le contrôle, Ghibaudo décide de ne pas s'approcher du visage. Pas tout de suite.

Il observe la peau des chevilles qui dépassent d'un large pantalon. Elle est tirée, luisante, lisse. Les pieds sont nus et poussiéreux, les ongles longs, recourbés en arrière. Maintenant qu'il l'a reconnu, il sait que l'homme est loin d'être aussi vieux qu'il le paraît. La calvitie, la maigreur et les taches blanches dans la barbe courte et noire sont trompeurs.

Ghibaudo respire à fond pour fixer dans sa mémoire cette odeur animale de mort et de sueur, comme Audisio lui a appris à faire sur les traces du repaire des brigands, en reniflant les empreintes le long des sentiers, les taches sur la terre brûlée, les lambeaux arrachés par les broussailles. Les odeurs ne mentent pas et sont plus difficiles à camoufler que d'autres empreintes.

Il effleure la peau à l'arrière d'un pied, puis s'essuie la main sur le pantalon de son uniforme.

Il n'entend plus la voix de Moretti ni celle de Lianora. L'un et l'autre ont dû s'éloigner et ça ne lui fait pas plaisir. Il tourne autour du cadavre comme un vautour. Les mains du mort sont abandonnées, paumes vers le haut. Ghibaudo en approche une de son visage. Elle est douce, froide, légèrement huileuse sur le bout des doigts. Odeur de nourriture. Graisse de viande rôtie. Le mouvement forcé a remonté jusqu'au coude la manche de la blouse, découvrant des cicatrices de coupures, alignées jusqu'au poignet. Bien soignées, mais récentes et encore rouges. Il y en a sur les deux bras, Ghibaudo le vérifie, le souffle lui manque et il revient en arrière dans le temps, dix jours plus tôt, la nuit de la Saint-Jean. Malédiction.

La blessure sous le couteau, il la garde pour la fin. Ce n'est qu'un halo plus sombre sur la blouse marron. La lame, qui a pénétré entre les côtes, est enfoncée jusqu'au petit manche en os, rien de plus qu'une décoration brutale sur l'étoffe.

Ghibaudo est tellement absorbé par un enchevêtrement de pensées qu'il se laisse surprendre par une forme apparue sur le seuil de l'étable.

– Anania. Tu sors d'où ?

Anania, c'est le garçon qui, chaque jour, apporte aux carabiniers le courrier et les journaux, mais seulement après avoir emmené les pèlerins, dans sa charrette, jusqu'à la piscine miraculeuse. Les journaux sont ceux de la veille, et parfois de l'avant-veille. On est quand même sur une île, la mer sépare le dire du faire.

Anania tarde à donner une réponse. Fait quelques pas incertains à l'intérieur. Se met à regarder le mort. Ça, c'est sa jambe gauche, tordue comme un chevalet posé à terre.

– Tu connais cet homme, Anania ?

– Seulement de vue, monsieur. Il s'appelle Pittanu.

Non, il ne s'appelle pas Pittanu, mais continuons quand même, pense Ghibaudo.

– Tu l'as vu où ?

– Aux tournois de poésie improvisée, à Spaccavento. Et puis, je l'ai vu hier, à la piscine miraculeuse. À l'heure de la fermeture.

– Qu'est-ce qu'il faisait là ? Il cherchait un miracle ?

– Je ne sais pas, monsieur. C'était la première fois qu'il venait. Moi, je devais charger les pèlerins, comme toujours, pour les conduire à la gare où ils prennent le dernier train.

– La charrette, c'est celle qui est dehors ?

– Oh que oui, monsieur. Hier soir, je suis rentré pour ranger la charrette, j'ai donné à manger à l'âne et puis je suis parti. Lui, il n'était pas là. Je l'aurais vu.

– Tu es allé où ? Je pensais que tu dormais ici, vu que tu travailles pour Lianora.

– L'hiver, je dors dans l'étable avec l'âne. Mais dès que le gros de la neige a fondu, je préfère l'emmener avec moi, le baudet, dormir dans le maquis, au frais. On est libres, lui et moi.

Anania parle en phrases sèches. Où, qui, quand, quoi, pourquoi. Bizarrement, avec Ghibaudo il parle italien, avec un fort accent, mais en tout cas en italien. Il glisse quelques mots de dialecte, quelques autres déformés. Pour finir, entre sa manière de dire et la langue employée, ça sonne différemment du parler de la plupart des personnes du village, ça, ça plaît à Ghibaudo.

– Qu'est-ce que tu t'es fait à la main ? demande Ghibaudo.

– Le matin où on allait à cheval sur la Route Droite. À San Giovanni. Quand Michele Mosu a été enlevé par les brigands, j'étais avec lui. Moi, ils m'ont planté un couteau dans la main. Un tir au but sur un tronc, répond Anania en montrant ses doigts recroquevillés maintenus contre le poignet par un mouchoir violacé.

Si ce n'est pas la gangrène, peu s'en faut. Ça doit lui faire un mal de chien.

– Ils m'ont laissé partir pour raconter aux autres. C'est comme ça qu'ils font, les brigands. Il n'y a eu que deux jours où j'ai pas apporté les journaux, trop de sang, ajoute-t-il en regardant ensuite les chiffons à terre.

– Tu es sûr du nom du mort ?

– Pittanu ? Oh que oui, monsieur. Il disait des poésies improvisées aux tournois de Spaccavento.

– Un poète, bien sûr. Avec un couteau dans la poitrine.

– Je le vois, monsieur. Je l'ai reconnu tout de suite, au manche.

– Tu as déjà vu ce couteau ?

– Oh que oui, monsieur, un tas de fois.

Les nerfs de Moretti auraient déjà craqué. Pas les siens. Quand il le faut, Ghibaudo a le flegme félin du joueur d'échecs, comme l'avait dit Marasco pour le convaincre d'apprendre à jouer. La pensée de Marasco étendu sur le lit de la salle d'observation de la caserne parce qu'il était trop risqué de le transporter à l'hôpital, enveloppé de pansements de l'épaule jusqu'en haut de la tête, inconscient et fiévreux à cause de lui, surgit dans son esprit, dans un vertige. C'est la fatigue. Peut-être la faim. Ghibaudo s'accroupit de peur de tomber, feignant de chercher Dieu sait quoi dans l'amas de chiffons sales, et se trouve à la hauteur de la jambe estropiée d'Anania.

– Alors, à qui il est, ce couteau ?

– À moi, monsieur, dit Anania tandis que, de la main blessée, il écarte ses boucles de ses yeux.

Ghibaudo se relève aussitôt. Règle numéro un : toujours se placer en position d'avantage sur l'individu interrogé.

– Mais c'est pas moi qui l'ai fait.

– Je devrais te croire ?

– Je sais pas. Mais j'aime pas qu'on me juge. Melchiorre m'a appris que celui qui juge ne comprend pas, et moi, j'aime comprendre. Peut-être que vous aussi.

– Qui est Melchiorre ? demande Ghibaudo, tandis qu'il s'approche de l'entrée en cherchant du regard Moretti et Lianora.

Il les aperçoit devant la porte de la maison, de l'autre côté de l'esplanade.

– Melchiorre est un poète de poésies improvisées. Le meilleur.

Encore des poésies. Carrément le meilleur.

– Admettons que tu dises la vérité. Pourquoi le couteau n'était-il pas avec toi cette nuit, dans le maquis ? Ce n'est pas normal, dans le coin.

– Parce que c'est pas mon couteau personnel.

En farfouillant de la main gauche, Anania tire de sa besace un petit couteau à cran d'arrêt.

– C'est celui-là. Il était à mon grand frère. Cet autre, il me sert juste pour aider Lianora à faire les bouchons de liège. Pour boucher les flacons. Je le garde là, dans le pot, et je m'en servais aussi comme rasoir. Mais maintenant, barbe longue et pas de bouchons, conclut Anania en montrant sa main recroquevillée.

Sans entrain, Ghibaudo sort des menottes de la poche de sa veste.

– Vous pouvez pas m'arrêter, monsieur, j'ai aucune raison de tuer un homme que je connais seulement pour ses poésies.

– Je regrette, Anania. Ordres du roi, depuis qu'il est venu faire un tour en Sardaigne, il y a trois mois. On a l'obligation d'arrêter tous les suspects, ne serait-ce que pour vérification.

Un instant, Ghibaudo pense le menotter avant de l'emmener au-dehors. Puis il regarde le moignon.

Il n'y a pas grand-chose qui ait du sens, depuis que le soleil s'est levé.

En tenant Anania par le coude, il sort à l'air libre.

4

La maison de Lianora Mosu est la seule dans un rayon de cent pas autour de la piscine et, dans ses fondations, chose grave, il n'y a aucune pièce de monnaie.

Le caporal-chef Lai dit que, quand ils avaient coulé les fondations de la future maison, Michele Mosu avait refusé d'y jeter une pièce de monnaie. La voie la plus rapide pour attirer le mauvais sort. Lai, étant le seul carabinier originaire du coin, s'il dit qu'il sait quelque chose, c'est qu'il le sait.

C'était l'année même où ont démarré les travaux de la nouvelle caserne.

Les deux manœuvres qui suaient avec cet étranger entêté avaient essayé de le convaincre.

– On n'a jamais vu ça, qu'est-ce que ça te coûte, tu veux que je te la donne, moi, la pièce ? lui disaient-ils.

– Tout le monde le fait depuis toujours, tu veux t'attirer le malheur ? lui disaient-ils.

– Les malheurs arrivent ponctuellement de toute façon, avait rétorqué Mosu.

Donc pas de pièce et en avant les pelles, la question était close.

Vue de dehors, la maison de Lianora est comme toutes les autres. Elle est en granit comme les autres, avec des balcons en bois et le toit de tuiles creuses comme les autres. Mais l'absence de la pièce dans ses fondations la rend différente des autres maisons dans le village et en dehors.

Moretti, romain et fervent catholique, petit-fils d'un homme qui a fait le coup de feu à Porta Pia, dit qu'ici on ne fait pas beaucoup de différences entre religion et superstition. Ghibaudo ne saurait en juger, ayant été élevé hors des traditions divines.

La piscine miraculeuse, par exemple : elle a surgi du néant en une nuit, hier elle n'était pas là et aujourd'hui elle y est. L'eau a affleuré sur la propriété privée des deux étrangers, Lianora et Michele Mosu. Ils disaient venir du Sud, des plaines du Campidano, mais elle ne parlait pas comme ceux de Campidano, et lui non plus. D'Orgosolo, au maximum. Âpres et caillouteux et impraticables comme cette terre. Une propriété privée enclose de murets, aux mains d'étrangers d'origine obscure : deux choses qu'il aurait mieux valu ne pas voir, dans le coin. C'est pourquoi, dès le début, les gens du pays se sont méfiés. On ne sait pas si, dans la propriété privée des étrangers, une eau pareille – hier elle n'était pas là, aujourd'hui si – peut être vraiment miraculeuse, disaient les gens du pays. Ils ont même appelé les autorités pour contrôler. L'adjudant Audisio a envoyé le carabinier Angelico Sgrelli. Lors de sa première sortie sur le territoire, Sgrelli n'a enregistré "aucune bizarrerie". Les incrédules, en un tournemain, sont devenus croyants. Seul le maître d'école avait tenté de donner une explication scientifique au phénomène, au bénéfice des rares personnes qui lui avaient accordé la grâce de l'écouter. Dans une zone riche en sources comme celle-là, souvent les petits ruisseaux disparaissent dans les profondeurs pour réapparaître ailleurs, et tout aussi souvent des petits cratères recueillent les inondations, devenant en partie des marais où nagent anguilles et tortues. Et si un ruisseau souterrain avait simplement trouvé sa voie sous le petit cratère resté sec depuis des années ? Quelques jours plus tard, le maître d'école reçut une lettre anonyme très significative qui lui décrivait les conséquences que toute cette science pourrait avoir pour lui, puisque l'arrivée de tant de pèlerins signifierait des bouches à nourrir et à abreuver dans les tavernes de Serra, et la discussion s'arrêta là.

Quiconque demandera à Lianora si l'eau de la piscine est vraiment miraculeuse s'entendra répondre que oui. Ce n'est pas un mensonge. Depuis que cette mare fangeuse est apparue sur son terrain, Lianora a accueilli comme un rapace les nouveaux pèlerins en leur mettant sous le nez des flacons d'eau marron à porter à leurs parents, avec la recommandation d'en verser quelques gouttes pour les âmes du purgatoire. Les gens ne demandaient pas mieux. Aux flacons s'est bientôt ajoutée l'eau de la fontaine pour se désaltérer dans la chaleur de l'été, qui commence en mai : une dame-jeanne par jour et un bon verre pour tous. À un sou le verre et à deux sous l'ampoule, la bourse a commencé à se remplir toute seule. Comme par miracle.

Ghibaudo a collé Anania tant bien que mal sur la croupe du cheval. Lianora et Moretti sont encore sur le pas de la porte, devant un rideau sombre qui abrite du soleil et du vent.

Ghibaudo traverse l'esplanade, semant la panique chez un bon nombre de poules en train de picorer des restes de nourriture qu'elles se volent mutuellement avec le bec et même avec les pattes. L'unique coq se lisse les plumes à bonne distance.

Lianora le voit arriver et écarte le rideau d'entrée pour Moretti qui, en gentilhomme qu'il est, ôte sa casquette. Ghibaudo doute qu'il ait envie d'entrer : il est trop habitué à son appartement romain de la via del Babuino et, visiblement, il lui faut déjà faire un effort pour travailler dans un poste qui ne représente même pas le dixième d'une caserne de la capitale du royaume.

Ghibaudo presse le pas.

– Je ne comprends pas, ça vous dérange d'entrer chez moi ? lui demande Lianora, lisant sur le visage de Moretti comme dans un livre ouvert.

– Avec votre permission, répond le carabinier qui, après tout, est un brave garçon et ne tient pas du tout à blesser les gens inutilement.

Ghibaudo se glisse derrière son camarade, interceptant juste un instant son regard. Il voudrait se débarrasser tout de suite du fardeau de l'identité de la victime, mais la conversation est déjà lancée sans lui.

Entre les murs est emprisonnée une âcre et chaude odeur d'oignons. Il y a deux chaises de paille tout près, que personne n'offre et où personne ne s'assied.

N'ayant eu droit qu'à un coup d'œil en biais, Ghibaudo reste à côté du foyer. Lianora vient de poser le revolver sur la grande table comme si c'était un bibelot, à côté d'un petit tas de débris de liège. C'est le tronc d'un arbre enraciné dans le sol de terre battu qui sert de support central à la table. Le reste du mobilier se limite à un coffre long comme un homme couché, posé sous la fenêtre. À côté de la porte d'entrée, une caissette de bois héberge un flacon solitaire, renversé sur le côté. Dans un petit sac de jute à côté, Ghibaudo subodore la présence des petits bouchons dont parlait Anania, prêts à fermer la fiole d'eau miraculeuse pour les vivants et les morts.

– Je l'étudiais depuis qu'il est arrivé à la piscine. Désagréable, il était. Avec tous ceux qui l'approchaient. Des malins qui viennent pour escroquer, il y en a jusque devant Dieu et, moi, je ne suis ni une idiote ni un pigeon, raconte Lianora, dans la continuation de la conversation entamée.

Elle parle plus bas qu'à l'extérieur. Elle a un fort accent mais elle s'exprime lentement. Comme font les paysans quand ils décident de se faire comprendre des carabiniers du poste, qui semblent avoir été choisis pour représenter tous les coins du nouveau Royaume d'Italie. Ghibaudo est piémontais, Moretti romain, Marasco toscan, Sgrelli sicilien, Audisio des Marches ; il n'y a que Lai qui est de la région et, quand les discours s'enferment dans le dialecte, quelquefois il traduit, quelquefois, non.

– Ça ne vous paraît pas possible qu'il ait été là pour la piscine ? Je veux dire, il était en bonne santé ? demande Moretti.

– Qui sait ? Les pires maux se collent là où on ne les voit pas. Il s'est peut-être dégoûté de l'eau. Elle est pleine des saletés de tout le monde.

– Quand est-ce qu'il est parti ?

– Il n'est pas parti. Il a disparu. Et puis il a reparu ici.

– Vous dites être tombée sur le mort vers trois heures du matin. Où alliez-vous, à cette heure ? interroge Moretti.

– J'allais remplir les flacons à la piscine. Après la dernière cloche, je ranime le feu et je me couche. À trois heures, la braise est encore chaude, tout le monde dort et moi je suis réveillée. Qui dort trop finit pauvre.

– Vous ne craignez pas les brigands, la nuit ?

La première réponse est un rire rauque.

La seconde est plus contrôlée, comme celle d'un acteur qui rentre difficilement dans son rôle après s'être laissé aller à une improvisation non demandée.

– Ils n'ont plus rien à réclamer ici, les brigands. Faites-les venir, ils me trouveront armée. Moi, le revolver, je dors avec.

– Comment se fait-il que vous soyez allée regarder justement dans l'étable de l'âne ? demande Ghibaudo.

– Je suis habituée à vérifier ce qui m'appartient.

– Pourquoi avez-vous signalé un vol et pas un assassinat ? reprend Moretti qui tripote le revolver laissé sur la table.

– Attention à ce que vous dites. Moi, je n'ai rien signalé. J'ai seulement envoyé le garçon des réverbères pour vous informer, et dans sa bouche un meurtre, ça n'allait pas bien.

– Si vous étiez venue en personne, vous auriez été traitée avec le plus grand respect, dit Ghibaudo en exagérant le ton provocateur, qui lui convient mal.

– Par ici, les gens tués laissés seuls disparaissent. Comme les frères Pischedda, après le paiement de la rançon.

Ghibaudo et Moretti se regardent avec l'air de deux écoliers qui ont raté des leçons. Quatre mille cinq cents lires avaient été demandées pour la libération des deux frères, et on n'avait plus rien su ni d'eux ni de l'argent.

– Vous vous êtes fait une idée sur l'identité du mort ? demande Moretti.

– Demandez à l'*abîmé*, qui c'est. Lui, il le sait. Le mort n'a parlé qu'avec lui.

Ghibaudo et Moretti ont appris qu'il y a les *vaillants*, forts et valeureux, et puis les *abîmés*. Anania est un abîmé, avec sa jambe gauche qui semble attachée au genou comme si, par plaisanterie, elle devait se mettre à osciller sur le côté d'un moment à l'autre. Sans parler de la main.

– Peut-être que vous ne savez rien du mort, mais je suis convaincu que lui, il vous connaissait.

– S'il me connaissait, pourquoi il est allé mourir dans l'étable de l'âne d'Anania, avec le couteau d'Anania dans la poitrine ?

– Pour un gars qui travaille pour vous, vous lui lancez des accusations bien lourdes, à Anania, observe Ghibaudo.

– Oh, on ne sait rien des gens. Celui qui pense savoir quelque chose cherche des surprises.

– Madame, vous voudrez bien me faire la faveur de rester chez vous jusqu'à l'arrivée du brigadier Audisio, conclut Moretti en prenant congé.

– Moi, je ne fais pas de faveur et vous, il faut que vous m'emmeniez le mort. Il est presque l'heure du train !

– Pour toute décision, nous attendrons le brigadier, répète patiemment Moretti.

Puis il fait un signe à Ghibaudo et se dirige vers la porte.

Lianora va nous lancer des malédictions de derrière le rideau, où elle restera à nous espionner, pense Ghibaudo. Si on ne se dépêche pas de partir, elles vont faire leur effet, et nos couilles à tous les deux vont se dessécher.

5

À la vue d'une armée de gens en piteux état qui franchissent à grand-peine un mètre après l'autre en mêlant chants, prières et cris, Moretti, d'instinct, empoigne son revolver d'ordonnance.

Le train est arrivé et, sans la charrette d'Anania, les pèlerins ont été contraints de venir à pied.

– Pour l'amour de Dieu ! s'exclame-t-il.

– Pour ça, exactement, répond Anania avec sérieux. Pour quoi d'autre vous pensez qu'ils viennent ici ?

Au même moment, Ghibaudo se tourne dans la direction opposée, où il aperçoit dans le lointain le plumet court du chapeau d'Audisio.

Si elle n'était tragique, la scène serait digne d'un théâtre de marionnettes : Audisio qui avance à cheval contre une armée de malheureux, un garçon estropié qui rit de tristesse, attaché à un cheval, deux carabiniers muets et étourdis de fatigue, plus ou moins au garde-à-vous, et une femme qui sort de chez elle en courant et, tandis qu'elle court, perd son châle et d'une manière très féminine ne s'en préoccupe pas.

– Adjudant Audisio, si vous permettez, je vous résume brièvement la situation, articule Moretti en replaçant le revolver dans son étui, tout en gardant un œil sur la foule toujours plus proche, pressante et dissonante.

Je veux voir de quelle manière tu vas le prendre, le résumé de la situation, pense Ghibaudo.

Moretti se démène, il gesticule, montre le manchot soupçonné d'avoir poignardé la victime, qui ne peut s'échapper parce qu'il n'a qu'une jambe, indique l'étable qui à la place de l'âne abrite le mort, motif véritable pour lequel ils sont là. Mais il n'y a que le cheval pour regarder l'étable.

Lianora se place entre eux.

– Adjudant, quand on avait besoin de vous, avec toutes vos médailles, vous n'avez pas été capable de libérer un homme vivant. Maintenant, je vous demande de bien vouloir me libérer d'un homme mort, au moins. Et tout de suite.

– Je vous présente mes hommages, Lianora, rétorque Audisio, très calme, après être descendu de cheval comme s'il n'avait pas entendu les insultes qu'elle lui a jetées au visage. Je me suis fait mettre au courant par mes hommes de ce qui s'est passé et je vous promets que le plus rapidement possible…

– Il faut que je vous explique bien, alors, adjudant. Je n'ai rien à faire de votre justice. Vous m'avez arraché des mains la demande de rançon tachée du sang de mon mari. Vous êtes allés le libérer pour votre justice, et il a fini égorgé grâce à vous. Je vous demande juste ça: débarrassez-moi d'un mort et d'un infirme. Vous devriez en être capable. Vous m'excuserez, mais ces gens attendent maintenant un miracle, et c'est à moi de les contrôler. Seule.

Quand une femme comme Lianora quitte la scène, la scène reste vide. Les trois carabiniers restent nez en l'air car rien qu'en croisant leurs regards, ils se sentiraient humiliés.

– Qui a examiné le mort? demande enfin Audisio, rompant le silence.

– Moi, mon adjudant. Si vous voulez, je vous montre…

Mais l'adjudant est déjà à l'intérieur.

Ghibaudo le suit. Audisio tourne autour du mort et l'observe, le flaire presque comme un chien autour d'une proie.

– Poignardé au cœur. Il a déjà perdu sa rigidité, il doit être mort après minuit et avant quatre heures, heure du faux signalement de vol, énonce le bon élève Ghibaudo.

– Quel argument avance le garçon pour prouver son innocence ?

– Il dit ne connaître la victime que de vue. Il l'a rencontrée à un tournoi de poésie improvisée, à Spaccavento. D'après lui, c'est un poète dénommé Pittanu. Quant au couteau, il lui appartient mais il ne l'emporte jamais la nuit, quand il va dormir dans le maquis avec l'âne.

Audisio hoche la tête comme si tout cela avait un sens. Il s'approche du visage du mort. D'un geste qui prend Ghibaudo à l'improviste, il retire le gant de la main gauche et, avec l'index et le majeur, lui clôt les paupières.

– Vous l'avez reconnu, Ghibaudo ?

– Je crois que oui, adjudant. Il a au moins cinq kilos de moins, a perdu ses cheveux et porte la barbe, mais il reste le carabinier adjoint Sebastiano Pau, qui s'est blessé aux avant-bras durant la nuit de la Saint-Jean, dans la lutte contre les geôliers, durant la libération de l'otage.

– La tentative de libération. Moretti est du même avis ?

– Je ne sais pas, monsieur. Lui, il n'a pas encore vu le mort.

– Allez le chercher et puis conduisons le garçon à la caserne. Peut-être qu'il le connaissait un peu plus qu'il ne le dit.

6

Audisio a donné satisfaction à Lianora : en peu de temps, il l'a débarrassée d'un mort et d'un estropié. Le retour au poste a été une longue procession d'hommes fatigués, à la suite d'un âne qui tirait le chariot contenant le cadavre de Pau.

À l'arrivée, le carabinier Angelico Sgrelli informe l'adjudant de la présence du peintre, envoyé par le géomètre pour plâtrer le trou qui s'est ouvert voilà près de deux ans dans un mur de la cellule, raison pour laquelle il se demande si l'adjudant trouve convenable d'héberger ensemble dans la susdite cellule le peintre et le suspect de meurtre.

D'un signe de tête, Audisio donne son accord.

Sgrelli ayant été laissé de garde, plus pour le peintre que pour Anania, dont tous considèrent la fuite comme impossible, en raison de l'état de sa jambe et de sa main, l'adjudant invite à faire le point sur la situation.

Le bureau d'Audisio est la seule vraie pièce, ici. C'est-à-dire, l'unique pièce qui remplit la fonction des pièces : l'accueil des personnes, l'accumulation de leurs traces involontaires, des objets qui les protègent au quotidien. Les chambres des carabiniers sont des logements dans lesquels personne ne désire laisser beaucoup de soi. L'adjudant, lui, a fait apporter son mobilier personnel : un beau bureau d'ébène accompagné de quatre sièges aux pieds décorés d'incrustations, au rembourrage enveloppé de brocart. Lui sur un siège, les autres sont pour qui vient faire la conversation, comte ou paysan c'est pareil. Aux murs, il a fait accrocher trois tableaux de paysages champêtres aux teintes vives, à côté desquels le portrait de Sa Majesté le roi Umberto Ier devient irrémédiablement pâle et insignifiant. Sur le côté droit, les classeurs contenant les fiches sur les criminels, les piles de papier et l'armoire utilisée comme dépôt des pièces à conviction rappellent qu'on est dans un bureau et non dans un salon. Les deux fenêtres diffusent une bonne lumière, revigorante le matin et jamais violente, grâce à leur exposition à l'est.

Moretti est toujours parfaitement à l'aise dans le bureau d'Audisio. Ghibaudo le comprend : c'est le seul endroit où il peut se sentir dans son milieu. Dès le seuil franchi, ses membres semblent se détendre comme s'il s'installait dans un fauteuil confortable.

Ghibaudo, au contraire, est au comble du malaise dans cette pièce. Deux raisons peuvent être conjuguées : les origines humbles, la modestie aux limites de la pauvreté des maisons dans lesquelles il a habité, le souvenir déchirant des appartements du comte pour lequel travaillait son père, le refus de la richesse de classe que sa mère lui a inculqué aussi loin que remonte sa mémoire. Cependant, la distance, la crainte et le sentiment de l'interdit lui-même allument le désir, et en bien des occasions Ghibaudo s'est retrouvé à avoir envie de ça avec plus d'intensité encore que Moretti. Les désirs des personnes comme Moretti tendent à se réaliser, grâce aussi à la propension naturelle des personnes comme Moretti à modeler leurs propres désirs sur la réalité. Au contraire, les gens comme Ghibaudo sont destinés à se ronger en voulant arracher aux étoiles ce qui n'existe pas. De nervosité, il grincerait des dents.

La fatigue de l'adjudant Audisio ne transparaît que dans ses yeux. Ses gestes sont rapides comme toujours. À sa droite, une pile de télégrammes expédiés et reçus témoigne de la tâche qui l'occupera dans les heures à venir : capitaine et préfets divers à informer, sous l'effet de la pression que tous ressentent après la visite du roi.

– Marasco n'a pas encore repris connaissance, annonce-t-il, dès que Ghibaudo et Moretti sont assis en face de lui.

C'est la phrase par laquelle depuis dix jours Audisio ouvre chaque réunion. Personne ne commente. Ghibaudo essaie de dissimuler la bouffée de chaleur soudaine sur son visage, et une crampe à l'estomac est près de se transformer en nausée. Il desserre le col de son uniforme, à la recherche de l'air qui lui manque.

– Je voudrais que chacun de vous me dise l'idée qu'il s'est faite de cette affaire, poursuit Audisio. On a frappé l'un des nôtres, je compte sur votre lucidité.

Moretti est toujours le premier à parler, qu'on l'interroge ou pas.

– Le mobile d'Anania n'est pas négligeable. Le garçon travaillait pour Mosu, mort durant notre action, à laquelle Pau aussi a pris part. Il l'a reconnu à la piscine et a voulu se venger. L'arme du délit lui appartient. Il ne nie rien, à part le fait lui-même. Mais qui l'admettrait ? Ce sont des éléments qui justifient la garde à vue.

– Ghibaudo ?

– Nous ne savons rien de Pau, à part qu'il était carabinier.

– Ex-carabinier. Il a démissionné deux jours après la nuit de la Saint-Jean, l'interrompt Audisio.

Un silence plus chargé de fatigue que de pensées se matérialise quelques instants, avant que Ghibaudo reprenne la parole.

– Apparemment, il faisait aussi le poète, et utilisait le nom de Pittanu. Je n'arrive pas à imaginer la raison pour laquelle il s'est présenté à la piscine de Lianora. Peut-être qu'il était malade et croyait aux miracles, mais la coïncidence me semble bizarre. Ou bien il enquêtait pour son propre compte. Peut-être que l'affaire Mosu a eu des suites dont il n'a pas mis notre Corps au courant. Nous en savons trop peu. On ne peut pas exclure un autre mobile encore inconnu.

– Tu ne considères pas Anania comme coupable? l'aiguillonne Moretti. C'est son couteau!

Ghibaudo baisse le regard sur un petit paquet posé sur la table: après avoir extrait le couteau de la poitrine de Pau, Moretti l'a enveloppé dans son mouchoir blanc portant ses initiales brodées, sacrifié aux taches de sang.

– Je ne considère jamais un homme comme coupable tant que je ne suis pas sûr du mobile.

– Les paysans pensent qu'Anania a été arrêté pour vol, pas pour meurtre. Laissons-les le croire, ils seront plus cléments si à la fin nous étions obligés de le libérer par manque de preuves, conclut Audisio.

Deux coups frappés à la porte les interrompent.

– Je vous demande pardon, adjudant. Le peintre a fini le plâtre, il reviendra demain pour le crépi.

– Bien, Sgrelli. C'est tout?

– Non, adjudant. Le suspect demande une rame de papier, un porte-plume et de l'encre. Mais il dit qu'un crayon ferait aussi l'affaire.

– Ah. Pour quoi faire?

– Il entend écrire ses mémoires. Il a dit comme ça.

Moretti ricane, en quête d'une complicité qui n'arrive pas. Audisio a pris une expression figée. On dirait sa propre photographie.

– Ça pourrait être intéressant de le laisser faire, avance Ghibaudo. Il y a deux secondes, on ne savait même pas qu'il savait écrire. Laissons-le dire ce qu'il veut.

Moretti le regarde comme on regarderait un idiot.

– Nous sommes dans un poste de carabiniers, pas au café littéraire, objecte-t-il à l'intention d'Audisio.

– Ghibaudo n'a pas tort. Prends ce dont tu as besoin, Sgrelli.

Une fois la porte refermée, Audisio rompt les rangs.

– Lianora est entourée de pèlerins, Anania est en sûreté et le mort est mort. On se retrouve ici demain matin à huit heures pile. Vous préparerez un interrogatoire pour Anania et puis vous chercherez des témoignages à la gare et à la piscine. Nous sommes de nouveau en état d'urgence, et cette fois le mort est un des nôtres. J'ai besoin de vous entiers, alors reposez-vous. C'est un ordre. Lai et Sgrelli peuvent se débrouiller avec le travail de routine.

Audisio se lève et précède ses hommes hors de la pièce. C'est presque l'heure de l'arrivée du médecin.

Ghibaudo aussi se lève, avec comme seule certitude de ne pas savoir où aller.

– Monsieur, appelle-t-il au dernier moment, si vous permettez, monsieur. Anania a une vilaine blessure à la main. Si le docteur pouvait lui jeter un coup d'œil…

Audisio le fixe dans les yeux sans répondre. Ce n'est pas nécessaire.

Moretti évite de croiser le regard de Ghibaudo, qui sent sa nervosité comme on sent le froid et le chaud sur le visage. C'est pourquoi Ghibaudo s'avance vers la porte sans proférer un mot. Toutefois, une seconde plus tard, il se demande si une invitation à faire quelques pas ensemble ne serait pas opportune. Au fond, il ne le connaît que depuis moins de trois mois.

Pris par cette pensée, il se retourne juste à temps pour voir Moretti qui met hâtivement une main dans sa poche. Sur la table d'Audisio, le paquet avec l'arme du crime n'est plus là.

7

L'infirmerie est restée plongée dans la pénombre toute la journée, les volets rapprochés comme des mains jointes. Maintenant que la nuit est tombée, Ghibaudo se demande si quelqu'un les aura fermés pour son camarade, laissant les vitres ouvertes pour faire entrer la fraîcheur, mais pas au point de rendre l'air humide. Savoir ça lui devient urgent, plus urgent que d'aller au lit regarder le plafond.

Il a tout de suite regretté d'être sorti seul, errant par les sentiers, les champs et les bois sans réussir à se perdre. Personne ne peut se perdre sur une pente. Qui marche seul finit par parler avec la mort, disait son père.

Au coucher du soleil, il s'est allongé sous le premier chêne vert hors de vue de la caserne, jusqu'à ce que l'obscurité arrive.

Il est rentré à près de neuf heures, à l'échéance de l'autorisation, mais au lieu de monter dans les chambres, il est arrivé à la porte de l'infirmerie, au rez-de-chaussée. Il n'a rencontré personne.

Dans le silence, il frappe légèrement.

La porte s'ouvre, poussée par l'infirmière de nuit que le docteur a laissée de garde auprès de Marasco. Une miniature de fille à la carnation olivâtre et aux yeux très sombres en vif contraste avec l'uniforme d'un blanc immaculé. Un voile d'une égale blancheur recouvre une masse de cheveux qu'on devine noirs et crépus.

– De quoi avez-vous besoin, à cette heure ? lui demande-t-elle.

Sa voix est douce mais bien décidée à lui faire comprendre l'incongruité d'une visite. Personne n'a la permission d'entrer, à part l'adjudant.

– Comment il va ?

– Rien de neuf. La fièvre est toujours élevée.

– Il a essayé d'ouvrir les yeux ?

L'infirmière fait non avec la tête.

– Mais moi, à votre place, je ne désespérerais pas, j'ai vu beaucoup de cas de ce genre et, pour certains, il a fallu plus de dix jours, ajoute-t-elle.

Ghibaudo accueille comme un petit cadeau la générosité de ces mots. Il lui sourit.

– Si vous voulez vous reposer un moment, je reste volontiers quelques minutes avec mon camarade, dit-il gentiment.

– Je vous remercie, mais je n'ai pas le droit de m'éloigner du malade.

Il aurait dû l'imaginer.

– Les fenêtres sont fermées.

– Oui, j'ai aéré quand je suis arrivée.

Ghibaudo reste immobile sur le seuil comme un hôte qui ne sait pas s'il est le bienvenu. Il regarde au-delà d'elle, vers le lit. Marasco est une tache blanche dans la faible lueur d'une petite lampe allumée sur la table.

– Vous pouvez entrer quelques minutes, si vous y tenez vraiment. J'en profite pour ranger les pansements et les médicaments dans l'armoire. Il y a un tel désordre…

Il doit être très fatigué, secoué, éprouvé, si ces mots d'une femme suffisent pour lui faire venir une boule dans la gorge.

Ghibaudo hésite un instant avant de s'asseoir sur le siège de la femme, comme s'il n'avait aucun droit d'être là, à veiller sur quelqu'un en train de souffrir à sa place.

Les cils de Marasco, très longs au bord des yeux clos, sont comme une broderie sur le visage pâle, griffé aux joues, au front, près de la bouche, sur le menton. Ce sont ces cils qui, au seuil de la caserne, ont attiré le regard de Ghibaudo à peine débarqué de sa vie précédente, qui l'ont enchaîné plus qu'il ne convenait s'agissant d'un subordonné, et pour un homme qui regarde un autre homme.

Un mouvement instinctif, de sa part. Se poser entre ces cils était inspirer plus à fond quand le souffle manquait. Ses yeux, d'un bleu clair malgré la chevelure noire, le lui coupaient souvent, le souffle, en traître, le déchirant comme un élancement inattendu après une maladie qu'on croyait éradiquée.

À présent, ces mêmes yeux sont fermés en deux amandes parfaites. Aucun frémissement, aucun remuement léger des paupières distinguant un homme endormi d'un mort. Les lèvres pleines et charnues sont à présent sèches, ce ne sont plus les siennes. Les pansements lui couvrent les épaules jusqu'à la poitrine. Les jambes musclées et presque massives pour ce corps si longiligne laissent seulement deviner la ligne des os, sous le drap.

Ghibaudo se force à fermer les yeux. Depuis la nuit de l'attaque, il n'y arrive pas et ça pourrait le rendre fou. Il garde ses paupières serrées pendant quelques secondes. Quand il les rouvre, Marasco et lui sont assis face à face, sains, en paix, silencieux et calmes comme deux félins tapis, cœur battant, devant une proie possible, leurs mains propres touchant les pièces d'échecs blanches et noires. Ils se regardent dans les yeux, et fuient ensemble dans un autre lieu. Leurs doigts s'effleurent sur l'échiquier, sans qu'aucun des deux ne se sente en devoir de s'excuser, ou de s'expliquer. La prise solide et délicate de Marasco guide plus d'une fois Ghibaudo pour lui montrer comment on se déplace, pour ajuster au dernier moment un geste fautif, imprudent ou manquant d'audace. Il lui a appris à dominer pions, cavaliers, tours, fous, dames et rois avec le calme d'un dieu. Il disait qu'il serait toujours son unique adversaire. S'il doit vraiment en être ainsi, il vaudrait mieux que tu te réveilles, Marasco. Je suis comme un pion qui a renversé la tour pour survivre dans sa petitesse deux ou trois coups à peine. Quelle histoire absurde et banale à la fois, notre histoire, pense Ghibaudo.

– Il vaudrait mieux que vous partiez, maintenant, dit l'infirmière dans son dos.

Ghibaudo trouve ses yeux noisette plus grands que tout à l'heure. Un endroit aussi bon qu'un autre pour revenir sur la rive.

– Vous êtes d'ici ?

– D'un village pas loin, lui répond-elle, énigmatique.

– Pouvez-vous me donner un somnifère ? Je crains d'avoir un grand besoin de dormir.

– Je peux seulement vous recommander un lait chaud, l'autre choix étant de vous faire donner une autorisation de votre supérieur. D'ici une demi-heure, il va passer prendre des nouvelles.

– Les choix que vous donnez sont toujours aussi impitoyables ?

Elle a un rire léger.

– Comment vous appelez-vous, brigadier ?

– Vice-brigadier Ghibaudo, pour vous servir.

– Ce n'est pas ça que je voulais savoir.

Ses yeux à elle sont encore plus grands, à présent, et plus brillants.

– Moi, c'est Amelia.

– Je vous demande de m'appeler Ghibaudo seulement parce que je n'ai pas de prénom aussi beau que le vôtre.

Amelia esquisse un sourire et penche la tête comme une petite poupée, qui n'aime pas tout de même qu'on se moque d'elle.

– Vous aimez être mystérieux, donc. Vous me le direz une autre fois. Maintenant, vous devez y aller.

Ghibaudo a du mal à partir. Il marche dans les pas de l'infirmière, l'observe pendant qu'elle humidifie une gaze et la passe avec délicatesse sur les lèvres de Marasco en souriant. Puis elle ouvre doucement la fenêtre.

Alors seulement, le camarade sent qu'il peut prendre congé.

8

De la porte de Moretti filtre un voile de lumière qui déborde sur le couloir sombre. Le géomètre n'a même pas réussi à calculer les dimensions des portes. Aucune d'elles ne touche vraiment le sol.

Ghibaudo est sur le point de le dépasser quand le vantail s'ouvre soudain. Un Moretti hébété et le cheveu en bataille comme jamais apparaît dans le cône de lumière orangée.

– Je t'attendais. Tu es en retard, Ghibaudo, dit-il sans contenir l'éclat de sa voix.

– J'ai été voir Marasco.

– Et tu vas te coucher sans savoir ce que je vais faire du couteau d'Anania ? Tu me déçois.

Moretti rit, et par réflexe Ghibaudo, qui n'en a pas envie, rit aussi.

– Viens, entre. Et parle doucement. Tu parles toujours trop fort, avec cette voix de basse de chanteur d'opéra que t'as.

– Serre fort cette tasse, dit Moretti.

– Toi aussi, tu marches dans cette histoire de lait chaud ? Mais elle est vide !

– Maintenant, pose-la et pose ton index là-dessus.

– Qu'est-ce que c'est, de l'encre ?

– De l'encre.

– Pourquoi je devrais me salir les doigts avec de l'encre ?

– Allez, Ghibaudo, fais pas chier. Maintenant écrase le doigt sur cette feuille. Qu'est-ce que tu vois ?

– L'empreinte laissée par mon doigt.

– Très bien. Regarde maintenant, je fais pareil. Qu'est-ce que tu vois ?

– Allez, Moretti, c'est un jeu ? Je vois une empreinte différente de la mienne. Tu as des mains plus grandes.

– Mes compliments. Tu viens juste de comprendre les bases de la découverte du siècle. L'avenir de l'enquête criminelle. Les empreintes de nos doigts sont toutes uniques et immuables. Tu sais ce que ça veut dire ? Qu'il n'en existe pas deux pareilles sur la surface de la terre, et que celle de ton index aura la même forme jusqu'à ta mort. Et même après.

D'un mouvement vif, Moretti plonge dans l'armoire, en tire la tenue civile et les uniformes propres, les entasse sur le lit. Il sort une valise dans une belle étoffe à carreaux noirs et marron qui à son tour contient une boîte en fer-blanc. Il soulève le couvercle comme s'il s'apprêtait à présenter les bijoux de la reine Marguerite.

– Ceci est un pinceau en poils de chameau. Très souple. La tasse est blanche, donc j'utiliserai la poudre noire…

Moretti ouvre un petit flacon de poudre noire, en renverse une faible quantité sur le couvercle et l'effleure du pinceau.

– C'est du noir de charbon, ni plus ni moins. Il faut procéder avec beaucoup de délicatesse, balayer la surface en ne déposant que le minimum de quantité de poudre nécessaire. Si tu en mets trop, tu gâches tout, tu n'obtiens que des taches inutilisables.

Moretti bouge le pinceau avec une douceur et une assurance qui font comprendre que c'est la millième fois qu'il exécute cette opération. La tasse est maintenant recouverte d'une fine poudre sombre.

– Maintenant, regarde. Là, près de la lampe. Tiens la tasse par les bords, entre deux doigts, et observe. Tu vois quelque chose ?

Bien sûr que Ghibaudo voit quelque chose. Il remarque l'empreinte de son pouce sur un côté et trois autres empreintes – suppose-t-il sans mal, de l'index, du majeur et de l'annulaire – sur le côté opposé de la tasse. Il regarde Moretti avec une expression très éloquente. Son camarade lui ôte la tasse des mains avec délicatesse et l'invite à s'asseoir au bord du lit. Il a l'air de quelqu'un qui s'apprête à déployer une patience infinie.

– Mon père est avocat, je te l'ai déjà dit, Ghibaudo ?

– Un certain nombre de fois.

– Eh oui. C'est toi, l'homme des mystères. Pendant un temps, mon père a enseigné à l'université, à la faculté de Jurisprudence.

– Ça aussi, tu me l'as dit.

– À l'université, il a fait la connaissance de Lombroso, le Lombroso qui mesurait les crânes et établissait les dimensions idéales pour les délinquants…

– J'en ai entendu parler, mais je n'y ai jamais cru, dit Ghibaudo en baissant le regard.

Ce Lombroso le ramène à ses seize ans à Turin. Son noble ami Ernesto lui avait lu à haute voix un article sur ce personnage, que lui avait apporté le comte son père. Ernesto ne pouvait pas croire que la forme d'une pommette suffise en soi à faire un criminel, non. Néanmoins, tandis qu'il lui remplissait sa tasse de thé, il s'était vanté de savoir distinguer un noble d'un ouvrier sur son trente-et-un rien qu'en regardant son visage. Le thé sucré accompagné de ces paroles lui avait procuré un mal de ventre qui l'avait tenu à l'écart des magnifiques appartements du comte pendant toute la semaine. Ce fut la première et la seule dispute qu'ils eurent. Le samedi soir, Ghibaudo père était rentré dans leur logement ouvrier humide et obscur avec une boîte blanche. Un cadeau de la part du petit M. Ernesto, qui t'invite à guérir vite et à revenir le voir, lui avait-il dit. La boîte contenait un wagon miniature, une pièce de sa nombreuse collection, sur le flanc duquel avait été peint le prénom par lequel Ernesto l'appelait : *Pierre*.

– Mon père n'avait pas beaucoup d'intérêt pour Lombroso. Néanmoins, Lombroso avait un assistant, Ottolenghi. Ils sont devenus amis. Ils s'écrivaient. Ottolenghi lui mettait de côté revues et notes, et le tenait au courant de ses recherches. Mon père lui offrait son avis d'avocat pénaliste, avec l'exemple de quelques affaires.

Ghibaudo sait d'expérience qu'il ne sert à rien d'interrompre Moretti et de le prier d'aller droit au but. Seuls les pauvres vont droit au but le plus vite possible, avant que leurs interlocuteurs puissent s'apercevoir à quel point ils sont pauvres. Il s'adosse à la chaise, croise les bras et attend.

– Quelques mois après la mort de mon père, j'ai reçu une lettre d'Ottolenghi. Il m'écrivait quelque chose qu'il aurait voulu que mon père sache. Ses cours de médecine légale à Rome allaient peut-être devenir une nouvelle école permanente, l'École de police scientifique. Il m'a planté dans la tête une telle curiosité que j'ai rassemblé tout le matériel de mon père et que je l'ai étudié pour mon propre compte. Il ne t'est jamais arrivé une chose pareille ? demanda-t-il, mais c'était une question rhétorique et Ghibaudo ne songea pas un instant à répondre.

Moretti se penche, soulève un pan du drap et extirpe de sous le lit une boîte à chaussures.

– Voilà. Des livres. Des articles sur le sujet. Bertillon. Galton. J'en ai rempli trois boîtes. Ma mère et Lauretta me procurent tout ce qu'elles peuvent à Rome et elles me l'envoient.

Ghibaudo se déplace à petits pas dans la pièce. Il doit se familiariser avec ce nouveau Moretti qui, au lieu de boire le thé avec ses femmes, se consacre à des recherches forcenées, la nuit, à la lumière d'une lampe à pétrole.

– Continue, je t'écoute.

– Premier principe : chaque contact laisse une trace.

Il regarde autour de lui, comme pour voir quel effet il produit, non pas sur le visage de Ghibaudo, mais carrément sur les murs. Il ne semble pas satisfait.

– Confronte ton empreinte noircie sur la tasse et celle laissée par l'encre. Qu'est-ce que tu vois ?

– Je vois que tu peux savoir avec certitude que j'ai touché cette tasse, rétorque Ghibaudo.

– Exact. Je ne le devine pas, je ne le suppose pas, je ne dois rien te demander : je le sais. Tout contact laisse une trace et ta trace est là, noir sur blanc.

– Ça, ça te dit seulement que j'ai touché la tasse, pas quand, ni surtout pourquoi je l'ai fait. Tu as la preuve d'un geste, tu n'en connais pas l'intention, remarque Ghibaudo.

– Mais pense au cas où la tasse serait un objet sur une scène de crime. Si, par exemple, c'était ce couteau. Trouver les empreintes de quelqu'un et pas de quelqu'un d'autre, ça a déjà une signification.

Ghibaudo a du mal à se laisser gagner par l'enthousiasme. Il y a quelque chose qui le trouble, dans toute cette évidence. C'est une condamnation trop facile, le geste sans le sens.

– Tu simplifies trop, Moretti. Et si quelqu'un avait manipulé le couteau avant l'assassin ? Les intentions avec lesquelles tu empoignes une arme, trancher du fromage ou une gorge, ça compte. Le mobile est dans l'histoire de la victime et du coupable, pas sur la surface d'un objet.

– Comment tu peux parler comme ça ! Prenons le cas d'Anania, un garçon vivant devant un homme mort, avec le couteau d'Anania dans la poitrine. Tu veux reconstruire l'histoire ? Tu peux mettre des mois à essayer d'apprendre quelque chose de ces gens, et sois certain que personne ne te racontera la vérité.

– Même une histoire inventée en dit beaucoup sur celui qui l'invente, réplique Ghibaudo.

Plus Moretti s'échauffe, plus son camarade lui apporte la contradiction. Il voudrait rester bouche cousue, mais il n'y arrive pas.

– Ah, et toi, tu l'as, le flair pour distinguer une histoire inventée d'une histoire vraie ? Le flair est une girouette sous le vent, alors que ces empreintes sont immuables et sûres pendant des années. Ghibaudo, tu me déçois, je ne pensais pas que tu étais si hostile au progrès.

– Je ne suis pas hostile au progrès. Bien sûr, ce serait intéressant de voir qu'il y a les empreintes d'Anania sur le couteau, mais ensuite ? Le couteau était à lui, il est évident qu'il l'a empoigné.

– Réfléchis, Ghibaudo. Ce ne sont pas ses empreintes qui m'importent. Je suis sûr de les trouver. Ce qui m'importe, c'est de n'en trouver aucune autre. Tu comprends ?

Ghibaudo se tait un instant. Oui, il comprend.

– Donc, toi aussi, tu soupçonnes que le garçon pourrait être innocent et dire la vérité, avance-t-il à voix plus basse.

– Je ne suis pas si bête. L'arme du crime appartient à Anania, inutile d'aller chercher très loin le coupable.

– Alors, pour quelle raison as-tu dérobé le couteau ?

– Dérobé. Quel vilain mot. Disons que je l'ai emprunté parce que j'ai l'intention de faire avec une expérience scientifique.

En vérité Ghibaudo ne sait pas s'il doit ou non l'arrêter. Certes, il sent dans son cou le souffle de l'adjudant Audisio et à un certain moment, même, son coup de pied dans l'arrière-train, d'une force à les jeter hors de l'armée en un instant.

– J'ai besoin de ton aide, Ghibaudo, si je veux travailler sur le couteau. Mis à part ce que tu penses et ce qui va en sortir. Au fond, on veut tous les deux capturer l'assassin.

– Je ne sais pas ce que je veux, moi, Moretti. D'abord Marasco, et maintenant, Pau. Je ne me suis pas fait carabinier pour m'embourber dans des ratages de ce genre. Ni pour sauver ma vie au prix d'une autre.

– On ne va plus rien rater. On va prendre cet assassin. Avec ma science et avec tes histoires.

Ghibaudo serre la main que Moretti lui tend par pure courtoisie. La réticence se lit dans les plis de son visage fatigué et marqué, plein d'ombres, tremblant devant la flamme sur le point de s'épuiser.

– Moretti, pourquoi diable t'es-tu fait carabinier au lieu de policier, si la police scientifique te plaît tant ? demande Ghibaudo en sortant.

Moretti le fixe dans les yeux, sans regrets ni soupirs.

– Ma mère et mes tantes préféraient.

Puis son visage s'ouvre dans un sourire presque heureux.

Très beau.

Solaire, comme toujours.

9

Serra, mercredi 5 juillet 1899

Quand Ghibaudo est sorti du logement de Moretti, le ciel commençait à peine à s'éclaircir et du couloir affluait l'odeur du café d'orge que la cuisinière prépare pour le changement d'équipe.

Maintenant, il est sept heures et demie. Pendant deux heures, il s'est forcé à rester immobile sur sa couchette, yeux fermés, et il ne sait plus s'il a dormi ou pas.

– Bonjour, Sgrelli. Du neuf ?

– Juste une chose. Cette nuit, on a volé deux chevaux et une paire de chaussures à Secchi Salvatore. La femme de Secchi Salvatore l'a dit à celle de Lai ce matin à la messe.

– Alors l'enquête est de la compétence de Lai, parle avec lui. Un repas a été porté au suspect ?

– Non, vice-brigadier. J'étais en train d'aller en cuisine. La cuisinière est arrivée en retard. Mais le pain et le lait doivent être déjà prêts, si vous permettez.

– J'y vais, moi, Sgrelli. Je dois vérifier deux ou trois choses avec le suspect.

– Comme vous voulez, vice-brigadier. À moins que le peintre arrive avant pour plâtrer.

– À moins.

– Je vous ouvre tout de suite la porte, vice-brigadier.

– Bonjour, brigadier.

– Vice. Tu te plais, ici ?

– C'est plus propre que l'étable de l'âne.

– Voilà le petit-déjeuner. Je te conseille de le manger, je ne sais pas quand arrivera le prochain repas. Tu as déjà écrit tes mémoires ?

– Mémoires ? Oh, j'ai dit ça comme ça à l'autre carabinier, comment il s'appelle ? Il me paraît pas très éveillé, sauf votre respect.

– Je peux ? demande Ghibaudo en ramassant une feuille sur le sol.

– Je ne sais pas si ça vous intéresse. C'est une poésie.

– C'est toi qui l'as écrite ?

– Oui, mais elle n'est pas de moi. C'est la dernière poésie que m'a récitée Pittanu. Je vous l'ai dit, c'était un poète improvisateur. J'aime bien les poésies improvisées, dès que je peux, je me les écris. Après je les empoche, jusqu'à ce que je les perde quelque part. J'en laisse toujours traîner.

– Tu les écris pour en faire quoi, alors ?

– Rien. Vous gardez jamais un caillou en poche pour vous tenir compagnie ?

Ghibaudo laisse son regard courir sur la feuille.

S'omine cantadore 'e mestieri,
– narrat su diciu – morit pedidore,
ma eo lu fattu pro solu capricciu,
*pruite dae me matessi lu so idend**.

C'est sa première rencontre avec la poésie improvisée dans l'incompréhensible dialecte du lieu, et ce sera aussi la dernière, conclut Ghibaudo. Après quoi, il archive la feuille dans la poche de son pantalon. Continuons.

– Je veux que tu me parles de toi, Anania. Tu nous as dit que tu es de Spaccavento et que tes parents sont morts tous les deux. Quoi d'autre ?

* Pour la traduction, voir la note de l'auteure en fin d'ouvrage. (*NdT*)

– Vous cherchez une histoire intéressante?

– Il est rare que les innocents aient une histoire intéressante, mais peut-être es-tu une exception.

La jambe gauche d'Anania est de travers depuis sa naissance. À son baptême, le curé de Spaccavento avait révélé à ses parents qu'un jour, s'il était élevé en bon chrétien, dans un lieu non précisé de la Terre, Dieu le guérirait. "Il vaudrait mieux que Dieu se dépêche" était la phrase préférée de son père. Mais Dieu ne se dépêchait pas.

– Quand on sortait avec les bêtes, je gardais la maison. Quand on restait à la maison, je gardais la cuisine. Quand ma mère était à la cuisine, je regardais ma mère. Un jour, mon père est entré dans la cuisine et a dit: s'il ne peut rien faire d'utile, faisons-lui au moins faire quelque chose d'inutile. C'est comme ça qu'ils m'ont emmené chez le prêtre.

Le père d'Anania était allé expliquer au vieux curé que sa prophétie tardait un peu trop à se réaliser pour quelqu'un comme lui, qui avait quatre-vingts moutons et trente bovins à faire paître, une fille à marier et deux autres garçons bien droits et en bon état, mais toujours en bagarre sur tout. Donc, le prêtre était vivement prié d'apprendre à Anania à lire et écrire. Si, comme quelques personnes instruites le disaient, d'ici peu de temps devait éclater une guerre dans laquelle le Royaume d'Italie ferait bien de se glisser, il y aurait un tas de lettres à écrire contre paiement et à envoyer au front.

Le prêtre avait eu beaucoup à faire, vu qu'Anania était toujours tenté d'écrire avec la main du diable et qu'avec la droite, le résultat n'était pas fameux. En tout cas, Anania avait appris très vite tout ce qu'il y avait à apprendre mais comme, outre le miracle, la guerre aussi tardait à arriver, le prêtre avait trouvé une autre solution qui lui permettait de se débarrasser d'un coup du gamin estropié et de Melchiorre, un vieil aveugle emmerdant.

Même la charité chrétienne doit avoir ses limites, en vient à penser Ghibaudo.

– C'est comme ça que je suis allé travailler chez Melchiorre : chaque jour, sept jours par semaine, je me mettais sur le dos de l'âne que mon père m'avait donné. Chaque soir, au coucher de soleil, je rentrais chez moi. Tout le monde savait que j'allais chez Melchiorre et personne ne me touchait.

– Qu'est-ce que tu faisais, pour Melchiorre ? demande Ghibaudo, bien qu'il s'efforce de l'interrompre le moins possible.

Anania est un pauvre boiteux et il parle comme un livre. C'est peut-être un assassin, mais il a le don du récit. Les dons sont mal répartis en ce monde.

– Au besoin, j'écrivais. Avec lui, ça a toujours été une libération. De toute façon, il ne voyait pas si j'écrivais avec la main gauche. Mais, surtout, j'étais son lecteur. Dans la caisse à pommes de terre, Melchiorre garde des coupures de beaucoup de journaux d'un peu partout, Turin, Milan, Rome, Naples, qui datent d'un an ou d'un mois. Il dit que là-dedans, il y a le progrès.

Un autre obsédé du progrès.

– Qui les lui a procurés ?

– Je ne sais pas. Je ne lui ai jamais demandé. Les pages qui me plaisaient le plus étaient celles des publicités. Je me les rappelle toutes par cœur. Parce que grâce à Melchiorre, il m'est venu beaucoup de mémoire. Pitiecor Bertelli, Lampes Wolfram, Lichenina Lombardi, Pilules Cooper.

– Les pilules Cooper ? Jamais entendu parler, dit Ghibaudo.

Lui qui a tant feuilleté de journaux quand, gamin, il les vendait dans la rue. Lui aussi cherchait les publicités, mais d'un autre genre. Au début, par curiosité. Puis pour comprendre comment ça marche. Il se souvient de la lecture attentive de la réclame des dragées végétales Costanzi, qui promettaient de soigner définitivement syphilis, impuissance et pertes séminales, et des heures de sueur froide passées en proie à son ignorance, dans la croyance que ses jours étaient comptés s'il ne réussissait pas à mettre la main sur ces découvertes. Ce qui te plaît te tue, lui avait dit un jour un camarade de son père, un ivrogne édenté syphilitique, avec un foie mal en point. Dragées Constanzi ou pas, au fond, c'est ça.

– Les pilules Cooper étaient mes préférées, reprend Anania. "*Contre la constipation, le mal au foie, le mal de tête, le teint brouillé et la mélancolie.*"

S'il pouvait en avoir en ce moment, des pilules Cooper.

– Et puis ? Qu'est-ce que tu faisais d'autre, pour Melchiorre ? Vous ne lisiez pas les journaux du matin au soir, il me semble.

– Non. Ce que je faisais de plus beau, c'était de mettre Melchiorre sur la charrette de mon père et de l'emmener sur l'estrade des fêtes paroissiales comme un monsieur important.

Il commence déjà à faire chaud, dans cette petite pièce qui contient un lit, un pot de chambre et une chaise mal empaillée. L'air n'entre que par une ouverture carrée d'une hauteur d'un empan. Ghibaudo est en train de perdre le fil, les fêtes paroissiales l'ont dérouté, et Anania le sait.

– Ça marche comme ça. Des poètes se retrouvent dans un village et se mettent au défi d'inventer des poésies devant un jury. Arrivent des gens du peuple, qui répondent en rimes à l'un ou à l'autre. Et puis ça crie, ça siffle, ça applaudit, ça rit et à la fin, on choisit le vainqueur. Des sous. Du vin. Des saucissons. De quoi vivre.

– Et Melchiorre est un bon.

– Melchiorre est le meilleur. Quand vient son tour, les gens se frottent les mains, parce qu'ils savent déjà ce qu'il va faire : lui, il va dire tout ce que les autres n'osent pas dire aux puissants, aux riches, aux voisins, aux délinquants, aux cornards trahis par leurs femmes, aux femmes dévergondées. Une fois, il a insulté un village entier. Mais il le fait bien, avec toutes les rimes et les mots au bon endroit. Moi, je m'étais pris de passion, et je m'appuyais à un muret pour écrire les vers de Melchiorre. Ou bien je m'asseyais sur une marche pour appuyer la feuille sur mon genou droit.

– Tu dois être très rapide, pour écrire.

– Pas du tout. Je repartais furieux avec deux-trois mots emmêlés. Puis j'ai compris que je ne devais pas être rapide à écrire, mais à me rappeler. Je devais garder en tête les vers pour les écrire ensuite à la maison.

– Pourquoi tu n'es pas resté chez Melchiorre ?

– Je suis devenu orphelin. Melchiorre ne peut pas me nourrir, et moi je ne veux pas vivre d'aumône. Mon père m'a envoyé apprendre à écrire justement pour ça : son fils estropié ne doit jamais mendier son pain. Mais Melchiorre m'a quand même aidé, en m'installant ici à Serra. Un de ses amis connaissait le mari de Lianora. Je sais monter à cheval, j'ai appris à m'occuper des ânes et des bœufs.

– Pourquoi les Mosu ont-ils pris un estropié pour travailler, avec tous les hommes vaillants qu'il y a dans le coin ?

– Personne de par ici ne voulait travailler avec eux. On se fie pas trop aux étrangers, vers chez nous. Des étrangers comme vous, les carabiniers, par exemple.

– Attention, Anania, je t'écoute mais je ne suis pas un saint. Et toi, tu es soupçonné de meurtre. Depuis quand tu es ici, à Serra ?

– Depuis début juin.

– Mosu te traitait bien ?

– Bien. Comme l'âne avec qui je dors. Maintenant, je veux boire le lait. À force de parler, il m'est venu soif.

– Et moi, je veux aller chercher ce Melchiorre et le traîner ici, pour voir s'il a quelque chose de mieux sur ce Pittanu, comme tu l'appelles, toi.

Anania bondit comme un ressort au pied du lit de camp.

– Assieds-toi. Je veux savoir ce que faisait exactement Pittanu, où tu l'as connu et ce que vous avez fait ensemble. Ne me raconte pas que c'est ici que tu lui as parlé pour la première fois, ça, tu me le feras pas avaler.

– Je vous l'ai déjà dit, je le connaissais comme poète.

– Ça commence à m'ennuyer, toute cette poésie. Ce que tu ne me dis pas toi, c'est Melchiorre qui me le dira.

Et comme ce garçon – que Ghibaudo aimerait alternativement gifler et consoler du sort qui lui est réservé – est destiné à le surprendre, au lieu de protester contre les menaces envers son maître, il articule d'une voix calme :

– Si au moins vous en étiez capable, de le traîner jusqu'ici.

Il s'est laissé retomber en position assise sur sa couche.

– Avec Pittanu, vous avez parlé de Melchiorre, à la piscine ?

– Oui.

– En plus de rappeler qu'il est le meilleur, qu'est-ce que vous vous êtes dit d'autre ?

– Melchiorre croit que je suis en danger.

– Si c'est toi qui es en danger, pourquoi c'est Pittanu qui est mort ?

Silence.

– Admettons que ce ne soit pas toi qui aies tué Pittanu. Celui qui l'a tué pourrait te tuer toi aussi. Il vaut mieux parler. Défends-toi, si tu sais quelque chose.

– Mon avenir m'importe peu.

Ghibaudo se met brusquement debout pour sortir.

– Vous le trouverez dans une bicoque de granit, à une heure d'âne d'ici, après le village de Spaccavento. Dites-lui que je vais bien, s'il vous plaît.

Maintenant seulement, l'œil de Ghibaudo tombe sur un pansement tout neuf dont la blancheur brille sur le moignon d'Anania.

– Merci pour l'information. Ces feuilles, je les prends, moi. Tu en as encore, des blanches ?

– Oh que oui, monsieur.

– Passe-m'en une, alors. Et aussi l'encrier.

Il a hâte de sortir. Il manque d'air.

10

Et les voilà, Moretti et Ghibaudo, en duo sur leurs chevaux sardes, le long de la Route Droite. La Ligne Droite, comme l'a appelée à l'instant Moretti, qui souffle comme une locomotive. C'est à lui d'aller à la chasse aux témoins à la piscine miraculeuse, en fait de se heurter aux silences entêtés et aux bavardages inutiles et hors sujet. Il préférerait passer à la poudre de charbon le village entier, pense Ghibaudo en s'arrêtant à la hauteur de la bifurcation pour la piscine.

– Avant d'y aller, j'ai un cadeau pour toi, lui annonce-t-il en tendant d'une main un bout de papier plié en deux, tandis que de l'autre il tire sur les rênes.

– C'est ce que je crois ? demande Moretti avec un sourire d'enfant à Noël.

– Avec toute l'encre qu'il gaspille, personne ne remarquera qu'Anania a les doigts noirs, réplique Ghibaudo en le saluant de la main dans un geste de reine.

Ghibaudo pousse son cheval le long de la ruelle qu'Anania a parcourue depuis un mois avec l'âne et la charrette quatre fois par jour. Pour chercher des nouvelles de Pau, il va jusqu'à la gare, où sont attendus les pèlerins du matin. Il se sent agité. Il a une étrange relation avec les gares.

Son père l'a emmené voir les trains pour la première fois le jour de son sixième anniversaire. Le petit Ghibaudo avait écarquillé les yeux devant la façade de la gare et devant la Salle royale. Mais ce qui l'avait vraiment abasourdi, c'était la locomotive. Il avait rêvé de locomotives pendant des semaines. Depuis lors, il avait voulu retourner à la gare de Porta Nuova à chaque jour de fête. Pour lui, c'était le meilleur cadeau à lui faire, pour son père le plus économique, et qui le remplissait d'orgueil prolétarien parce que durant cette période il travaillait à l'usine de matériel ferroviaire du comte – à l'époque, il n'était pas encore l'espion du patron, il ne mentait à personne et ne trahissait la confiance de personne – et tout ce qu'il désirait, c'était qu'un jour son fils vienne y travailler, peut-être à son poste. Mais avec un meilleur salaire, répondait la mère socialiste anarchiste. Toujours au premier rang dans les revendications contre le patron. Toujours au premier rang du syndicat, rappelle-le-toi, gamin. C'est le fils de Ghibaudo, diraient tous les ouvriers rouges en le montrant aux collectifs.

Plus grand, il avait continué d'aller à la gare, seul, pour assister à l'arrivée et au départ des trains. Il se regardait paresseusement dans le miroir des fenêtres des voitures, sans autre intention que d'y prendre du plaisir, jusqu'à ce qu'un jour, il voit son visage comme s'il était à l'intérieur du wagon et non à l'extérieur.

Ce n'était pas un jour comme les autres. C'était le jour où il s'était réveillé vivant, survivant de sa première nuit sur un banc après avoir été chassé de la maison.

Dans ces aubes où ce n'était plus sa mère qui le réveillait mais le bruit de ferraille de la locomotive, il avait pris l'habitude d'observer les gens. Tout le monde regardait les carabiniers quand ils passaient. Il l'avait bien vérifié. Il les voyait souvent aller et venir. Il aimait leur uniforme, il aimait l'idée d'une tenue élégante pareille pour tous, pauvres ou riches, et le respect avec lequel ils étaient considérés. À l'époque, il ne voyait pas les rides sur ces visages, les cicatrices cachées et les démarches qui s'efforçaient de contenir la douleur en posant précautionneusement au sol un pied après l'autre. Il y voyait au contraire la noblesse de son ami Ernesto lui parlant de régiments, de grenadiers du roi, de défilés à cheval, d'occasions mondaines.

Il s'était procuré des informations et avait appris que ceux qui venaient de hautes sphères comme Ernesto pouvaient tenir pour assuré d'avoir une carrière rapide. De son côté, à seize ans, tout ce qu'il avait pour lui, c'était de savoir lire et écrire.

Et le voilà, maintenant, Ghibaudo. Déterminé à démontrer sa valeur dans le même uniforme que Moretti et Marasco. Leurs pères respectifs avaient séparé leurs destins, maintenant le Corps des carabiniers pouvait dire qu'il les avait réunis. Le père de Marasco affiche sa noble naissance, le père de Moretti, s'il était encore vivant, serait sénateur, le père de Ghibaudo n'est pas rentré chez lui depuis environ mille cinq cents jours, depuis que sa femme l'a chassé après son fils.

Ces pensées, quoique plus vagues et moins ordonnées, l'accompagnent jusqu'ici, à la gare, entamant son âme qui semblait mieux disposée, ce matin.

La gare de Serra est une gare de troisième classe sans télégraphe. L'abri des voyageurs est petit, avec deux ouvertures seulement sur les quais. À côté, un modeste entrepôt de marchandises destiné à ce qui part du village pour être vendu sur les marchés voisins : fromages, peaux et laines, surtout.

Ghibaudo attache son cheval à peu de distance, mais s'en éloigne seulement quand il entend le sifflet qui annonce l'arrivée du train.

Le fracas de machines et de freins le met à son aise. Il reconnaît la locomotive Breda comme on reconnaît les traits de quelqu'un de sa famille au milieu de la foule. Derrière, un wagon de marchandises couvert d'une toile et une voiture de passagers avec, aux fenêtres, des visages qui dépassent comme des têtes d'épingle.

Un type en uniforme descend en premier de la locomotive et va ouvrir les deux portes de la voiture. Une vingtaine de personnes se déversent sur le quai sans se presser. Des gens du peuple, beaucoup de femmes vêtues de noir, un enfant porté dans les bras malgré son âge. Certains prient, un rosaire entrelacé entre leurs mains.

Un deuxième homme aux moustaches grises, dans un uniforme plus galonné que le premier, rejoint celui-ci après être sorti du bâtiment voyageurs.

Quand le dernier passager est descendu, Ghibaudo s'approche à grands pas. Le fond noir du galon sur la casquette lui dit que le petit homme trapu est un chef de train, le plus vieux, le chef de gare.

– Chef de train Casu, pour vous servir.

Ghibaudo doute que les cheminots soient tenus au salut militaire, mais le chef de train Casu en exécute quand même un. Le chef de gare en revanche n'est pas un inconnu, il fréquente beaucoup l'auberge du village. Il s'incline légèrement et le carabinier lui rend son salut.

– Je suis ici pour avoir des informations sur un homme qui pourrait être passé dans cette gare il y a deux jours. Nous devons reconstituer ses déplacements.

Ghibaudo sort de la poche de sa veste la seule photo de Pau qu'il a dénichée dans les archives. Il est avec son unité au complet, encore vivant, encore chevelu, encore sans barbe, avec cinq kilos de plus qui lui gonflent le visage. Ghibaudo montre sa silhouette du doigt.

– Vous enquêtez sur quel crime ? s'informe, soudain passionné, le chef de train Casu, tout en ôtant sa casquette et en s'essuyant la sueur de la main, prêt à aiguiser sa vue.

– Meurtre, brigadier, je me trompe ? intervient le chef de gare.

– Vice-brigadier. Vous connaissez cet homme ? demande Ghibaudo.

– Sa mère était de Spaccavento, comme moi.

Dans le silence entre eux s'insinue le brouhaha des pèlerins. Aux fenêtres n'émergent plus que les têtes de quelques passagers qui poursuivent jusqu'au bout de la ligne.

– J'ai une histoire à raconter sur lui, annonce le chef de gare, l'air sombre. Si vous avez le temps.

– Vous préférez passer à la caserne ?

Ghibaudo espère avoir une déposition officielle spontanée et non rétractable, ce qui serait une grande nouveauté dans le coin, mais il ne force pas la main. Il a appris d'Audisio qu'il ne faut jamais effrayer les gens du peuple. Pris entre deux menaces, celui qui est harcelé cédera à qui lui fait le plus peur, et ce ne sont sûrement pas les carabiniers.

– Je préfère parler avec vous face à face. Vous m'avez l'air de quelqu'un qui aime les histoires.

– Peut-être.

– Donnez-moi le temps d'enlever mon uniforme, et vous, retirez le vôtre. Si avant ce soir, vous avez envie d'un verre, c'est moi qui offre.

– Affaire conclue, répond Ghibaudo.

Le chef de train Casu repart, quelque peu consterné, peut-être d'avoir été écarté. Sur ses jambes courtes, il se hisse dans la locomotive, entreprise qui doit lui couper le souffle à chaque fois.

Ghibaudo attend d'entendre le sifflement prolongé et de voir la queue du train disparaître. Puis il se dirige vers son cheval.

Il pense à son père, sent une main d'enfant dans la sienne, et de nouveau ce trou, au fond de son cœur.

11

Sur le seuil de la taverne, un Ghibaudo en civil, mais avec ses bottes d'uniforme, qui ne sont pas défoncées comme ses chaussures, croise le garçon qui part pour sa tournée : il est juste l'heure d'allumer les réverbères. Ghibaudo vient juste de le voir ravitailler en avoine les chevaux des carabiniers. Le fait est qu'il leur parle, aussi. Ce jeune gars tout en nerfs se donne du mal pour éviter les occupations habituellement destinées à ses semblables : les champs, les poules, les brebis, les murs à monter ou à abattre. On le trouve toujours en pleins travaux pour tous et pour personne. Il va à droite et à gauche recruter des gamins qui l'aident à combler les fosses creusées par les pluies rares mais violentes, porte à manger aux animaux et aux personnes de maison en maison, recevant ce qu'on peut lui donner en échange – une piécette ou un quignon de pain, une espèce de petite taxe pour le service, un service qui n'aurait pas existé s'il ne l'avait pas inventé, lui. On le rencontre souvent près de l'auberge sans qu'on ne sache trop de quoi il s'occupe : on ne l'a jamais vu servir à table, ou travailler en cuisine, ou apporter des victuailles ou des choses de ce genre. On jurerait qu'il aime s'inventer du travail, remplir les trous dans le tricot de la vie des gens. Quoique Ghibaudo ait du mal à comprendre davantage, le garçon tout en nerf reste une des rares personnes qu'il apprécie dans ce village et espère à part lui qu'il continue à parler avec son cheval, et aussi avec celui de Marasco, ce qui, en quelque manière, le réconforterait.

Allumer tous les réverbères à gaz du village, c'est une tâche importante, voudrait-il lui dire maintenant. Les journées sont longues mais il y aura une nuit bien noire, on est à deux jours de la nouvelle lune. Le garçon le regarde mais sans le voir, il lui faut se contorsionner dans l'habituelle et bizarre manœuvre nécessaire pour faire passer la perche sous l'arc de la porte. Ghibaudo se met sur le côté, contraint de se baisser sous la voûte, et il n'est pas à proprement parler un homme grand. Après cette danse étrange, pendant quelques secondes, il suit du regard le jeune homme et sa perche, celle-là même qu'il avait avec lui quand il était venu signaler le vol, puis il entre.

La taverne fréquentée par le chef de gare se vante d'être la meilleure et la plus ancienne des villages des environs. Le patron ne mouille jamais le vin, dit-on. Ici, on sert des casse-croûtes de première catégorie, mais seulement pour ceux qui peuvent payer cher. On joue aux cartes et l'ivresse est tolérée, parce que sinon l'établissement serait toujours vide mais – sûr comme la mort – le patron flanque dehors ceux qui ont envie de se battre. Ce n'est pas un virtuose, il est seulement grand, noir et gros comme une armoire d'ébène, et il déteste laver le sang sur le carrelage.

Le chef de gare attend assis à une table à côté de la porte de la cuisine. Sans uniforme ni casquette, il a l'air plus vieux et plus maigre.

Sous la voûte qui semble creusée dans la roche, Ghibaudo sent la fraîcheur et l'humidité s'insinuer dans son cou.

– Asseyez-vous, vice-brigadier. Vous êtes mon invité. J'offre volontiers à boire à qui sait écouter mes histoires.

Il y a peu de monde, le brouhaha est faible, le taux d'alcool dans les veines encore peu élevé. Ghibaudo verse dans son verre trois doigts de vin rouge qu'il ne boira pas et écoute.

– C'était le soir, la veille de la Saint-Jean. Je ne sais pas si vous connaissez Spaccavento, vice-brigadier.

À trois heures de chemin d'ici. En tout cas, sur la margelle de la grande fontaine, debout, il y avait Chicchinu, le poète improvisateur qui est l'orgueil de nos kermesses et de nos fêtes. Dès que mon beau-père Giuseppe l'a vu, il s'est précipité vers un petit groupe d'hommes qui se claquaient déjà les mains sur les genoux pour parier sur le vainqueur. On fête le saint de demain ? a demandé Giuseppe. On fête qu'à Chicchinu, il lui est venu l'envie de dire les choses comme elles sont, a répondu un des hommes. Qui est l'adversaire ? a demandé Giuseppe en fouillant dans sa poche. Chicchinu veut Pittanu. Pittanu ? Pittanu. On envoie tout de suite quelqu'un le chercher, a dit un autre, qui est le patron de la taverne du village, il lui manque toutes les dents et il parle bouche tordue, ce qui fait que ses paroles en sortent bizarrement, et la moitié de ceux qui l'écoutent ne le comprennent pas, et l'autre moitié ne le croient pas, donc à la fin mon beau-père a parié la pièce sur Chicchinu en pensant : de toute façon, Pittanu ne viendra pas.

Le chef de gare s'éclaircit la gorge, verse encore du vin sur le doigt de liquide restant dans son verre et avale tout d'un trait. Ghibaudo hoche la tête, bien attentif à ne rien dire. Ce n'est que si on ne les interrompt pas que certaines histoires arrivent là où elles doivent arriver.

– Pittanu était un personnage bizarre. Il se disait qu'il était socialiste, mais c'est un mot que personne ne sait vraiment ce qu'il veut dire.

Il a un sourire amer, le chef de gare, et aussi Ghibaudo, qui ne sait que trop bien ce qu'il veut dire.

– Un bouffeur de curé en tout cas, qui jusque-là ne leur avait pas envoyé dire. Il faisait le poète d'improvisation, comme le vieux Melchiorre. Il participait aux tournois, mais n'allait jamais aux mariages.

– Vous connaissez Melchiorre ?

– Tout le monde connaît Melchiorre. C'est un vieil aveugle qui vit comme un ermite au bout du plateau.

Pause.

– On dit que c'est le meilleur, avance Ghibaudo pour le relancer.

– C'est le meilleur, en fait. Pittanu est bon, mais Melchiorre reste le meilleur.

À ce moment entre une compagnie d'hommes qui ont travaillé toute la journée sur la route pour combler de gravier les ornières créées par le va-et-vient des charrettes. Ils sont bruyants. Ils s'apostrophent en hurlant. Déplacent des chaises, rapprochent des tables. Le patron sort pour veiller au grain et, pour calmer tout de suite les esprits, il sort trois carafes de vin à peine tiré, qu'il tient entre les doigts d'une seule main.

Ghibaudo demande un autre demi-litre.

– Cette tournée, c'est pour moi, en échange de l'histoire, dit-il à voix plus haute.

Le chef de gare renoue le fil.

– Qu'est-ce que tu chantes, oh, Chicchinu ? lui a demandé alors mon beau-père Giuseppe. Mais il ne répondait pas, souriait en regardant à droite et à gauche de la place, comme si Pittanu était sur le point d'arriver.

Nouveau silence arrosé de vin.

– Mais, à la fin, Pittanu est arrivé ? demande donc Ghibaudo.

– Vice-brigadier, vous ne savez pas attendre !

Et sur ce, le chef de gare se met à parler de choses et d'autres, de la ligne ferroviaire qu'on va prolonger, de son fils qui se roule dans le foin avec la fille d'une crapule et que tôt ou tard ça finira par un mort, de sa femme qui n'attend que d'être veuve pour s'en retourner chez sa sœur à Spaccavento.

Ghibaudo plonge une main dans sa poche pour chercher une pièce. Fin du temps disponible.

– Pittanu est arrivé. Oh que oui, monsieur. Sur ses jambes. Chicchinu a récité une poésie sur un brigand qui rencontre un carabinier et puis s'aperçoit qu'il se regarde dans le miroir. Personne ne voulait y croire, a dit mon beau-père Giuseppe, et pourtant Pittanu n'a pas répondu. Rien. Silence. Pas même un vers. Il a craché par terre et s'en est allé.

– Pourquoi donc Giuseppe vous a raconté cette histoire ? demande Ghibaudo.

Il est presque convaincu que c'était le chef de gare lui-même, et non son beau-père, qui l'a vécue.

– Parce que c'était la première fois qu'il gagnait une pièce, lui répond-il. Pour quoi d'autre, sinon ?

Puis il vide son verre, le regarde et affecte de rire.

Tous deux savent ce que ça veut dire.

12

La pendule sonne neuf heures.

La porte du bureau de l'adjudant s'ouvre avant le dernier coup.

– Je vous en prie, messieurs. Le docteur dit que la nuit sera longue, donc commençons.

Sgrelli est déjà à sa place, assis à un petit bureau installé sous la fenêtre de gauche. D'habitude, à cette heure, il trie le courrier arrivé dans la journée.

Ghibaudo est le dernier à s'asseoir, son corps semble de pierre. La présence de la calèche du docteur ne lui a pas échappé, quand il est rentré de l'auberge.

– Alors, Ghibaudo ?

– J'ai parlé avec le chef de gare. Le bruit court que Pau, poète à l'occasion, est un carabinier corrompu passé du côté des brigands.

Audisio accuse le coup, sourcils arqués.

– C'est une accusation grave et diffamatoire envers notre Corps. Le chef de gare a fait une déposition ?

– Une déposition ? Il m'a raconté une petite histoire de poésie, qui ne vaut rien du point de vue légal. Mais c'est ce qu'il m'a laissé entendre.

– Je ne me tracasserais pas trop là-dessus, intervient Moretti. Les gens d'ici aiment raconter des petites histoires seulement pour le plaisir d'embrouiller. Moi aussi, j'en ai eu une nouvelle à mon répertoire, aujourd'hui.

– En tout cas, il serait bon de s'assurer de manière certaine de l'intégrité de Pau, mon adjudant. Si elle n'était pas si sûre, ça pourrait nous fournir un nouveau mobile, avance Ghibaudo.

Audisio garde le silence. Il touche un à un le bout de ses doigts avec le pouce puis lève les index pour effleurer la pointe de son long nez insolent.

– Vous pouvez étudier tous les dossiers sur la nuit de la Saint-Jean. Voyez si quelque chose vous paraît bizarre. Sgrelli, s'il vous plaît.

Sur un rapide signe de la main de l'adjudant, Sgrelli se lève et va repêcher dans les archives une chemise en carton jaune liée par des cordons de coton.

Ghibaudo la lui prend des mains comme une relique – tout ce qui concerne cette nuit est pour lui terrible et sacré – et la pose sur ses genoux.

– Qu'est-ce que c'est, la petite histoire qu'on vous a racontée à vous, Moretti ? demande Audisio.

– Une histoire de brigande et de carabiniers, adjudant.

– Racontez-nous.

– Une femme d'Orgosolo, fille et sœur de bandits. De jour, au village, elle était honorée et vénérée. De nuit, elle arpentait le maquis en pantalon, avec une fausse barbe et le fusil à l'épaule. Elle apportait à ses frères en cavale provisions et munitions, qu'elle extorquait dans la journée, et il paraît même qu'elle suggérait les coups à faire. Deux carabiniers à leurs premières armes avaient été envoyés sur ses traces, mais ils avaient pris la chose à la légère. Ils s'étaient laissés aller à dire que, quand ils la trouveraient, ils lui mettraient les mains sous la jupe.

Audisio laisse échapper un léger soupir, le médium et le pouce serrant la base du nez, les yeux clos.

– À la fin, ce fut elle qui les trouva : "C'est vous qui voulez me mettre la main sous la jupe ?" Sans même épauler, elle leur envoya une décharge de chevrotines. Les carabiniers s'en tirèrent par miracle.

– Qui vous a raconté cette charmante histoire ? s'enquiert Audisio en s'arrachant lentement à sa torpeur.

– Lianora, monsieur.

À ce nom, Ghibaudo lève les yeux du dossier qu'il est en train de feuilleter. Quelles autres libertés s'est prises Moretti, en plus de subtiliser l'arme du crime ?

– Vous avez interrogé Lianora Mosu de votre propre initiative, brigadier ? demande Audisio comme si c'était juste pour savoir.

– Il n'y a pas eu d'interrogatoire, adjudant. J'ai pensé qu'il fallait qu'elle sache que le mort était le carabinier qui s'était battu avec le geôlier de son mari. Ça m'intéressait de voir sa réaction.

– Votre seule tâche était d'entendre les pèlerins à la piscine miraculeuse, et de montrer à droite et à gauche la photo de Pau.

Ce matin-là, Moretti n'en avait pas voulu, de l'unique photo de Pau.

– Tu te la gardes, Ghibaudo, avait-il dit. Elle ne ressemble pas plus au mort que moi. Il serait temps de se mettre à photographier les cadavres, comme on fait dans les pays civilisés.

– Mon adjudant, c'est Lianora qui m'a invité chez elle.

De mal en pis.

– Dans la piscine, un carabinier qui pose des questions fait plus de dégâts qu'un mort, ajoute Moretti.

– Il n'est pas dans nos habitudes d'affronter des questions pareilles avec une femme sans un collègue et dans un lieu peu approprié. Personne ne vous y avait autorisé.

Moretti écarquille les yeux, incrédule devant tant d'arriération en matière de femmes.

– Mais, adjudant…

– Elle vous aurait raconté cette histoire édifiante de son propre chef pour vous dire quoi ?

La conversation prend un tour bizarre. Même Sgrelli s'agite sur sa chaise.

– Après avoir appris que le mort était le carabinier Pau, j'imagine qu'elle a voulu me manifester son appréciation pour notre Corps, dit Moretti.

C'est vraiment le moment de faire de l'ironie, pense Ghibaudo. Si on pouvait en finir avec cette farce, il aurait des choses plus sérieuses à demander.

– Ça suffit. Il est évident que vous ne me fournissez aucun élément susceptible d'éviter le transfert du suspect en maison d'arrêt.

– Adjudant, avec votre permission, intervient Ghibaudo. Je voudrais essayer de suivre une autre piste, pour chercher un lien entre Anania et la victime. Je voudrais interroger une tierce personne qui les connaît très bien l'un et l'autre, et connaît peut-être la vérité.

Le choix de se fier ou de ne pas se fier à l'intuition d'un subordonné est fin comme du papier à musique.

– Allez-y, mais je vous donne jusqu'à demain soir. Je vais être absent toute la journée. Je vais devoir rendre compte de cette affaire calamiteuse au capitaine, puis au sous-préfet. On ne me lâche pas. Je ne peux pas me permettre d'hésitations. À mon retour, je vous écouterai et déciderai.

Un voile de fatigue brouille un instant les yeux de l'adjudant.

– Il y a autre chose, brigadiers ?

– Oui, mon adjudant, répond Moretti qui, aujourd'hui, n'en a jamais assez.

Une pause de trop.

– Anania est innocent, mon adjudant. Je n'ai aucun doute là-dessus.

Ghibaudo se retient juste à temps de bondir sur son siège, en s'agrippant aux accoudoirs.

– Au lieu d'aller blablater chez les gens, démontre-le-moi, Moretti. Mais pas demain. Demain, vous resterez ici en tant que carabinier du grade le plus élevé durant mon absence. Il va falloir recevoir les parents de Marasco et prendre en charge ce qui pourrait arriver cette nuit. Tout est clair ? Et maintenant, si vous permettez, j'ai hâte de parler avec le docteur. Reposez-vous, si vous pouvez. Je m'emploierai à vous informer de tout ce qui pourrait concerner notre Marasco. Bonne nuit.

Audisio se lève le premier et abandonne la pièce dans l'immobilité générale. Quand le bruit de ses pas ne résonne plus, alors seulement les carabiniers bougent.

Moretti se dirige vers la sortie en haussant les épaules, mains dans les poches. Il est déçu, ou peut-être seulement ennuyé.

– Attends.

Attendre quoi, demandent ses sourcils relevés.

– Dans la maison, attaque Ghibaudo.

– Dans la maison… ?

– Tu as remarqué quelque chose de particulier ?

– Un vieux coffre. Je lui ai demandé ce qu'elle garde dedans. Elle me l'a ouvert sans problème. Des habits du mari mort. Et des feuilles de papier en désordre. Et un vieux fusil, souvenir de son père.

– Des feuilles de papier ?

– On aurait dit des poèmes.

Ghibaudo ouvre la bouche, la ferme, la rouvre.

– Des poèmes de quel genre ? Je veux dire, d'amour ?

– Mais qu'est-ce que j'en sais, Ghibaudo ! Je ne les ai pas lus, et puis tu sais que les poèmes ne signifient jamais ce qui est écrit.

– Laisse tomber. Parle-moi des empreintes.

– Quelles empreintes ?

– Celles qui t'ont convaincu qu'Anania est innocent. Tu les as confrontées, pas vrai ? Et les siennes ne sont pas sur le couteau.

– Bien sûr qu'elles y sont ! C'était son couteau. Il te manque les bases, Ghibaudo. Maintenant, j'ai besoin de me reposer, et je dois encore écrire à ma mère et à Lauretta. Une longue nuit nous attend, comme l'a dit l'adjudant.

Agacé par la mauvaise humeur de son camarade, Ghibaudo pivote sur ses talons et s'en va.

13

Dans la pièce occupée par Marasco, personne n'est admis, cette nuit, hormis le médecin, Audisio et le petit ange brun habillé en infirmière, dont le corps et le parfum de talc ont maintenant un nom : Amelia. Les parents de Marasco sont en route, attendus dans la nuit ou demain matin, suivant l'état de la mer.

Le docteur s'est exprimé clairement : cette nuit sera décisive. Si la fièvre commence à descendre, on pourra nourrir quelques espérances. Dans le cas contraire, il sera bien difficile que ce corps éprouvé depuis dix jours tienne encore longtemps.

En attendant, sur le petit bureau de Sgrelli, le dossier jaune flotte sur un amas d'autres papiers. Ghibaudo le regarde comme on regarde un livre ouvert dans lequel on a peur d'entrer. Lire sur cette nuit-là. Lire comme si Marasco et lui n'y avaient pas participé.

La première feuille sur le dessus de la pile est la lettre anonyme, écrite à l'encre sur un papier jauni et ridé par l'humidité. Mais de bonne facture, ce n'est pas un bout de papier récupéré.

Madame,

Vous êtes priée de donner tout de suite la somme de 5 000 lires sinon on coupe d'abord l'oreille et puis la tête. Sans prévenir la police.

L'encre est noire, peu délayée et bavant partout de la gauche vers la droite, comme si un vent avait soufflé sur les mots en laissant une queue de comète. La lettre est déchirée en son centre par le couteau qui l'avait clouée au chêne de Lianora, celui-là même auquel Ghibaudo a attaché son cheval deux jours auparavant. En haut, sur la droite de la feuille, une large tache rougeâtre, à présent tirant sur le marron. *La lettre de chantage tachée du sang de mon mari*, avait dit Lianora à Audisio.

La sueur, mélange de chaleur et d'énervement, perle sur le front de Ghibaudo. Sgrelli a laissé une fenêtre ouverte, mais aucune fraîcheur n'arrivera pas là.

LÉGION TERRITORIALE DES CARABINIERS ROYAUX
DE *Cagliari-Sassari*

PROCÈS-VERBAL N° *33* POSTE DE *Serra*

PROCÈS-VERBAL *d'enlèvement sur la personne de Mosu Michele, de violence et blessures par arme blanche sur la personne de Tolu Anania, de violence privée avec menaces de dommages graves et tentative d'extorsion de fonds par écrit sur la personne de Mosu Lianora née Sanna, perpétrés par inconnus.*
L'AN MILLE HUIT CENT *quatre-vingt-dix-neuf, le 24 juin, à Serra, dans les locaux du Poste.*

Michele Mosu n'était plus réapparu, depuis le moment où il était parti à cheval pour Spaccavento. Il devait acheter du bétail, et avait emmené à sa suite Anania sur son âne. Ils étaient partis alors qu'il faisait encore nuit, pour pouvoir arriver juste à l'aube, conclure et revenir avec deux vaches à l'heure du déjeuner. C'est ce que Lianora avait raconté à Marasco le jour de l'enlèvement. Mais seul Anania était rentré, avec l'âne et une main en moins. Audisio avait été clair : on intervient avant qu'ils emmènent l'otage trop loin. On va battre le maquis, dès maintenant et toute la nuit, si nécessaire. De Nuoro, il avait obtenu le renfort de deux hommes. L'un était le carabinier Sebastiano Pau. Ils avaient mangé du pain et bu du lait, rempli leurs besaces de fromage et du reste de pain. Puis ils s'étaient enfoncés dans le maquis.

LÉGION TERRITORIALE DES CARABINIERS ROYAUX
DE *Cagliari-Sassari*

PROCÈS-VERBAL N° *33* POSTE DE *Serra*

PROCÈS-VERBAL *d'homicide aggravé sur la personne de Mosu Michele, de tentative d'homicide, de violences et résistance à main armée sur la personne d'agents de la force publique, perpétrés par inconnus.*
L'AN MILLE HUIT CENT *quatre-vingt-dix-neuf, le 24 juin, à Serra, dans les locaux du Poste.*
NOUS SOUSSIGNÉS *Audisio Michele, adjudant commandant le Poste susnommé, brigadier Moretti Fabio Quintiliano, vice-brigadier Ghibaudo Robespierre, appartenant au Poste susnommé, carabiniers Pau Sebastiano et Usai Diego, appartenant au poste de Nuoro, rapportons à l'autorité compétente.*

Ghibaudo n'a jamais lu le compte rendu officiel des événements. Quand on y a participé, on ne devrait pas en avoir besoin, mais tout est tellement confus dans ses souvenirs qu'il craint de découvrir la vérité en lisant plus avant. Ses yeux parcourent rapidement le texte tracé par l'écriture pointue de Lai, jusqu'à la moitié, puis ils ralentissent, tandis que son cœur, lui, accélère.

Un paysan invita l'adjudant Audisio à se rendre sur un lieu donné, dans le maquis voisin, du fait qu'il y avait remarqué les heures précédentes un mouvement d'hommes. Après avoir attendu les ténèbres, à environ 3h30, l'adjudant et les susnommés rejoignirent l'endroit où celui-ci déplaça un rocher, découvrant une ouverture qui conduisait sous terre. Le carabinier Pau se porta volontaire du fait qu'il était le plus à même, par sa corpulence, de se glisser à l'intérieur. Après que le carabinier Pau eut disparu dans le souterrain, une série de coups de feu fut tirée, dans leur dos, en direction de l'adjudant Audisio et des susnommés. Le br. Moretti se dirigea vers la colline d'où provenaient les tirs, en répondant aux coups de fusil et en s'accroupissant derrière les arbustes. Au signal, le br. Marasco et le vice-br. Ghibaudo saisirent leurs fusils pour faire feu et couvrir l'avancée de Moretti. Lequel, après quelques pas, vit que le br. Marasco s'écroulait à terre, touché par un tir d'arme à feu. Le vice-br. Ghibaudo confirme que le br. Marasco est tombé, comme assommé, en se plaçant devant lui comme un bouclier. Les tirs ennemis ayant cessé, le br. Moretti intimait à Ghibaudo de prendre soin de son camarade et se dirigeait vers le repaire où les bandits gardaient l'otage emprisonné, se retrouvant alors face au carabinier Pau couvert de sang. L'adjudant Audisio, qui entre-temps avait tenté une manœuvre d'encerclement avec le carabinier Usai, estimait que les malfaiteurs étaient désormais en fuite et, revenant sur ses pas, envoyait le susnommé Usai chercher du secours médical pour le br. Marasco et le carabinier Pau.

Le carabinier Pau déclare dans ce Poste avoir trouvé au fond du trou le kidnappé Mosu Michele placé sous la garde d'un brigand. À la vue de Pau, le geôlier, non identifié, a égorgé l'otage, en lui coupant la gorge par-derrière avant de se jeter sur le carabinier. Pau avait réussi à se défendre avec d'habiles mouvements, malgré les blessures qu'il subissait, et puis en feignant d'être mort. Pau avait entendu le brigand prendre la fuite en se hissant dans le tunnel et s'était persuadé que ses camarades le captureraient promptement à sa sortie du repaire. Ce n'est qu'après, en s'extirpant de ce dernier, que Pau s'était rendu compte que le geôlier s'était échappé, n'ayant trouvé aucun carabinier à l'attendre. Au bout de quelques minutes survenait le br. Moretti qui le mettait au courant des événements.

Vers 4h30, le Dr. Spano Aurelio arrivait sur les lieux à la suite du carabinier Usai et de deux hommes de bonne volonté enrôlés comme brancardiers et donnait les premiers soins au br. Marasco et au carabinier Pau. À 5h15, tous les susnommés rentraient au Poste, hormis l'adjudant Audisio, qui restait sur place dans l'attente d'un moyen de transport et d'hommes pour ramener le cadavre de l'otage.

À la suite de l'autopsie effectuée par le Dr. Spano Aurelio vers 7h30, jointe au présent procès-verbal, le cadavre identifié comme celui de Mosu Michele, fils de feu Giacomo, résident à Serra, s'est avéré mort par hémorragie consécutive à la section de l'artère carotide au moyen d'une arme blanche.

Suivent les comptes rendus médicaux. Ghibaudo n'en supporte pas davantage, à ce point tout compte rendu est dépassé : Marasco est entre la vie et la mort, et les blessures de Pau n'étaient rien en comparaison de celle qui l'a tué voilà deux jours. En ce qui concerne ses légères blessures et contusions, elles sont à présent refermées, tandis qu'aucun compte rendu ne traitera jamais de ce trou qu'il a dans le cœur. En s'efforçant de conserver sa lucidité, de se rappeler à lui-même pourquoi il est là à cette heure, Ghibaudo relit dans la faible lumière d'une lampe de bureau les passages qui concernent Pau. Rien de particulier à signaler, sinon qu'il s'est porté volontaire pour entrer dans le repaire. Comme il était le plus petit, la chose semble raisonnable. Personne ne l'a vu sortir du repaire, mais tout le monde l'a vu entrer. Il ne fait aucun doute qu'il s'est glissé dans le tunnel et qu'il a été blessé. Les entailles aux bras, ça aussi tout le monde l'a vu. Jugées guérissables en cinq jours, avait écrit quelques pages plus loin le Dr Spano. Ghibaudo repense aux bras du mort, couverts de cicatrices encore rouges mais certainement bien refermées, grâce au médecin qui avait soigné chacune d'elles.

– Qu'est-ce qu'on ressent ? Oui, en somme, à quoi pense-t-on juste avant une attaque ? lui avait demandé Sgrelli pendant que Ghibaudo attendait pour se faire porter malade au retour de l'expédition.

Ils étaient restés seuls tous les deux. Ghibaudo s'était volontairement placé en dernier dans la file.

– Rien, Sgrelli. On ne ressent rien. On pense seulement à ce qu'on doit faire, lui avait-il répondu, piqué.

Si cette fois Ghibaudo a déçu Sgrelli, il l'a fait en disant la vérité.

Le vice-brigadier se rappelle seulement avoir pensé qu'il risquait de mourir et cela ne lui avait procuré aucune émotion particulière, mais seulement parce qu'il n'avait jamais été aussi proche de la mort. Il n'avait pas même un instant songé que cela pourrait arriver à l'un de ses camarades, alors que c'était la chose la plus logique.

Quand ils sont arrivés, les séquences de la bataille lui ont semblé plus instinctives que rationnelles, peu lucides. Au moment de l'attaque, entre le corps et l'esprit, il y avait le moins de distance possible. Dans cette nuit de détonations et d'éclairs, une scène s'est imprimée comme un tableau apocalyptique sous ses paupières. Dès qu'il ferme les yeux, il la voit. Une flamme jaune et rouge, une bouche de feu tournée vers lui, et rien que du noir autour. De ce noir surgit le corps de Marasco qui se jette devant lui, mais Ghibaudo n'a pas un vrai souvenir de ça. Pourquoi Marasco n'a-t-il pas tiré ? Pourquoi a-t-il utilisé son propre corps comme bouclier plutôt que son arme ? Le reste n'est qu'obscurité et fumée, odeur de brûlé, giclées de sang. Ghibaudo a jeté son fusil à terre – oui, c'est ce qu'il a dû faire, il se rappelle avoir tenté de relever Marasco en le prenant par les bras. Ne jamais jeter son fusil à terre. Une ombre de honte, une chaleur profonde lui passent sur le visage. Moretti a dû voir son comportement inadapté, et pourtant il n'y en a pas trace au procès-verbal. D'un mouvement brusque, Ghibaudo quitte sa chaise, avec dans la poitrine la palpitation de ses réveils d'après un cauchemar. Sans se soucier de ses yeux qui brûlent de fatigue et de larmes refoulées, affamé d'air, il gagne le hall. Il va pour s'asseoir sur le banc à disposition des visiteurs et des personnes venues porter plainte. Un banc neuf encore bien propre qui a été très peu utilisé, dans un endroit où personne ne vient en visite ou porter plainte.

En haut de l'escalier surgit Moretti. Son air fanfaron s'efface à chaque marche qu'il descend.

– Moretti.

– Ghibaudo.

– Tu as vite terminé d'écrire tes lettres.

– J'ai pensé que j'aurai le temps, demain.

– Si Marasco ne s'en tire pas, je n'irai pas chercher Melchiorre.

– Marasco va s'en tirer, et moi je ferai des ronds de jambe à sa famille de noble origine comme le bon maître d'une maison de dernier ordre, pendant que toi, tu poursuivras l'enquête.

– Comment peux-tu être aussi optimiste ?

– Les désirs ne sont pas inoffensifs ni innocents, Ghibaudo. Il faut savoir les diriger. Nous sommes dans un cas où il convient de désirer de toutes ses forces, et tu ferais bien d'en faire autant, plutôt que de t'apitoyer sur toi-même.

– Je ne m'apitoie pas sur moi-même.

– Bien sûr que si. Tu ne penses pas vraiment à lui, tu penses à comment tu vas survivre avec le poids d'une vie donnée en échange de la tienne.

Silence. Pensées confuses, amères, des deux côtés.

– Ghibaudo, aucune vie ne vaut plus qu'une autre, dans notre Corps. La tienne ne vaut pas moins que la sienne. Si en ce moment, à sa place, il y avait toi, ou moi, ce serait absolument pareil.

– Tu m'as vu jeter le fusil.

– La nuit était pleine de nuages. Tout ce que j'ai vu, ça a été la bouche de feu qui a tiré trois coups. Je n'espère pas en savoir davantage. Va te reposer, Ghibaudo. Tu auras une journée plus fatigante que la mienne, demain.

Ghibaudo est étendu sur sa couchette, mains derrière la tête, visage tourné vers le ciel noir étoilé dans le cadre de la fenêtre. Il n'a pas allumé la lumière, pas encore. Il n'a rien trouvé qui corresponde à ses états d'âme, sinon attendre l'aube pour avoir des nouvelles de Marasco comme tout le monde.

La mauvaise humeur de Moretti puis ses paroles qui se voulaient réconfortantes sont perdues dans le lointain. C'est un brave garçon, Moretti. Un type qui veut réunir les preuves scientifiques et la force des désirs.

Quand il ouvre les yeux, la clarté du ciel lui annonce l'aurore.

Demander des nouvelles, à ce moment, est adéquat et opportun, se dit-il.

Après quelques pas dans le couloir, il perçoit soudain les bruits typiques d'une agitation, des chaussures qui vont et viennent avec précaution en raison de l'heure matinale, une rumeur de mots étouffés, des portes qui s'ouvrent et se ferment. Une voix féminine lui arrive, pleine de larmes, puis une deuxième, de femme toujours, dit quelque chose qu'il ne saisit pas. D'autres pas, d'autres paroles. Il s'arrête en haut de l'escalier.

Deux femmes, une très jeune et une plus âgée, s'accrochent aux bras de Lai. Elles semblent avoir du mal à tenir sur leurs jambes. La première, la plus vieille, entre tout de suite dans l'infirmerie. La jeune fille hésite, avance un pied, puis l'autre, mord un mouchoir. Derrière elle, un homme, grand, distingué, est en train de parler avec l'adjudant Audisio. L'odeur du café d'orge arrive, déjà prêt, signe qu'on a donné l'ordre de le préparer à l'avance. Les voilà, les parents de Marasco, tout juste arrivés de Toscane, un long voyage par terre et par mer. Cet endroit ne peut que ressembler à l'antichambre de l'enfer, pour eux.

Ghibaudo descend lentement l'escalier et note avec soulagement que personne ne le remarque. Il s'arrête à l'avant-dernière marche, à quelques mètres de l'infirmerie. D'ici peu, la porte s'ouvrira de nouveau pour laisser entrer le père et la sœur, se dit-il. La première à sortir est l'infirmière de garde la nuit. Amelia a un mouvement de salut à l'adresse des présents, puis se dérobe vivement comme un personnage secondaire qui n'a plus de rôle. Elle seule aperçoit Ghibaudo : peut-être s'est-elle sentie observée, à moins qu'elle ait simplement relevé la tête. Leurs regards se croisent. Comme ses yeux sont fatigués et cernés, pense-t-il. Mais un instant après ils s'illuminent tandis qu'elle sourit, d'un sourire si beau et si plein comme on en voit rarement. Ghibaudo le lui rend, comme on renvoie de la joie à l'annonce d'une naissance.

14

Serra, jeudi 6 juillet 1899

– Vous devriez tremper un biscuit à la cuiller dans le lait, Ghibaudo. Ce matin n'est pas un matin à pain.

– Vous vous y entendez aussi pour faire des gâteaux, mademoiselle Amelia.

– Oh, ce n'est pas moi qui les ai faits ! C'est la femme de Lai qui les a fait porter il y a une demi-heure par le garçon de la taverne, après qu'elle a eu la bonne nouvelle. Mais ne le dites pas à la cuisinière. Il paraît que les parents et la fiancée de Marasco vont aller habiter chez eux, jusqu'à ce que votre camarade soit transporté à l'hôpital de la ville.

La fiancée.

Le petit réfectoire est désert, plongé dans les limbes du moment qui suit l'aube mais qui n'annonce pas encore le jour.

Les yeux d'Amelia brillent comme si la renaissance de Marasco était due à son travail de sage-femme. Voilà onze nuits qu'elle le soigne. Le soulagement qu'elle a dû ressentir en voyant la sueur apparue sur le front blanc, signe que la fièvre relâche son emprise, Ghibaudo peut non seulement l'imaginer, mais aussi l'envier.

– Je ne savais pas que le brigadier Marasco était fiancé, articule-t-il, pour se repentir presque aussitôt de l'avoir fait.

– Difficile d'imaginer un beau garçon noble comme lui sans une future épouse.

Ghibaudo croque sans envie un morceau de biscuit puis pose le reste dans l'assiette.

– Vous n'avez pas de petite amie ?

– Non, je n'ai pas de petite amie. Je suppose que vous, en revanche, vous êtes proches des noces.

– Oh, vous ne pourriez pas être plus éloigné de la vérité. J'ai d'autres projets en ce qui me concerne.

– Est-ce qu'il existe d'autres projets, pour une femme ? Épouse, mère, à la limite aide de bandits en fuite, il n'y a pas grand-chose d'autre dans le coin.

Amelia serre les dents et durcit ses mâchoires. Elle a un visage osseux.

– Je comprends que, du point de vue d'un homme, il n'y ait rien à envier, dit-elle sans lever le regard sur lui.

– Je vous demande pardon, je suis vraiment cruel, aujourd'hui. Bizarre, non ? Heureux mais cruel. Même si vous n'allez pas le croire, il y a une chose que je vous envie beaucoup.

– Je suis tout oreilles, je vous en prie. Ça ne vous dérange pas si je mange, moi aussi ? Je suis à jeun depuis hier soir.

– Vous autres femmes, vous vous embrassez, vous passez le dos de la main sur la joue d'une amie pour essuyer une larme, vous vous délacez les corsets l'une l'autre, vous vous prenez par le bras pour vous soutenir quand le terrain est en pente. Nous, on nous refuse toute espèce de réconfort corporel venant d'un ami. Pire, c'est considéré comme honteux. Cela, je le trouve profondément antinaturel. Et douloureux.

Amelia sirote lentement sa tasse de lait. Comme ça, ça va mieux, semble-t-elle vouloir lui dire. Ghibaudo peut presque voir chaque minuscule goutte de lait descendre dans cette gorge mince comme celle d'un oisillon. Elle regarde droit devant elle. Un très long moment plus tard, elle pose la tasse sur la table. Serre les lèvres comme pour les essuyer. Puis elle pivote, s'asseyant de travers sur sa chaise.

– Permettez que je vous dise mon secret, maintenant.

Ghibaudo rougit. Il n'était pas dans ses intentions de la laisser lui arracher un secret, ou peut-être était-ce exactement ce qu'il avait voulu, dès le premier instant où il l'avait vue au chevet de Marasco.

– Je ne veux pas être une épouse. Je veux être médecin.

Ghibaudo se laisse aller à un sourire de surprise qui le sauve de l'embarras.

– Médecin ! Une femme ! Vous sera-t-il possible d'arriver jusque-là ?

– Mais bien sûr que ce sera possible, et je le démontrerai.

– J'écoute vos plans et je promets de ne les révéler à personne.

– Et surtout pas à mon père.

– Votre père ?

– Le docteur Aurelio Spano.

Décidément, c'est la matinée des surprises, pense Ghibaudo tandis qu'il remarque pour la première fois la vague ressemblance des visages.

– Ne vous forcez pas, je ressemble à ma pauvre mère. Donc, j'irai à Rome. Une nouvelle polyclinique est sur le point d'être inaugurée, et je ne saurais rien imaginer de plus exaltant que d'étudier et de travailler là au milieu de toutes sortes de professeurs et de médecins.

– Vous serez la seule femme.

– Ce n'est plus le cas, croyez-moi. Il y a trois mois, la troisième femme médecin d'Italie a passé son diplôme à Rome. Elle s'appelle Maria Montessori. Bactériologie, microscopie, recherches de laboratoire, tous les cours lui ont été ouverts. Maintenant, elle est assistante en clinique psychiatrique, à l'université. D'autres femmes comme elles sont en train d'ouvrir une grande route, et je veux être l'une d'elles. J'ai la présomption de penser que nous deviendrons toujours plus nombreuses. Les hommes voudraient nous limiter à la gynécologie et à l'obstétrique, et certains contestent ouvertement les doctoresses, mais j'ai confiance, les choses vont changer, et bientôt il sera normal que nous vous touchions nous aussi.

– Vous parlez déjà comme un homme !

Leurs rires étouffés découragent le moindre nuage d'apparaître dans un ciel qui est devenu clair, maintenant. Ghibaudo sent une lourdeur dans son dos et ses bras. Comme un ressort qui se détend sous l'effet d'un bon poids.

– Pour réaliser ce projet révolutionnaire, vous avez l'intention de vous enfuir de chez vous ou bien vous informerez votre père ?

– Je ne sais pas bien encore. Je crains d'avoir besoin d'un mari.

– Oh, ça, bon ! Mais vous n'avez pas dit…

– Je sais ce que j'ai dit. Je ne veux pas faire l'épouse, mais j'ai besoin d'un mari pour m'emmener à Rome. Une femme de réputation douteuse sera difficilement admise à l'université. Même au siècle prochain certaines réalités seront dures à mourir. Je suis optimiste, mais pas dupe. Et je ne ferai pas la révolution à mes dépens.

Cette phrase mérite attention, pense Ghibaudo.

Et voilà que Moretti apparaît sur le seuil. Il a le soleil sur le front.

– Mademoiselle Amelia, mes respects. Qu'est-ce que je te disais, Ghibaudo ? Nous sommes de nouveau trois. Il était temps, tu devenais oppressant.

– Je vous laisse organiser votre travail. Je vais aller me reposer, je serai de retour au coucher du soleil, dit la jeune femme.

Ghibaudo et Moretti s'inclinent comme un seul homme devant le miroir. À peine la porte fermée, Moretti mord dans un biscuit et le termine en trois bouchées, chose qu'il n'oserait jamais faire devant sa mère ou devant Lauretta.

Le silence ému qui évite tout regard est la seule chose qu'ils ont à échanger pour fêter le premier pas vers le retour à la vie de Marasco. Pour finir, Ghibaudo passe à l'attaque : quelque chose dans sa poitrine le rend plus audacieux.

– Moretti, viens, toi aussi.

– Où ça ?

– Chercher Melchiorre.

– Tu oublies les ordres d'Audisio.

Moretti verse une louche de lait dans son bol.

– Écoute, Marasco est hors de danger, et ici, ça va être sans arrêt des allées et venues, la mère, le père, la fiancée, la cuisinière, le médecin, la femme de Lai, peut-être même le prêtre, ce genre-là…

– Il a une fiancée ?

– Oui, il a une fiancée. Il n'y a rien que Sgrelli et Lai ne puissent pas faire à ta place. Alors que moi, j'ai besoin de toi. Nous avons moins d'un jour pour innocenter Anania, avant qu'il finisse en prison où ils mettront une poignée de minutes pour oublier un pauvre boiteux manchot, s'il est vrai, comme il dit, qu'il n'est pas coupable. Et puis, comment tu penses obtenir une promotion pour retourner à Rome ? En faisant le parfait majordome ?

– Tu es un démon tentateur, Ghibaudo.

– Je fais préparer les chevaux. Il ne nous faudra pas plus d'une heure pour arriver à Spaccavento.

– Disparais. Vas-y seul. En l'absence d'Audisio, je suis ton unique supérieur. Tu viendras me faire ton rapport au plus tard à l'heure du déjeuner.

15

Il est onze heures du matin, et les voilà de nouveau en route, Ghibaudo et Moretti, côte à côte à cheval : deux valeureux carabiniers, dont l'un devrait se trouver ailleurs que sur les traces du meilleur poète d'improvisation qui vit dans le vide entre montagne et vallée.

En poursuivant au-delà de la Route Droite en direction du nord pour sortir du village, au-delà de la piscine miraculeuse, au-delà de la maison de Lianora, au-delà de la caserne, on prend un sentier qui longe le bord du plateau sur lequel a été construit Serra. Sur le bord opposé de la vallée qui s'ouvre à l'est, là où le terrain remonte pour former une collinette pelée comme la tête d'un teigneux, on voit dans le lointain les bâtiments les plus vieux du village de Spaccavento.

Aux dires de Lai, qui s'est taillé le rôle du connaisseur, étant l'unique carabinier natif du lieu, les habitants des villages suivent de très près la géographie. Les paysans de la vallée, adoucis par un climat jamais trop froid, sont sincères, peu querelleurs, ne connaissent ni vendetta ni rébellion contre les autorités. Leur doyen, quatre-vingt-douze ans, ne se souvient pas, de toute sa vie, qu'il y ait eu plus de deux fois la foudre pour causer des dégâts. À l'inverse, les étés de Spaccavento sont si brûlants qu'ils attirent tempêtes et éclairs chaque fois qu'un peu d'air arrive du plateau. Selon Lai, que Ghibaudo soupçonne d'être capable de s'entendre avec Lombroso, ce n'est pas un hasard si là-haut, les hommes sont plus désagréables qu'ailleurs, plus sombres, plus paresseux : les paysans sèment et ne touchent plus les champs jusqu'à la récolte.

– Et les natifs de Serra ? avait demandé Moretti avec un sourire ironique et bonhomme.

– Nous sommes battus par tous les vents d'hiver, et souvent les nuages bas nous enveloppent de brume du matin au soir. Mais quand l'air est calme, il serait aussi très pur. S'il n'y avait pas la fosse à fumier du cousin du maître d'école.

– Tout mon respect, Lai, tu es un poète manqué, avait dit Ghibaudo en pensant à Anania.

Ghibaudo chevauche la monture de Marasco, docile et reposée. La bête énervée par le repos forcé lui a fait de la peine, ou du moins est-ce la version officielle qu'il avait donnée au garçon affecté aux chevaux ainsi qu'à l'allumage et à l'extinction des lampadaires à gaz.

– Je suis prêt.

– À quoi, Ghibaudo ?

– À savoir la vérité sur les empreintes. Elle commence à m'intéresser, ta science.

Moretti exhibe son profil parfait en regardant droit devant lui, comme s'il attendait le bon moment pour commencer à parler.

– La poussière a révélé toute la saleté du manche. Pas seulement l'incrustation évidente de sang à la base, mais aussi beaucoup de gras. Résultat : un fouillis d'empreintes superposées, et aucune qu'on puisse isoler en entier. Pas une seule empreinte lisible.

Les rênes tirées à l'improviste arrachent un hennissement au cheval de Marasco.

– Donc, tu t'es moqué de moi ? Sur quelle base Anania serait innocent ?

– Sur la base d'un raisonnement qui va beaucoup te plaire. Quelque chose qui ressemble à ta spécialité : retourner le tableau tête en bas.

Ghibaudo oppose un silence obstiné à l'amusement de son camarade.

– Si tu voulais enfoncer dans les côtes d'un homme couché sur le dos un couteau à lame courte pas plus grand que la paume de la main, tu devrais tenir la lame parallèlement aux côtes, et le bras dans le bon angle et à la bonne distance pour parvenir au cœur. Tu me suis ?

– Je te suis.

Ghibaudo a été le premier à entrer dans l'étable, et il ne lui est pas difficile de se revoir à côté de Pittanu, son corps endormi et sans défense.

– Maintenant, imagine-toi en train d'exécuter le geste. Rappelle-toi que le manche est court et que tu as besoin de force et aussi de précision.

– Mon homme est couché et je suis debout, donc si je veux être sûr de la précision et de la force du coup…

Bref silence de méditation.

– … j'empoignerais le couteau en tenant le pouce sur la base du manche. Tu as examiné la base et tu y as trouvé l'empreinte d'un pouce ! C'est ça !

– C'est ça, tu as deviné. Une empreinte claire, définie et unique.

– Mais elle n'est pas d'Anania.

– Exact. Elle ne correspond pas le moins du monde à l'empreinte que tu as prise, toi. Je l'ai observée plusieurs fois aussi à la loupe. Et comme le pouce de l'autre main est hors d'usage, c'est une preuve.

– Pourquoi est-ce que tu n'en as pas parlé à Audisio ?

– Parce que, avec tout le respect qui lui est dû, en matière de sciences policières et de femmes, c'est un homme du XIXe siècle. Peut-être qu'il accordera du crédit à Ottolenghi parlant depuis sa chaire de l'École de police, mais c'est sûr qu'aujourd'hui, il ne me croira pas, moi.

– Donc, il ne nous reste plus qu'à faire comme j'ai dit : relier Melchiorre à Anania et Pau, et voir quelle histoire en sort, observe Ghibaudo.

– Eh oui. Si Melchiorre sait qu'Anania est en danger, il sait aussi pourquoi. Pau mort et Anania accusé, ça pourrait lui délier la langue.

Cinq bonnes minutes de chevauchée passent sans qu'ils échangent un mot.

– Puis-je savoir à quoi tu penses ? demande Ghibaudo.

– Ça ne te titille pas un peu, le fait que Pau soit mort pratiquement chez l'homme qu'il aurait dû sauver ?

– Bien sûr que si. Mais le dossier Mosu n'éclaire guère en la matière, rétorque Ghibaudo.

– Tu penses que Pau était corrompu ?

– Je ne sais pas. Ce qui est sûr, c'est que nous avons besoin de preuves, dans un sens ou dans l'autre. Peut-être que Melchiorre nous les donnera. Pressons le pas ou on ne sera même pas rentré pour le coucher de soleil, et alors, là oui, on aura des ennuis.

16

Prendre soin du cheval de Marasco et le faire s'abreuver au fleuve avant qu'il soit trop fatigué, c'est tout ce qu'il est permis à Ghibaudo de faire pour son ami.

Pause comprise, le trajet s'est avéré plus long que prévu, à cause de petites routes escarpées qu'il a fallu contourner pour épargner les jambes des chevaux.

Quand les deux cavaliers arrivent à Spaccavento, il est presque midi. Les paysans sont revenus des champs, les paysannes entrent et sortent pour préparer le déjeuner, les gamins hurlent dans les rues jusqu'à ce que la faim se fasse sentir sérieusement. Au milieu de cela, l'apparition des deux carabiniers en uniforme qui chevauchent, placides, le long de la rue principale – une route de terre battue entre les murs et les cours des maisons, a arrêté un instant le temps. Quiconque les a vus a cessé de faire ce qu'il ou elle était en train de faire. Les gamins leur disent bonjour. Les femmes s'abritent du soleil avec la main. Quelques jeunes filles rient entre elles, d'un rire léger. Deux vieux leur tournent le dos. Le tavernier sort, un torchon sur l'épaule, et leur offre un méchant sourire édenté. Ceux qui suivent la même rue leur adressent un signe.

– Alors, on continue ? Une demi-heure d'âne après Spaccavento, selon Anania.

La demi-heure d'âne, soit un quart d'heure de cheval au trot, les amène vers une petite montagne où la végétation est rare, dépouillée, avec peu d'arbres et beaucoup de cailloux. Le vent au-dessus de la vallée sent la braise, à cette heure. Moretti et Ghibaudo dépassent deux ou trois maisons isolées, logements de familles de bergers, à en juger par les peaux laissées à sécher au soleil. Ils avancent au flair, arrivant à la dernière maison construite avant le précipice qui met brusquement fin au plateau. Elle est tout en pierre, avec un toit de tuiles peu pentu. Au-dehors, il n'y a rien, sinon d'autres pierres, des broussailles, une souche d'arbre.

Ghibaudo attache les rênes autour d'un gros rocher. Moretti s'approche de la porte. S'il y a quelqu'un, il a dû se cloîtrer.

– Melchiorre ! appelle-t-il par deux fois pour s'annoncer, avant de mettre le pied à l'intérieur. Melchiorre !

Pas de porte, pas de rideau, juste une ouverture qui met en communication le dedans et le dehors. Contre le mur extérieur, un bâton de bois brut, poli par l'usage là où on l'empoigne.

Dans la pénombre, on distingue un grabat contre le mur, fait de grosses peaux de chèvre. Sur le côté opposé, un petit foyer sans feu et sans bûches. Une soupière de terre cuite. Une caisse de bois.

Il n'y a pas de lampe, ni de bougie, ni de rideau à écarter, rien pour éclairer l'obscurité, rien pour s'abriter d'un soleil indésirable. Rien non plus qui puisse servir à un aveugle. Le bâton est resté dehors. Ghibaudo est sûr d'être dans la bonne maison.

– Regarde là, dit Moretti.

Il vient juste d'ouvrir la caisse de bois, pleine de bouts de papier de différentes dimensions et couleurs.

Ghibaudo s'approche.

La Stampa, *La Nuova Sardegna*, *La Gazzetta del Popolo*, *Il Giornale di Sicilia,* et Dieu sait quelles autres coupures mises de côté.

– Ce sont les articles que lui lisait Anania, dit Ghibaudo en en saisissant un entre ses doigts.

Certaines pages sont jaunies, d'autres semblent plus récentes.

– S'il a laissé ici son bâton de marche, il ne doit pas être allé loin, observe Moretti.

– Il ne nous reste plus qu'à attendre. Espérons que Melchiorre ne soit pas à un tournoi de poésie on ne sait où. Faisons un tour.

La clairière se termine à une cinquantaine de mètres de là, dans un vide d'où émergent les frondaisons ligneuses d'arbres rachitiques.

Ghibaudo suit Moretti jusque-là, il n'est pas pressé de le rejoindre. Il apprécie les bouffées de vent léger qui passent au-dessus de la vallée de Serra, où l'air ce matin était humide et immobile. Il confie au vent ses pensées pour Marasco, et le tremblement que lui procure encore le demi-aveu qu'Amelia, sans lui avoir rien demandé, est convaincue de lui avoir arraché.

– Ghibaudo.

Moretti est à genoux, regard tourné vers le bas, dans le gouffre.

– C'est quoi, d'après toi ?

– Un tas de chiffons.

Ghibaudo se penche comme lui. Il fouille du regard. Les branches alentour sont cassées, comme si elles avaient cédé sous un poids.

– Ou on se trompe complètement, ou on est arrivés trop tard.

Moretti veut fixer une corde et descendre assez pour éviter d'être moqué jusqu'à la fin de ses jours pour avoir demandé des hommes afin de récupérer un tas de chiffons.

Ghibaudo dégage les cordes des besaces des deux chevaux. Il s'en glisse une sous le bras. Déroule l'autre, en assure une extrémité à la selle en tournant plusieurs fois autour avant de faire un nœud coulant.

Il monte à cheval, arrive à quelques pas du vide et tend l'autre extrémité de la corde à Moretti, qui se l'attache autour de la taille. Puis il lui lance la seconde.

Moretti pose son chapeau sur un rocher, le salue d'une main avec un demi-sourire.

– Je descends.

Ghibaudo fait bien attention de garder le cheval en traction à la bonne distance. Il s'approche en donnant peu à peu du mou à la corde.

– J'y suis ! crie Moretti.

La corde bouge.

Ghibaudo s'efforce de faire reculer le cheval sans trop d'à-coups, laissant à Moretti le temps de s'appuyer sur ses jambes pour remonter du précipice un pas après l'autre.

– Doucement, merde !

Ghibaudo s'agite nettement plus que le cheval et, quand il voit pointer la tête de Moretti, il pousse un soupir de soulagement. Le dernier recul ramène Moretti droit sur lui.

– Tu es un désastre, Moretti. Je ne sais pas ce que tu vas devoir inventer à la caserne, pour avoir une veste neuve.

– Toujours mieux que celui-là, en bas. Viens, attachons l'autre corde au cheval et remontons-le.

Ghibaudo s'approche prudemment de Moretti, en train de retourner le corps pour le mettre sur le dos. Il voit ce qui reste d'un homme : habits et peau en lambeaux, morsures fraîches sur les jambes et sur le visage, les yeux crevés par le bec de quelque rapace. Autour de ces falaises volent faucons, vautours et tous les autres oiseaux de proie.

Ghibaudo se détourne pour inspirer de l'air susceptible de porter secours à son estomac, mains sur les genoux, craignant le pire, lorsqu'à deux pas de là, il la voit. Une paysanne de seize ans ou guère plus.

Elle est immobile comme un santon dans la crèche.

Le panier d'osier qu'elle a sous le bras lui échappe et son contenu se renverse à terre. Un bouillon sombre se répand dans l'herbe. Quelques oignons. Du pain noir. De la vaisselle.

Un instant plus tard, la fille s'évanouit.

– Couvre-le avec quelque chose, Ghibaudo. Moi, je m'occupe d'elle.

Tandis que Ghibaudo se débat avec la bâche de leur équipement en essayant de regarder le moins possible ce corps martyrisé, Moretti tapote du dos de la main le visage de la fille.

– Ghibaudo, la gourde.

Avec un peu d'eau, la jeune fille revient à elle mais elle n'est pas loin de s'évanouir encore en les voyant.

– Brigadiers Moretti et Ghibaudo, mademoiselle, vous êtes en sécurité. Il y a quelqu'un que nous puissions appeler pour vous porter assistance ?

La fille s'assied. Le mouchoir sur sa tête s'est défait, laissant échapper des boucles souples le long de ses tempes et de son front.

– Gavino. Mon mari, dit-elle doucement.

Elle le dit comme si elle n'était pas encore habituée à prononcer ce mot, déclarant avec pudeur tout le monde conjugal qui en découle. Une jeune et fraîche épouse, pense Ghibaudo qui, sans qu'il soit besoin de le lui dire, saute à cheval pour aller chercher le mari, tandis que Moretti s'entretient avec la jeune femme et la console.

À vue de nez, le mari est un garçon à peine plus vieux qu'elle. Il a ignoré le carabinier aussi longtemps qu'il a pu, c'est-à-dire jusqu'à ce qu'il ait quitté la maigre trace du sentier pour entrer dans la clairière où se trouve sa maison, sûrement construite pierre à pierre de ses propres mains. Il l'a observé un instant, immobile au milieu de ses outils. Puis, d'un mouvement soudain, il est venu à sa rencontre.

C'est à cause d'elle, pense Ghibaudo. L'hostilité s'est muée en inquiétude et en souci pour elle. C'est pourquoi, en premier lieu, il a tenu à le rassurer et, après seulement, il a expliqué en détail la situation.

– Je préviens ma mère dans la maison, elle est infirme.

Il est entré, est ressorti, a détaché l'âne et y est monté en amazone. Il s'est placé à côté de Ghibaudo et, d'un léger coup de talon, est parti.

Le corps de Gavino, de petite taille mais puissant, est maintenant abandonné sur celui de son âne. Les jambes et le buste se balancent, en suivant l'allure. Il tient une main appuyée sur le flanc de l'animal, avec naturel, comme sur l'épaule d'un ami quand le pas est incertain.

Ghibaudo lui décrit tout ce qu'il est possible de décrire du mort. Gavino dit que oui, ça pourrait être Melchiorre.

Il prend deux inspirations plus fortes que la normale.

– Ça pourrait être un accident, dit Ghibaudo.

– Impossible, rétorque Gavino avec fureur. Melchiorre est aveugle. Il ne serait jamais tombé dans un précipice, pas à trois mètres de chez lui. Dans un lieu qu'il connaît par cœur.

Ghibaudo met un moment de trop à absorber cette vérité, contradictoire seulement en apparence. Il règle volontiers son pas sur celui du garçon. Il prend tout le temps dont il dispose pour écouter l'histoire. À coup sûr, il n'existe personne au village qui ignore l'histoire du vieux poète aveugle.

Dire que la vie de Melchiorre a été plutôt malheureuse est généreux.

À trois ans, il avait perdu l'usage de ses yeux à cause de la variole, à dix son père avait été arrêté et avait disparu de la circulation, laissant sa famille dans la pauvreté la plus totale au nom de la justice. Ses frères aux yeux sains étaient allés travailler comme valets de ferme, mais cette possibilité de survie avait été refusée à Melchiorre, vu que personne ne savait quoi faire d'un valet qui ne voit pas. Alors, il avait décidé de faire la chose la plus folle qu'il pouvait : se procurer une instruction. Ce qui voulait dire aller à toutes les messes possibles et célébrées pour apprendre le latin, et écouter tous les prédicateurs que Dieu mettait sur sa route.

C'est fou, pense Ghibaudo, mais jusqu'à un certain point.

– Aveugle, il n'a pas pu apprendre à lire et à écrire, mais il n'y a pas besoin de savoir lire et écrire pour se faire une culture, dit Gavino avec orgueil.

Ghibaudo comprend que le garçon est analphabète et qu'il est décidé à ne pas se laisser intimider par son uniforme.

Quelque temps après, Melchiorre, pauvre petit aveugle, a découvert qu'il y avait une chose qu'il réussissait par-dessus tout : improviser de la poésie rimée.

En parcourant les villages, d'une fête patronale à l'autre, de mariage en mariage, le poète Melchiorre avait commencé à gagner de quoi vivre et à être estimé et craint, en participant aux tournois de poésie improvisée.

– Vous savez s'il avait des ennemis ? demande Ghibaudo alors que la maison et les silhouettes de Moretti et de la jeune femme sont en vue.

– Des ennemis ? Des villages entiers d'ennemis, il avait. Il a toujours provoqué autant de rires que de fureurs. Des tapes dans le dos et des coups de couteau. Dans la même mesure.

Le duo se rapproche sans plus parler.

La fille le voit, elle se lève, elle avance pour venir à sa rencontre.

– Elle est délicate, dit Gavino.

Puis il descend de l'âne en glissant légèrement sur le flanc et, en deux grandes enjambées, il se place devant elle, un bras ouvert comme un bouclier.

17

– Madame, vous permettez quelques questions, si vous n'êtes pas trop fatiguée ?

Gavino n'est pas franchement fasciné par Moretti, à l'évidence. Il serre par les épaules sa femme tandis qu'il le fixe, le visage sombre. Puis il regarde Ghibaudo.

– Parle avec lui, dit-il.

Comme si elle avait le choix.

Moretti s'agace, il s'éloigne et commence à battre chaque pouce de terrain en direction du précipice. Il cherche des preuves, pense Ghibaudo. Il marche à reculons, le buste penché, et croise les jambes comme un danseur maladroit.

– Vous portiez à manger tous les jours à Melchiorre ?

– Oui, monsieur, tous les jours vers midi.

– Comment faisiez-vous, d'habitude ?

Felicita – c'est le nom de la jeune femme – regarde son mari et attend un signe, imperceptible, avant de parler.

– Je vidais le panier sur la pierre du foyer et je le ramenais avec la vaisselle sale de la veille, dit-elle en montrant le panier du jour, qui s'est misérablement renversé avec tout son contenu.

– La soupière à l'intérieur est à vous ?

Felicita regarde son mari.

– Oui. Hier, j'ai apporté une soupe. Dans une soupière avec un couvercle, dit-elle au mari. J'apporte toujours aussi du pain et du fromage.

– Vous faisiez autre chose pour Melchiorre ? Comme il est aveugle, il devait avoir besoin de beaucoup de choses.

– Ce n'est pas comme vous croyez, intervient Gavino. Si Melchiorre était ici, debout, entre vous et moi, vous n'auriez jamais dit qu'il était aveugle !

Dans la rougeur du visage et dans la veine qui palpite sur la tempe gauche de Gavino, Ghibaudo s'efforce de lire quelque chose qui ressemble à de l'affection.

– Je balayais, j'enlevais les restes de nourriture qui étaient tombés par-ci par-là. Il ne me le demandait pas, mais je le faisais quand même, pour ne pas laisser d'odeurs ou de restes qui attirent les animaux, continue Felicita en fixant toujours son mari.

Ce n'est pas un grave péché, aurait voulu lui dire Ghibaudo. L'époux lui fait un signe de la tête, et donc tout va bien.

– Vous le trouviez où, le balai ? demande-t-il.

– Tout de suite à l'intérieur, contre le mur, à droite.

Ghibaudo rentre, ressort et abandonne. Avec Melchiorre, ce qui manque compte plus que ce qui est là.

En attendant, Moretti est en train de revenir d'un pas rapide.

– Il faut qu'on s'organise pour emmener le corps, dit-il à Ghibaudo. Et il faut faire vite. J'ai peu de temps devant moi, tu le sais. Il nous faut une charrette.

Gavino sursaute, comme mordu par un serpent.

– Où est-ce que vous comptez l'emmener ? demande-t-il.

Ce n'est pas une question, mais un reproche.

– Au poste de carabiniers de Serra, pour commencer.

Ils se font face comme deux coqs. La tête de Gavino arrive à grand-peine à l'épaule de Moretti.

– Cet homme n'est pas mort par accident, lance Moretti d'un air de défi.

– Je suis d'accord. Melchiorre ne serait jamais mort par erreur.

Le silence de Ghibaudo est nécessaire pour que ces deux-là se rendent compte qu'il y a au moins une chose au monde sur laquelle ils sont d'accord.

– Ce qu'il y a, c'est que Melchiorre, sans ma charrette et sans moi, il ne va nulle part, ajoute Gavino en se frappant la poitrine.

Felicita se remet à geindre comme un petit chat et pose une main sur son ventre. Puis elle s'évanouit de nouveau.

L'idée de la charrette de Gavino portant le corps martyrisé de Melchiorre à la vue des paysans rassemblés le long de la route, avec Gavino en selle sur l'âne et deux carabiniers à cheval pour l'escorter, est une idée difficile à démonter.

Melchiorre est la personne la plus proche d'un héros national qu'il y ait dans ce village. Personne ne s'apitoyait sur lui, personne ne l'adorait, mais tous le respectaient. Et, dans ces régions, le respect durant la vie se manifeste de manière décuplée dans les gestes de respect devant la mort. Ce n'est pas difficile à comprendre.

– Melchiorre a besoin de funérailles dignes, dit la mère infirme de Gavino. Passer dans les rues devant tout le monde avec les yeux crevés par les corbeaux, ça n'est pas des funérailles dignes.

Elle est assise sur une chaise et compense par des gesticulations forcenées l'immobilité de ses jambes, qui, sous un drap noir, semblent dures et raides comme du marbre.

– Alors ? Il vaut mieux l'envoyer comme un paquet au milieu des militaires ? Il vaut mieux le faire passer pour un brigand ? se rebiffe Gavino, sur le seuil.

Sa veine palpite toujours plus. Il parle avec animation à la vieille comme s'ils étaient seuls. De temps en temps, il jette des coups d'œil à sa femme, qui sirote de l'eau sucrée assise sur un tabouret, aux pieds de sa belle-mère.

– Ici, tout le monde est à moitié saint et à moitié brigand, et Melchiorre n'a jamais tenu à être saint. Gorgée par gorgée, Felicita, ou bien tu vas encore vomir, ajoute la vieille à l'adresse de sa belle-fille. Attends deux mois et tout ça va passer !

Elle abat sa main sur une jambe de la jeune femme avec un grand sourire à trois dents. Elle passe de la douleur à la joie avec la désinvolture de ceux qui sont habitués à survivre chaque jour à la mort et à la vie.

– Il faut deux charrettes, énonce enfin la femme, accouchant de la solution.

Le fils la regarde comme si le destin lui avait aussi ôté la raison.

Nullement intimidée, la vieille dicte sa volonté, mot à mot.

– Une charrette tirée par les carabiniers, avec Melchiorre couvert comme eux le veulent, et comme je le veux moi aussi. Et une autre tirée par toi avec nous deux dessus, à dire à tous qu'on a tué Melchiorre et que nous allons à Serra demander justice pour lui.

– Maman, moi, je suffis largement, insiste le fils. C'est pas une affaire de femme, ça.

– Oh que non, monsieur. Felicita l'a nourri chaque jour depuis que cet unique malheureux parent qu'il a s'en est allé. Elle le mérite.

À ces mots, Felicita tressaille, elle va pour dire quelque chose puis se tait et plonge de nouveau ses lèvres dans le bol d'eau sucrée.

La vieille ferme les yeux.

Ghibaudo est appuyé au montant de la porte, avec en main le chapeau trempé des vapeurs de la soupe. Il se secoue un instant en se demandant qui est le parent malheureux qui s'en est allé. Ses pensées sont interrompues par la voix prophétique de la vieille.

– La route qui mène à la caserne passe par la piscine miraculeuse.

Silence. Personne ne bouge un muscle.

– La route qui mène à la caserne passe par la piscine miraculeuse, répète la femme avec plus de force en battant rythmiquement ses mains sur ses cuisses de marbre.

Puis elle serre les lèvres et croise les doigts, fixant un point devant elle. Pas un mot de plus.

Gavino laisse tomber le bras avec une expression qui arrache un léger sourire à sa jeune épouse. Felicita a retiré le foulard noir, et ses boucles sont maintenant libres d'encadrer son visage, qui en ce moment de vie semble, sinon beau, en tout cas très doux.

– Je vais chez Santi lui emprunter la charrette jusqu'à demain, dit Gavino. Vous deux, vous aurez la mienne, je viendrai la reprendre moi-même.

Et sans regarder personne en face, il s'en va.

18

Même les animaux, domestiques ou indomptés, n'ont pas résisté. Tout le pays s'est répandu le long de la route principale : certains à leur fenêtre, d'autres sur le seuil de la maison, d'autres encore disposés le long de la rue.

Quelques femmes, les plus âgées, crient et pleurent. Les pères et les mères ordonnent d'un geste aux enfants de se signer. Deux hommes suivent à pied la charrette tirée par Gavino, avec sa femme à droite et sa mère à gauche. Ils posent des questions, auxquelles Gavino répond par monosyllabes. Une fois à la fin de la zone habitée, la charrette accompagnatrice portant la famille de Gavino s'arrête pour donner les détails du tragique événement. Jusqu'au bout du village, et puis on revient en arrière, c'est le maximum que les carabiniers et Gavino ont réussi à arracher à la vieille. La femme avait exigé que le corps soit arrangé. Mais arrangé comment, maman, vu qu'il est en charpie, et Felicita avait caché son visage dans ses mains, et la mère avait claqué trois fois les siennes sur ses cuisses de marbre, après quoi Gavino était sorti, en secouant la tête, pour arranger le corps. "Il n'y a que les ongles qui sont restés entiers. Il est mort en serrant le poing", avait-il dit en rentrant, d'une voix qui tremblait.

Moretti et Ghibaudo poursuivent sur la route du retour. Fixée à la bête chevauchée par Ghibaudo, la charrette de travail porte le corps léger de Melchiorre enveloppé dans une des bâches grises réglementaires. À côté du mort, de travers, la caisse contenant les articles de journaux. C'est Ghibaudo qui l'a voulue. Sa curiosité est piquée. Et, après tout, il pense que ça vaudrait la peine de la confier à Anania.

Ghibaudo sent le poids de la chaleur humide de ce début d'après-midi. Une chaleur de plomb. Des nuages menaçants s'amoncellent à l'horizon. Difficile de comprendre si c'est une menace réelle, ou seulement une mise en scène qui apportera encore plus de chaleur et encore plus d'humidité. Il refoule au fond de ses pensées le remords de ne pas être arrivé à temps. La prière d'Anania a des résonances en lui, et il voudrait tant que le paquet déchiré dans son dos puisse encore parler, dire tout ce qu'il y a à dire, mettre hors de cause qui doit être mis hors de cause, accuser qui doit être accusé. En bref, il voudrait que Melchiorre lui résolve l'affaire en improvisant de la poésie.

Dès qu'ils ont quitté l'agglomération, et à présent seuls dans leur cortège succinct, Ghibaudo demande des éclaircissements à Moretti. Tandis qu'ils attendaient qu'on finisse de préparer les charrettes, c'est à lui qu'est revenu d'aller demander aux voisins ce qu'ils avaient vu et entendu.

– J'ai frappé à toutes les portes. Au sens littéral: plus personne n'est resté dehors à travailler. Dès que je me suis pointé à l'horizon, ils se sont tous repliés à l'intérieur.

– Ils t'ont ouvert, au moins?

– Bien sûr. Deux. Pour me dire qu'ils n'avaient rien à me dire. À la fin, le seul qui m'ait adressé la parole, c'est Gavino. Il m'a raconté que hier, en fin d'après-midi, un inconnu est passé par là à cheval, en direction de la maison de Melchiorre.

– Ça pourrait être l'assassin. Il n'y a pas de maisons après celle-là.

– Eh oui. Un homme barbu pas très grand, sur un petit cheval, avec son chapeau baissé sur les yeux et une veste en poils de chèvre. Il n'a salué personne et n'a rien demandé à personne.

– Si seulement nous pouvions avoir la certitude de la présence de l'inconnu près de la maison… S'il est vrai que chaque contact laisse une trace, dit Ghibaudo.

Moretti se retourne comme pour vérifier qu'il ne se fout pas de sa poire.

– Prendre un moulage des semelles sur le sol. Relever les empreintes dans toute la maison, sur la caisse de bois, sur les verres. Les confronter aux empreintes de Melchiorre, de manière à exclure les siennes. Voir s'il y en a d'autres de fraîches, énumère-t-il plus pour lui-même que pour son camarade.

– Et puis ? Prendre les empreintes de toute la population ?

– Comparer aux fichiers, Ghibaudo. Il faut les fichiers de toutes les personnes arrêtées, interrogées, les présents sur la scène, les repris de justice, les récidivistes. De vraies fiches, je veux dire. Les archives que nous avons aujourd'hui cachent des centaines de fiches du même délinquant enregistré sous des noms différents avec des photos différentes. Tu as vu toi-même à quel point Pau était différent quand il est mort, par rapport à sa photo vivant. Ce n'est pas compliqué d'enregistrer un faux nom, de coller une photo sommaire, d'écrire une description totalement inutile. “Taille moyenne, corpulence normale.” À quoi diable ressemble une corpulence normale ? Normale pour qui ? Moi, je suis normal ? Si moi, je suis normal, toi tu ne l'es pas, tu es deux fois moins gros que moi et plus petit d'un empan, donc tu n'es même pas de la bonne taille…

– Merci pour l'exemple, j'ai compris. Je peux être sincère ? J'ai l'impression de me trouver dans un de ces livres fantastiques qui inventent des mondes qui n'existent pas.

– Note bien que tout ça est déjà en train de se faire. Dans quelques années, on le fera partout. À part ici.

– Je n'entends pas attendre des années pour résoudre cette affaire. Débrouillons-nous.

Ghibaudo en a assez des théories, il sent tout le poids du mort qu'il traîne derrière lui, et de la douleur d'Anania quand il aura la nouvelle. Il voudrait rentrer vite et en même temps ne pas avoir à passer par tout ça. Il voudrait revoir Marasco avant qu'il ne soit trop tard.

– Débrouillons-nous, répète Moretti, accablé. Cette épidémie de décès de poètes me laisse perplexe. Je parie que Melchiorre a été jeté du haut de la falaise. Jeté de force, peut-être par deux hommes.

– Il pourrait avoir reconnu la personne qui est venue chez lui, et s'être fié à elle et à la situation au point de sortir sans bâton pour faire quelques pas. En ce cas, il suffirait de la poussée d'un homme fort, rétorque Ghibaudo.

– Belle théorie. Dommage qu'on ait besoin de preuves, pas vrai ?

Silence méditatif. Bruit rythmique des sabots de cheval. Lente avancée des roues de la charrette.

– Nous parions tout sur le docteur Spano, pour les preuves, dit Ghibaudo.

– Et c'est un mauvais pari. Spano est un bon médecin, mais il ne possède pas la science dont nous avons besoin.

Ghibaudo évite de réagir à sa morgue, et à ce *nous*. Lui, le manque de science, il ne l'a jamais ressenti. De tout un tas d'autres choses, oui. Et pourtant Moretti pourrait avoir raison. Un vieil aveugle tombé dans un précipice. Quel juge accepterait la théorie de l'homicide sans une preuve convaincante ?

– Il va falloir trouver la façon de communiquer la nouvelle à Anania, avance Ghibaudo, évitant de développer ses vraies pensées. Il pourrait se décider à tout raconter, maintenant que Melchiorre est mort.

– Il va falloir trouver comment faire avec Audisio, je dirais. Je doute qu'il t'accueillera à bras ouverts.

Ghibaudo le regarde sans comprendre.

– Donc, j'ai sorti du précipice un pauvre vieux à moi tout seul ?

– Bon, d'accord. Tu m'as fait appeler pour avoir du renfort. Mais n'en dis pas plus. Je m'en occupe, moi. Toi, occupe-toi du vieux Melchiorre. Trouve-lui un endroit.

Malgré leur bonne volonté, tous leurs raisonnements s'arrêtent là, à une centaine de mètres de la caserne.

Une trentaine de personnes, surtout des femmes, hurlent et gesticulent devant l'entrée. Une scène de protestation populaire, de celles qui auraient plu à ma mère, pense Ghibaudo. En proie à une étrange agitation, il retire un instant son chapeau, arrange ses cheveux collés de sueur et déjà trop longs, se rajuste.

Moretti s'approche sur sa monture. Sa présence en surplomb calme les esprits. Les gens s'éloignent et la petite foule s'ouvre pour laisser passer un porte-parole, une femme petite mais de corpulence massive et d'allure masculine, qui marche à grands pas. Devant elle, sur le seuil, le carabinier Angelico Sgrelli semble chercher la voie du dialogue au risque de sa vie.

Vraiment, en ce lieu, il n'y a pas une contradiction que Ghibaudo réussisse à expliquer.

19

Un grand désordre.

Un va-et-vient de corps incroyable même pour ce lieu.

La grande porte est ouverte à moitié. La caserne est devenue elle-même un seul corps pénétrable.

Le corps de Marasco est vivant, quoique immobile, recouvert de pansements, et qui sait s'il est encore là ou si son noble père et sa mère et la petite comtesse sa fiancée n'ont pas déjà organisé son transport à l'hôpital des Capucins, là où les militaires ont le droit d'être soignés dans un lit payant.

Le corps de Pau, lui aussi, finira à l'hôpital, où la morgue est une chose sérieuse et non une masure à demi enterrée construite sur un bout du cimetière. Il restera là jusqu'à ce que quelqu'un de sa famille se manifeste pour le reconnaître.

Le corps de Melchiorre, enveloppé comme un paquet anonyme, devra traverser ce groupe compact de femmes bruyantes, nerveuses et en prière, pour arriver dans la minuscule chambre mortuaire, où le docteur sera appelé pour s'en occuper.

Ses yeux fixant obstinément l'horizon, Ghibaudo défile avec son chargement sous le regard des femmes. Presque toutes font le signe de la croix : une charrette ainsi arrangée ne laisse pas de place au doute. Personne n'ose rien demander, il est évident que le chargement vient d'ailleurs et on ne peut pas exagérer jusqu'à pleurer tous les morts du monde. Il y en a déjà assez au pays.

Ghibaudo est pressé de voir Anania, et en même temps il repousse ce moment d'un geste de la main. Les mouches sont plus agaçantes que d'habitude et elles affluent alentour. Elles sentent l'air qui apporte la pluie de la mer, lui a appris Lai.

À l'improviste, la petite calèche du docteur vient juste de surgir devant le cimetière, un terrain clôturé plein de croix clouées, de planches attachées et de dignité, avec une bicoque en crépi dans le fond, dressée pour servir de chambre mortuaire et d'abri pour les outils du fossoyeur. La chambre mortuaire se trouve à quatre marches sous terre et, comme il lui a fallu un toit plus bas qu'à l'ordinaire, de loin on dirait une maison de nains. Les enfants croient que s'y réfugient les esprits du lieu, agaçantes petites âmes damnées qui attirent les ennuis, jouent de vilains tours et jettent le mauvais œil, personnages bien utiles comme croquemitaines quand les adultes ont un ordre à donner. Le lieu de prière le plus proche est un petit chapiteau creusé dans une souche tronquée. Il y a toujours un bouquet de fleurs fraîches devant la petite madone de bruyère, œuvre de l'ébéniste du village, dont on dit qu'il l'a sculptée à la suite d'un pari un lundi soir à la taverne. Sur le prie-Dieu appuyé à la base, il n'y a de place que pour une personne. Il faut faire la queue pour prier. Pour le moment, il n'y a personne.

Ghibaudo descend de cheval à l'instant même où le docteur Spano sort de la chambre mortuaire. Malgré la chaleur qui coupe la respiration, il porte sur son gilet l'habituelle veste en panne noire, luisante et virant au gris là où les bras en mouvement frottent sans cesse l'étoffe tendue sur son gros ventre. Il s'essuie les mains sur un chiffon. Il est en sueur et paraît satisfait. Il répand une odeur qui fait frissonner Ghibaudo.

– J'ai procédé. Vu le désordre qu'il y a devant la caserne, je ne crois pas que ce soit une bonne idée de l'emmener à la morgue avant la nuit.

Procéder signifie une seule chose, ici. Que le mort officiellement n'est personne, ou bien que le mort n'a été tué par personne, pour un motif que personne ne sait. Et ainsi, étant donné que les processus de la reconnaissance et de la justice prennent tout leur temps, le docteur fait ce qu'il a à faire, par un climat aussi chaud.

– J'apporte un nouveau chargement, docteur.

Le médecin appelle le fossoyeur qui, pour des raisons inconnues de Ghibaudo, se trouve être aujourd'hui le commis de la taverne, le garçon d'écurie des carabiniers qui parle aux chevaux et l'allumeur de réverbères tout à la fois. Ghibaudo le regarde. Lui, en retour, regarde ses chaussures.

– Le fossoyeur a le rhume des foins, monsieur. Ses éternuements ont réveillé même les chiens cette nuit, dit-il dans un parler adouci pour ressembler à une espèce d'italien.

Ensemble, ils déchargent le paquet, pas très lourd. Le déposent à l'intérieur de la baraque sur une table de pierre à deux empans de celle occupée par Pau.

Dès qu'il peut, le gars qui parle aux chevaux s'échappe.

L'odeur âcre du formol entre impitoyablement dans les narines et Ghibaudo, cette fois, la bénit. La lumière vient d'une fenêtre sans volets, un rectangle ouvert pour permettre au médecin de mieux voir, mais seulement quand le soleil est haut. Le docteur a procédé, et maintenant le carabinier Pau ne sentira plus le moindre bout de son propre corps se décomposer. Ghibaudo soulève le drap sur le côté, à la hauteur des flancs.

Il observe de nouveau les cicatrices sur les bras. Il y a quelque chose qu'il voudrait savoir, à propos de ces cicatrices, mais dans la confusion de ses pensées, ça lui échappe.

Le visage de Pau est détendu, privé de cette expression épouvantée que la mort lui avait imprimée. La barbe semble avoir un peu poussé depuis la première fois que Ghibaudo l'a vu.

– J'imagine que ça vous intéresse de savoir s'il est mort tout seul ou s'il a été accompagné, dit le docteur en commençant à ouvrir le paquet de Melchiorre. Ah.

Ghibaudo se détourne prudemment.

– Où l'avez-vous trouvé ?

– Au fond d'un précipice, à Spaccavento. C'était un poète. Aveugle.

– Eh ben, en tout cas, des yeux, il n'en a plus.

– Il se pourrait que quelqu'un l'ait poussé. Si on trouvait des signes de lutte ou une preuve quelconque qui tienne devant un tribunal…

– Qu'est-ce que vous voulez que je vous dise comme ça, au débotté, avec un cadavre réduit à cet état ? Il va falloir au minimum le laver.

À ces mots, Ghibaudo sent la chaleur lui monter au visage et un refus ancestral lui agripper les tripes. Pas moi, crient ses viscères. Pas moi.

– Ne vous inquiétez pas, j'enverrai chercher le croque-mort par intérim pour me faire aider dans le nettoyage, dit le docteur Spano qui lit dans les pensées. En espérant qu'il ne soit pas occupé à d'autres occupations.

– Le gamin ? demande Ghibaudo avec un mélange de honte et de soulagement.

– Lui-même. Ne vous laissez pas abuser par les apparences. C'est un gars que rien n'arrête.

Le coup d'œil du docteur Spano est éloquent. Et toi, Ghibaudo, qu'est-ce qui t'arrêterait ?

Les doigts grassouillets du docteur se posent sur le paquet de Melchiorre, comme pour dire qu'ils sont prêts à travailler. Mais Ghibaudo hésite.

– Il y a autre chose que vous êtes pressé de savoir ? demande le docteur Spano.

Ghibaudo répond en baissant les yeux. Le médecin ne lève pas les siens, fixés sur le mort.

– L'état de Marasco n'est pas encore stable, mais j'ai considéré qu'il pouvait être transporté à l'hôpital, où il sera dans un environnement plus confortable, plus tranquille, et avoir une meilleure assistance.

Ghibaudo opine du chef. Donc il n'est plus là. Il n'est plus sous le même toit.

– La blessure à l'épaule ?

– Si ça avait été un fusil, il ne serait pas resté beaucoup de chair sur le bras. Mais avec un revolver, il y a de l'espoir. Tout ce qu'on pouvait faire, je l'ai fait sur place : j'ai extrait le projectile pour que le coton de l'uniforme ne pourrisse pas à l'intérieur, j'ai cautérisé la blessure en la brûlant avec de la poudre de cartouche, j'ai désinfecté comme j'ai pu. Maintenant on va voir si l'épaule a conservé son articulation ou pas…

Silence.

Ce poste semble disperser ses carabiniers dans le vent, plutôt que les rassembler.

– Deux autres coups de feu venant de la même direction ont été tirés, avant celui qui a touché Marasco. J'ai entendu les détonations et les sifflements près de moi.

– Qu'est-ce que vous voulez me dire, Ghibaudo ?

– Rien, docteur. J'essaie seulement de comprendre ce qui s'est passé. Marasco s'est mis volontairement sur la ligne de tir, peut-être parce qu'il craignait pour ma vie.

– Vous auriez sans doute fait pareil pour lui. Qui sait.

Le médecin extrait d'une de ses poches déformées le mouchoir le plus grand que Ghibaudo ait jamais vu de toute sa vie et le passe sur sa tête brillante de sueur.

– Il fait humide ce soir. D'ici peu, le vent va arriver. Il va pleuvoir.

– Peut-être que les vies ont toutes la même valeur, comme le soutient Moretti. Mais pas les gestes, docteur. Le geste de Marasco a une valeur que moi, je ne pourrai jamais lui rendre.

Le regard du médecin se déplace, vague, rebondit d'un coin à l'autre de cette cahute privée d'air.

– Les gestes n'expliquent pas tout. Les intentions, oui.

Les yeux du docteur sont maintenant des serres, au point que Ghibaudo n'arrive pas à détacher les siens.

– Je suis sûr que le brigadier Marasco vous en parlera, dès que vous pourrez aller le voir. Mais pas tout de suite. Il vaut mieux le laisser se reposer encore.

Quand Ghibaudo rentre à la caserne, le coucher de soleil est imminent et brûlant. Les cris des enfants poussés par la faim se font plus insistants, comme le pépiement des poussins et des oisillons encore au nid. Sur l'esplanade, il n'y a plus personne, pas une femme, pas un homme.

L'accès aux écuries est fermé. La grande porte est fermée. Les carabiniers se sont enfermés, repliés sur eux-mêmes comme les doigts d'un poing pour défendre la justice.

Dans le vestibule, le grincement des gonds se propage dans un silence irréel à cette heure, celle du dîner et de la fin du service.

À droite de l'escalier qui monte aux logements, la porte de la salle des premiers soins est ouverte et il n'y a personne en vue, ni dedans ni dehors. Ghibaudo n'arrive pas à bouger de là.

La porte du bureau d'Audisio s'ouvre soudain.

– Viens, entre. Tout de suite.

Moretti. Ou le spectre de Moretti.

– J'ai faim. La cuisinière a dit qu'elle ferait rôtir un chevreau en l'honneur de Marasco, non ? Je vais me le manger même froid, grogne Ghibaudo en ôtant son chapeau.

La mauvaise humeur lui est descendu sur l'estomac.

– Je suis désolé pour toi. La cuisinière a été congédiée il y a un moment. Entre.

Ghibaudo n'ose plus s'opposer à ce ton. Il avance un pied, puis l'épaule et enfin la tête, et une fois de plus voit un spectacle plus étrange que ce qu'il aurait jamais pu imaginer.

20

Dans son quartier général, Audio n'est pas là et, quand il n'est pas là, la pièce est orpheline. À droite, la porte donnant sur ses appartements est fermée, comme d'habitude. À gauche, le petit bureau de Sgrelli présente l'amas habituel de journaux, lettres, courrier varié et papiers. Sgrelli non plus n'est pas là. Ou plutôt, note Ghibaudo, son visage de chérubin est absent mais, en fait, ce pourrait bien être les semelles de ses chaussures qui dépassent du dossier de la chaise.

Ghibaudo fait deux pas prudents, jusqu'à découvrir Lai à genoux en train de défaire la cravate et ouvrir le col d'un Angelico Sgrelli jambes en l'air. De temps en temps, Moretti lui donne une petite tape sur le visage mais n'obtient que de lui faire ballotter les joues dans un sens et dans l'autre. Dès qu'il voit Ghibaudo, Lai lui laisse la place et sort comme pour une urgence. Il revient presque aussitôt, haletant, le front luisant, avec une bouteille de liquide transparent.

Comme s'il avait perçu son arrivée, Sgrelli soulève sans conviction les paupières.

– Bois une gorgée de fil de fer*, lui intime Lai en lui plaçant le goulot sous les narines. Moretti et Ghibaudo, en le soutenant chacun par une épaule, le redressent juste assez pour lui faire avaler quelques gouttes et le laissent dans cette position aux bons soins de Lai.

---

* Eau-de-vie sarde, ainsi dénommée parce que les paysans qui la distillaient clandestinement la dissimulaient aux autorités en enterrant les flacons avec un bout de fil de fer attaché au goulot et dont l'extrémité affleurant au sol permettait de les retrouver. (*NdT*)

– Qu'est-ce qui lui est arrivé ? demande Ghibaudo.

– À lui, rien, pour le moment. Il était à peine à la moitié de son récit mais il n'a pas supporté ses propres paroles.

Le charpentier avait envoyé un de ses hommes reboucher le trou de la cellule. Sgrelli, comme le veut le règlement, l'avait accompagné à l'intérieur. Anania s'était plaint de cette intrusion, il avait interrompu ses travaux d'écriture et, en signe de protestation, d'un grand geste du bras, avait éparpillé les feuilles sur le sol avant de se jeter sur sa couchette face au mur.

Sgrelli était resté là, à contempler, impuissant, la truelle du maçon étaler un matériau de mauvaise qualité qui s'effritait comme du sable, et plus l'ouvrier passait son outil, plus le crépi se défaisait et se répandait par terre. La tâche était à peu près à moitié accomplie quand sur l'esplanade devant la caserne avait commencé le tumulte des femmes qui voulaient sortir Anania de là, et surtout le mettre dans sa charrette pour faire les allers et retours avec la gare. Le fait d'avoir violé la loi n'était pas considéré comme une excuse suffisante pour un tort aussi grave infligé aux transports du pays. La meneuse, qui s'était avérée être la femme du tavernier, frappait avec obstination à la porte. À chaque série de coups, les autres femmes criaient en chœur : "Ouvrez !"

Sgrelli, surpris par un événement si insolite et craignant le pire, comme par exemple un autre vol de bétail, ou peut-être un massacre, seul carabinier à la caserne puisque Ghibaudo et Moretti étaient occupés à convoyer un autre mort, qu'Audisio était en train de conférer avec les hautes sphères et que Lai s'occupait d'installer au mieux les nobles Marasco, Sgrelli, donc, a réagi d'instinct. L'instinct particulier d'Angelo Sgrelli. L'unique fenêtre de la cellule, minuscule, était fermée par la grille habituelle, le suspect somnolait et avait une main et une jambe inutilisables, le maçon travaillait vivement et marmonnait à mi-voix pour son propre compte : mieux valait fermer la porte d'un tour de clé et aller voir ce que diable il pouvait bien se passer à l'entrée.

Une sonnerie d'alarme retentit à l'oreille de Ghibaudo. Qu'est-ce que j'aurais fait, moi, se demande-t-il.

– Qu'est-ce que tu aurais fait, toi ? demande-t-il à Moretti. Tu es seul et un tumulte éclate à la porte.

Moretti lui lance le genre de regard qu'on réserve aux enfants.

– Je fais sortir le maçon, Ghibaudo, et ensuite, ensuite seulement, je ferme à clé.

– D'accord, appelons ça un vice de forme, admet Ghibaudo. Si j'avais été à la place du maçon, en tout cas, je ne serais pas resté volontiers enfermé dans une cellule avec un suspect. J'aurais demandé à sortir.

– Eh oui. Une partie du problème, c'est qu'il ne l'a pas fait.

Sgrelli a écouté les femmes sur le seuil sans leur permettre d'entrer, en s'efforçant de comprendre les voix qui s'entremêlaient en dialecte pur. Elles criaient le nom de l'adjudant et, croyant qu'on leur refusait de le voir avec une fausse excuse, elles n'exigeaient rien de moins que de l'attendre à l'intérieur.

– À ce moment, nous sommes arrivés nous, avec Melchiorre derrière. Pendant que tu arrangeais le corps dans la chambre mortuaire, moi j'ai arrangé les choses ici, en renvoyant les femmes. En conséquence, j'ai dit à Sgrelli de libérer le maçon qui, à ce que Sgrelli disait, l'attendait juste derrière la porte. Je me suis arrêté dans la guérite et tout ce que j'ai vu, crétin que je suis, ça a été un homme de dos avec une trousse à outils qui se glissait par la grande porte.

Ghibaudo écoute ce qui semble être tout sauf une histoire intéressante. Mais plus Moretti avance et plus son visage devient cireux, et un léger halètement tend à étouffer ses mots. Cet homme est bouleversé et moi je n'ai pas encore compris pourquoi, pense Ghibaudo.

– À un certain moment, quelqu'un d'autre a frappé à la grande porte. J'appelle Sgrelli, qui comme d'habitude ne vient pas. J'y vais, et je me retrouve face à un petit homme trapu, à la barbe graisseuse, avec une besace de peau en bandoulière, qui me dit : "C'est le charpentier qui m'envoie pour boucher le trou du mur."

À ces paroles précises, Sgrelli se répand en glapissements sur l'épaule de Lai. Ghibaudo se retourne, exaspéré :

– Sgrelli, c'est pas bientôt fini, oui ? lui crie-t-il.

Moretti, en proie à une fureur soudaine, pousse Ghibaudo hors de la pièce. Sans desserrer sa prise sur le coude de son camarade, il le mène devant la porte de la cellule. Pas fermée. Tirée.

Ghibaudo regarde Moretti dans les yeux et enfin croit comprendre.

– Je n'aurais pas imaginé qu'Anania aurait vraiment réussi à s'échapper, dit-il en se massant le front.

Par l'effet d'un calcul erroné issu d'un préjugé, partagé entre humiliation et admiration pour ce garçon qui a réussi à le faire s'intéresser à lui plus qu'il ne l'avait jamais fait pour tout autre délinquant, Ghibaudo commence à échafauder une série d'hypothèses. Il s'est servi d'un complice, sans aucun doute le faux maçon. Quelle énorme naïveté, de le laisser seul sans surveillance. Mais comment a-t-il fait ?

Abasourdi, il écarte la porte juste ce qu'il faut pour passer. Moretti reste dehors, appuyé au chambranle, le regard baissé dans le vide, mains dans les poches.

Ghibaudo remarque tout de suite le trou mal rebouché dans le mur. À quelques centimètres de lui, il voit à terre l'amas de feuillets éparpillés et couverts d'une écriture serrée. Juste un instant plus tard, dans une pièce plus petite que son propre logement et beaucoup plus nue, Ghibaudo réussit à voir vraiment ce que Moretti l'a emmené voir.

Le corps exsangue d'Anania, un bras pendant hors du lit. Sur sa poitrine, une tache rouge, pas si grande que ça, à la hauteur du cœur.

Mieux vaut ne rien bouger ni déplacer le corps jusqu'à l'arrivée d'Audisio, décident les deux hommes. L'affaire est trop grave. Si grande que soit la sensation d'échec et d'humiliation qu'ils éprouvent maintenant, ce n'est rien par rapport à ce qu'ils ressentiront face à l'adjudant, à essayer d'expliquer un meurtre dans sa propre caserne.

L'encerclement commencé par l'assassinat de l'un d'eux, le carabinier Pau, s'est resserré sur eux comme une morsure au cœur.

Un homicide à la caserne.

Ghibaudo fouille la misérable pièce, à la recherche d'un indice quelconque. Le sol est couvert de saleté, trop. Une touffe de poils hérissés attire son attention. Anania n'a qu'un duvet follet sur le visage, et ses cheveux seraient souples et bouclés si terre et sueur ne les encrassaient pas.

Dans un mouvement de colère, Ghibaudo tire l'unique chaise à côté du lit. Il s'assied, se lève et puis s'assied encore. Il regarde le corps, sans rien toucher ni rien dire, jusqu'à en avoir mal aux yeux. L'effondrement de Moretti, qui semblait ne devoir jamais arriver, est en train de se produire dans son dos. Il ne le voit pas, mais c'est comme s'il en entendait le bruit.

– Le coup semble le même. Précis, au cœur, lui dit Ghibaudo en se retournant quand il craint que le silence l'éteigne pour toujours. Mais cette fois il l'a emporté, le couteau.

– Le couteau sur le corps de Pau ne servait qu'à compromettre Anania, évidemment, dit Moretti.

– Nous avons un homme en chair et en os. Sgrelli l'a vu et, dès qu'il sera en mesure de le décrire, nous pourrons lui donner la chasse, dit Ghibaudo à voix basse, dans une tentative pour maintenir un fil d'espoir.

– Ah, bien sûr, la description d'un homme avec une barbe, des moustaches, une casquette baissée, corpulence normale, taille normale.

Moretti appuie son front contre le mur. Ghibaudo le comprend : en ce moment, la responsabilité lui revient tout entière. Jamais il n'a autant ressenti l'envie de lui poser une main sur l'épaule, de lui caresser les cheveux, d'une manière qui est absolument niée, interdite aux hommes, comme il l'avait expliqué à Amelia.

– D'accord, lance Ghibaudo pour le secouer. Nous pouvons creuser sur Pau. Nous pouvons encore creuser sur la partie de la vie d'Anania qu'il ne nous a pas racontée. Comprendre ce qui peut bien relier trois hommes tués et arriver à l'assassin.

– En admettant qu'on survive à la colère d'Audisio, gémit Moretti. Je suis fatigué, allons-nous-en d'ici.

Ghibaudo reste seul devant le corps d'Anania. Il lui ferme les yeux comme Audisio l'avait fait à Pau. Je veux que celui qui t'a tué le paye, hurle-t-il en lui-même. Puis il ramasse les feuilles, toutes celles qu'il trouve alentour, écrites ou vierges. Il les serre contre sa poitrine, les glisse une à une sous la veste d'uniforme, jusqu'à la dernière, qui ne peut plus entrer et qu'il fourre rageusement dans sa poche. Il décide qu'il va passer la nuit sur ces feuilles, enfermé dans sa chambre. Il recueille au fond de la caisse les coupures de journaux de Melchiorre. Il va obliger les papiers et l'encre à lui révéler tout ce qu'ils pourront. Il va risquer de finir écrasé sous le poids des histoires qu'ils racontent, mais il le fera. Il va risquer de devenir un vrai carabinier. Il résoudra l'affaire, ou il s'en ira.

Assis sur la première marche de l'escalier qui mène aux chambres, un Ghibaudo nerveux et impatient attend que le docteur descende du logement de Sgrelli. Moretti, le plus élevé en grade jusqu'au retour d'Audisio, a accepté que le médecin mette un calmant à disposition du garçon. Qui, jusqu'à présent, n'a pas voulu le prendre. Il s'étouffe quand il avale un cachet, continue-t-il à dire, et à la fin, il a été laissé dans sa chambre sans plus de manières.

– Docteur, vous permettez que je vous dise un mot avant que vous partiez ? demande Ghibaudo en bondissant sur ses pieds.

– Vous voulez des informations sur Anania mais aussi sur Melchiorre, j'imagine. En ce qui concerne le garçon, je n'ai pas grand-chose à dire. Un seul coup, précis, au cœur. Une blessure semblable à celle du carabinier Pau.

– La même main ?

– Je ne suis pas devin.

Ça m'arrangerait bien que vous le soyez, pense Ghibaudo, disposé à s'appuyer, au contraire de Moretti, sur tout avis d'autorité, même en marge de la science.

– Mais très probablement oui, ajoute ensuite le médecin. Par ici, il y a beaucoup d'assassins, mais pas beaucoup d'aussi précis.

– Quant à Melchiorre ?

– Melchiorre, c'est une longue histoire. Réduit en lambeaux, mais plus par des animaux que par des hommes. Aucune blessure par arme blanche ou arme à feu. Beaucoup d'abrasions dues à la chute, le reste déchiqueté et mâchonné par les rapaces et un genre de belette.

– Donc, il est tombé tout seul, et ça ne nous conduira nulle part, en déduit Ghibaudo dans un filet de voix.

– Peut-être que oui, peut-être que non. Il y a une contusion profonde à la nuque. Il pourrait s'agir d'un coup qui lui a été asséné.

Le balai disparu ! pense Ghibaudo en écarquillant les yeux.

– Mais aussi d'une branche sur laquelle il se serait cogné en tombant. On ne peut pas dire.

Rien, même ça on ne peut pas le dire. Sur Melchiorre, il n'y a aucune certitude.

– Et puis, il y aurait les mains.

– Les mains, répète Ghibaudo, en faisant remonter dans sa mémoire les paroles de Gavino. “Il n'y a que les ongles qui sont restés entier.” Il est mort en serrant un poing, avait-il dit après l'avoir arrangé tant bien que mal avant de l'envelopper dans la toile pour son dernier voyage.

– Si un homme vivant tombe dans un précipice, je m'attends à ce qu'il tente de s'accrocher à quelque chose, branches, roches, broussailles, en se brisant les ongles et en s'abîmant les mains, explique le docteur en fixant le plafond.

– Il avait un poing serré. Pour le poing, on peut faire le même raisonnement que pour les ongles, non ? Main ouverte égale chute en vie. Main fermée égale chute post mortem, avance Ghibaudo, sa colère convertie en concentration et rapidité de pensée.

Il voudrait que Moretti soit là, maintenant, l'entendre donner aussi un éclairage différent sur les faits avec sa nouvelle science.

– On peut tenir ce raisonnement, même s'il n'est pas probant, admet le docteur Spano. Mais il marche mieux si le poing contient quelque chose.

Le regard de Ghibaudo s'allume.

– Des touffes de poils de chèvre. Difficiles à attraper quand on tombe dans un précipice. L'homme est berger ?

– Non, répond Ghibaudo. Il n'était pas berger, je ne sais pas où il pourrait les avoir arrachés.

– Bien, ça ne me regarde pas, réfléchissez-y, vous. Je vous ferai avoir les rapports demain.

– J'aurais une dernière question, docteur. Vous m'excuserez, mais je l'avais mise de côté depuis cet après-midi au cimetière.

Le docteur Spano écarte les bras en même temps que ses réserves de patience, à la mesure de la situation anormale et alarmante dans laquelle il se retrouve.

– Les blessures sur les avant-bras du carabinier Pau.

Le médecin fronce les sourcils juste un instant.

– Si vous voulez dire celles infligées la nuit de Saint-Jean, ce sont des blessures superficielles par arme blanche. Je l'ai écrit dans le rapport. Vous ne l'avez pas lu ?

– Je l'ai lu, mais là aussi, je voudrais votre avis autorisé, si ça ne vous dérange pas.

– Ça me dérange, oui. Un avis donné à un vice-brigadier sur un carabinier assassiné est un acte hasardeux que je ne peux pas me permettre, rétorque le docteur en faisant un pas vers la grande porte.

Ghibaudo s'écarte, déçu. Il était prêt à accueillir toute idée venant de cet esprit brillant qui pourrait l'aider à assembler les pièces du puzzle.

– Mais, pour le plaisir de la conversation, ajoute en fait le médecin, je pourrais vous dire que, par ici, quand ils se servent d'un couteau, les bandits frappent généralement profond, de la pointe. Je ne sais pas si ça peut vous aider.

Peut-être que oui.

Tout à coup, Ghibaudo s'aperçoit à quel point, dehors, au-delà des grandes fenêtres donnant sur la rue, il fait sombre. Le soir, ou plutôt les nuages.

– Ça va être l'heure d'allumer vos lampes à pétrole ou, d'ici peu, vous avancerez à tâtons, remarque le médecin.

En trois grands pas, il est à la porte, la main posée sur le lourd verrou. Ghibaudo se précipite pour lui ouvrir le battant juste ce qu'il faut pour qu'il se glisse dans la rue, gagne sa calèche et de là sa maison, à peu de distance de l'hôpital des Capucins, en ville.

Du gris en train de s'installer pour la soirée surgit une petite silhouette emmitouflée qui se place entre Ghibaudo et la porte.

– Mademoiselle Amelia !

Ghibaudo la salue en portant la main à son front.

– Tu as mis ton manteau, ma chérie, dit le docteur. J'en suis heureux. Je suis désolé de ne pas avoir pu t'avertir. Le brigadier Marasco a été transféré à l'hôpital juste à l'heure du déjeuner.

– Oh. Peu importe. Je ne suis pas tout à fait inutile, en tout cas.

Alors seulement, Ghibaudo remarque les bras encombrés de la jeune fille.

– Vous permettez que je vous aide ? s'offre-t-il.

– C'est le courrier et les journaux qui vous sont destinés. Ça fait deux jours qu'ils sont entassés chez le chef de gare. J'en viens. J'ai pensé vous les apporter moi-même.

Et les lire le plus possible, pense Ghibaudo en prenant un paquet de quotidiens tellement froissés qu'on pourrait croire qu'Amelia a voulu les dévorer avant de les leur remettre.

– Tu vas être plus utile que tu ne croies, ma chérie. Le vice-brigadier va t'expliquer. Le carabinier Sgrelli pourrait avoir besoin de toi. Il a eu un malaise, et le poste est, pour ainsi dire, trop dégarni cette nuit pour que quelqu'un puisse veiller sur son sommeil. Ghibaudo, essayez donc de vous reposer vous aussi, ou bien vous ne tiendrez pas longtemps sous cette pression.

21

– Vous voulez me raconter ce qui s'est passé aujourd'hui ? demande Amelia en s'asseyant sur le banc juste sous la grande fenêtre.

Ghibaudo la suit. Il s'assied à côté d'elle et accueille avec soulagement, dans cette soirée pleine de nuages et de douleurs, le mouvement de détente de son propre corps qui s'allonge, étire les jambes, cherche la position la plus confortable.

– Non.

– Non, vraiment ? répond Amelia aux grands yeux lumineux.

– Je voudrais vous raconter une autre histoire, si ça vous va.

Amelia appuie la tête contre le mur, croise les bras et ferme les yeux.

– Ça me va.

Ghibaudo se demande s'il va réellement parler, tandis qu'il l'observe de profil : ce petit nez, l'oreille délicate, un léger duvet juste sous la joue.

Il appuie la tête lui aussi. Ferme les yeux lui aussi. Le trou dans sa poitrine lui fait mal, et le souvenir de leur conversation du matin, dans la saveur des biscuits, du lait et de la guérison de Marasco, lui semble une étreinte à laquelle il ne veut pas renoncer.

– Alors, je commencerai par là. Il était une fois un garçon, debout devant un miroir.

Amelia bouge, elle se redresse, probablement pour le regarder, amusée. Ghibaudo, les yeux fermés, ricane. Il entend le bruit léger d'un rire. Il l'épie du coin de l'œil. Elle s'est réinstallée comme avant.

– Il y avait un garçon devant un miroir. Il était heureux et la tête lui tournait, à cause de toute cette poussière dorée qui dansait autour de lui. C'était l'effet de la lumière qui entrait dans le palais. Il n'y était pas habitué. Là où il habitait, le soleil se montrait peu.

– Comment était le miroir ? demande Amelia.

– Grand. Le plus grand qu'il ait jamais vu, avec un cadre de bois doré.

– Les grands miroirs sont cruels.

– Vous avez raison. Mais le garçon, en fait, ne désirait pas examiner son reflet. Ses malléoles pointaient entre le bas du pantalon et ses chaussures comme les clous de bois d'une marionnette. Sans parler des pièces recousues aux genoux, ou du pantalon tenu par une ficelle. Il n'aurait pas aimé se voir.

Silence.

Amelia attend, sa respiration soulève et abaisse sa poitrine.

– Ce garçon se trouvait dans une chambre merveilleuse, pleine de stucs vénitiens, de tapis orientaux et de mille coussins rose et ivoire, en compagnie de son noble ami, fils du propriétaire du palais. Je veux te montrer quelque chose de beau, lui dit-il avec un rire qui lui fit tourner la tête.

Amelia a un léger sursaut.

– Qu'y a-t-il ? Vous êtes déjà fatiguée de l'histoire ?

– Tout au contraire ! Je vous en prie, continuez. Vous savez si bien raconter.

– Son nouvel ami ouvre la porte de l'armoire vénitienne couleur or et ivoire, et fait apparaître comme par magie un défilé de soie, de corsages et de tulle, des verts délicats, des jaunes passés, des lilas pleins d'espérance, des rouges effrontés…

– Le rouge est ma couleur préférée. Tout le monde devrait toujours porter quelque chose de rouge.

Ghibaudo ne remarque pas l'interruption, il n'ouvre pas les yeux, ne bouge pas un muscle. Seule sa voix, basse, grave par nature, continue à bouger en lui.

– De cette armoire, son ami extirpa une étole qui, aux yeux du garçon, ressemblait à un serpent à plumes, et il la lui posa sur les épaules. Le garçon se sentit chatouillé par un nuage rose piqueté de gris sur les pointes et il rit de lui-même devant le miroir. Puis il prit les deux pans de l'étole avec le peu de grâce dont il était capable et se retourna pour se montrer, mais son noble ami avait disparu dans l'armoire, en quête d'un trésor pour lui-même.

– Que trouva-t-il? demanda Amelia, mi-amusée, mi-curieuse.

– Un petit chapeau gris perle, avec une voilette sur le devant et une fleur de velours vieux rose cousue sur le côté. Comment je suis? lui demanda-t-il. Les deux garçons rirent, heureux de se voir heureux. Puis son ami lui prit une main entre les siennes et la porta à ses lèvres. Ainsi, sans préavis, il la baisa. Ses lèvres étaient la chose la plus chaude qui l'ait jamais effleuré.

Silence. Un tonnerre, loin, très loin, maugrée dans le ciel.

– Comment était-il, son ami noble?

– Il avait une peau pâle et délicate. Les cheveux blonds, ondulés. Ses yeux étaient d'un vert liquide, à la lumière du soleil. Les dents petites et parfaites.

– Comment s'étaient-ils connus?

– Le père du garçon travaillait pour le père de son ami, le comte. Une fois, il avait emmené avec lui son gamin pour lui faire connaître la famille du comte et, depuis lors, les deux enfants avaient voulu se revoir souvent. Donc, ils n'imaginaient pas que cette fois-là serait la dernière.

– Que s'est-il passé après le baiser? demande Amelia, la voix à peine plus tendue que l'instant d'avant, sa respiration à peine plus haletante.

– Soudain la sœur, la petite comtesse, a surgi. La légitime occupante de la chambre rose et ivoire. Un pachyderme qui n'avait rien de l'élégance et de la finesse de son frère. Et la voix, en plus ! Quand elle les vit si près, main dans la main, avec ses affaires sur eux, elle a commencé à crier comme si elle ne devait jamais en perdre le souffle. Tout le monde accourut, du premier au dernier serviteur, pour jouir du spectacle.

Ghibaudo avale douloureusement le dernier mot.

– Le garçon a été chassé, n'est-ce pas ?

Silence. Le tonnerre se rapproche. Pas encore menaçant, seulement plus proche.

– Son père et lui se sont retrouvés sur le trottoir sans même savoir comment. Le garçon fut le soir même chassé du domicile familial et se retrouva à dormir à la gare. Un endroit chaud, grâce à la vapeur.

– Vous avez choisi une histoire avec une fin triste.

– Pas vraiment. Le garçon aimait bien la gare. Au fond, c'était un endroit comme un autre d'où commencer sa vraie vie. Du moins, c'est ce qu'il pensait.

– Qu'est-ce qu'il faisait pour vivre ? demande Amelia, avec appréhension maintenant.

– Ce qu'il avait toujours fait, depuis l'âge de sept ans. Il vendait des journaux. C'était un vendeur à la criée.

– Et ça lui plaisait de faire un métier de rue ?

– Pas toujours. Mais en gros, oui. Il avait appris un tas de choses. Par exemple, à lire et puis à écrire. À observer les gens. À découvrir des habitudes, à scruter des vies. Comprendre quand les gens ont besoin d'un journal tard dans la soirée juste pour le lire au lit.

Ghibaudo ouvre un œil et adresse un demi-sourire à Amelia.

– C'est de moi que vous parlez ? demande Amelia en répondant au demi-sourire.

Le paquet des journaux est encore là, à côté d'eux, et Ghibaudo y pose une main. Puis il ferme les yeux et attend.

– Le garçon n'a plus essayé de joindre son ami noble ?

– Au début, il passa loin des rues du comte. Puis il se rendit compte qu'à force de lire les journaux de la première à la dernière ligne, feuilletons compris, il lui était venu un certain goût pour les effusions romantiques, une chose à cacher sous sa manche comme une démangeaison.

Amelia rit doucement, mais ce n'est pas son rire habituel.

– Je vois ce que vous voulez dire.

– Alors, il commença à passer par les rues proches du palais du comte, le visage dissimulé sous une casquette à visière. Mais la douleur et le sentiment ne font pas bon ménage avec les affaires. Dans ce quartier, on vendait moins et, en plus, il ne se passait rien. Son ami semblait s'être évaporé comme la pluie d'été sur les vitres. Ce fut sous ses fenêtres justement qu'un après-midi, pour ne pas céder à l'ennui ou pour s'arracher à la mélancolie, le garçon s'attarda à lire deux longs articles nécrologiques. Le premier faisait l'éloge d'un ex-général de carabiniers, mort de vieillesse et couvert de médailles après avoir échappé pendant vingt ans aux brigands d'un bout à l'autre du Royaume d'Italie. L'autre papier parlait d'un rejeton de l'aristocratie que la divine providence et le mal subtil avaient emporté dans ses jeunes années. Une fleur de velours vieux rose. Il s'appelait Ernesto.

Ghibaudo sent une larme affleurer dangereusement sur ses cils. Dans le silence, les grondements du tonnerre semblent des intrus.

La présence d'Amelia n'est plus perceptible. Peut-être qu'elle s'est levée et qu'elle est partie, pense Ghibaudo, mais il n'ouvre pas les yeux pour vérifier.

– Ce garçon était vraiment amoureux de son ami noble ?

Non, un filet de voix est encore là.

– Je ne sais pas.

– Vous ne savez pas ou vous ne voulez pas me le dire ?

Un éclair jette un instant des lumières et de l'ombre sur leurs visages.

– Le mot amour était un mot trop précis pour eux, à cette époque. Pour ce qu'ils étaient ensemble.

Le tonnerre les surprend et leur fait ouvrir les yeux, effrayés.

– Je crois qu'il faut que j'aille voir comment va votre carabinier, dit Amelia doucement, en se levant.

Pâle, Ghibaudo est sur le point de prendre congé d'elle avec une inclinaison du buste, alors qu'il voudrait l'étreindre, refouler le nœud dans sa gorge et puis remonter le temps passé et lui raconter une histoire amusante, mais un trépignement de sabots et le hennissement d'un cheval le paralysent.

Mlle Amelia secoue légèrement les épaules, comme parcourue d'un frisson. Elle ne sourit pas, elle semble prise par une pensée nouvelle.

– L'adjudant Audisio, lui dit-elle. Il est de retour.

22

Dans le cadre de la fenêtre, le ciel est sombre, d'un gris presque noir.

La nuit sera longue à passer.

Moretti et Sgrelli ont été abandonnés à leur destin, décidé par Audisio.

Lui est resté seul devant les mots d'Anania, comme si ces papiers couverts d'encre l'avaient choisi depuis le début comme unique lecteur.

Anania se moque de l'endroit où il écrit, pense Ghibaudo. Il arrive qu'une phrase ne se poursuive pas au verso de la feuille, mais sur une nouvelle, pour revenir ensuite au dos de la première. Ghibaudo les tourne et les retourne tel un paquet de cartes. Désespéré par l'absence de pagination, il essaie de les disposer sur son lit comme s'il faisait un solitaire.

Certaines pages ne sont remplies qu'à moitié. D'autres semblent déborder sur le drap tellement elles sont écrites serrées. La graphie est fluide. De temps en temps, des bavures comme des gouttes soufflées par le vent, ou de rapides queues de comète. Ghibaudo déchiffre vite les premières lignes de chaque page, avec avidité, mais en vain : pas de vrai début, aucune vraie fin.

Bon, d'accord, Anania, faisons comme tu veux, toi.

La maison de Melchiorre sentait la merde sèche mais, par chance, il n'y avait rien qu'Anania ne pût faire au-dehors. Et même, disait Melchiorre, c'est mieux de lire dehors parce que la voix est portée par le vent.

La mère d'Anania souvent préparait les repas pour lui et pour son fils. Dans une besace suspendue à l'âne, le garçon apportait du fromage, des biscuits, quelquefois un quart d'huile dans lequel tremper le pain. Quelquefois, ils mangeaient à midi ce que Melchiorre avait gardé des prix remportés dans les tournois de poésie improvisée ou qu'un riche admirateur lui avait offert : saucissons, demi-tommes de fromage, bouteilles de vin.

Le travail de lecteur particulier avait duré un an et demi. Un an et demi d'allées et venues, de l'aube au couchant, fêtes nationales exclues, fêtes patronales inclues. Une période durant laquelle il lui semblait qu'il ne se passait rien d'autre que le balancement des allers-retours sur le dos de l'âne, alors que ce qui lui arrivait, c'était simplement le bonheur.

Voilà ce qu'écrivait Anania.

Le bonheur, c'était : quand il se sentait regardé par un aveugle, quand sa jambe tordue disparaissait parce que personne ne la voyait, quand il écoutait sans comprendre les discours sur le progrès, quand il mettait le nez dans le papier encré des journaux qui a une odeur à nulle autre semblable, quand il pouvait écrire avec la main qu'il voulait, quand il taillait les crayons, quand il entendait crier les rimes aux kermesses, quand il chargeait sur la charrette les fiasques de malvoisie gagnée avec la poésie improvisée.

Dans la caisse à pommes de terre, il y avait des coupures de journaux de diverses villes, vieux d'un mois, d'un an ou de deux jours. Anania devait beaucoup se forcer avec ces mots écrits en tout petits caractères, souvent fort longs et jamais entendus jusque-là. À la fin de chaque journée, il sentait tourner dans sa tête comme une grande soupe. Mais quand, ensuite, il se balançait à dos de mulet sur le chemin de retour à la maison dans le sillage rouge du couchant, il se surprenait à aligner les événements du monde un jour après l'autre, sans jamais avoir bougé de là. Pas besoin de se déplacer sur deux bonnes jambes pour connaître le monde. Le monde était dans les journaux. Mais ça, Ghibaudo le sait déjà, et il a passé assez de temps dans cet endroit pour pouvoir l'imaginer : Melchiorre assis sur la pierre usée juste devant la porte, Anania sur le tronc scié à côté, dos au soleil qui vient de sortir pour ne pas se brûler les yeux sur les pages du journal, pas âme qui vive entre eux et le précipice, ni non plus sur la route par laquelle le garçon est arrivé. Il n'y a que l'âne qui bouge la queue et les oreilles, en plus du bruissement des feuilles dans les branches.

La page dans laquelle Anania espérait toujours pêcher des coupures était celle des annonces. Toutes en formules magiques qui promettaient des miracles contre la toux, le catarrhe, les bronchites. *La Gazzetta Piemontese, La Nuova Sardegna, La Nazione, La Gazzetta del Popolo, Il Giornale di Sicilia*, il ne manque presque rien dans la caisse de Melchiorre. Ghibaudo y a retrouvé toutes les annonces qui plaisaient à Anania. Il a même retrouvé celle des pilules Cooper, contre la mélancolie, qu'il adorait.

La dernière chose qu'il avait lue pour Melchiorre avait été une petite légende sous une photo, "Tremblement de terre de Palmi en Sicile", et puis il lui avait aussi lu la photo, une maison détruite dont n'était resté debout qu'un mur, et sur ce mur juste un volet suspendu. Quand Anania était remonté sur l'âne, dans le sillage du couchant, il n'avait pas le moins du monde imaginé que cette coupure serait la dernière.

Anania n'était revenu voir Melchiorre que deux jours plus tard. Il avait sauté le mardi, et puis le mercredi. Ça n'était jamais arrivé jusque-là. Tu as eu la fièvre hier et avant-hier ? lui avait demandé Melchiorre. Non, mais maintenant, je dois vous lire une histoire, lui avait répondu Anania. Elle est nouvelle, avait-il ajouté. Je t'écoute, avait répondu Melchiorre.

Un jour, un homme juste s'apprêtait à manger sa soupe après avoir rendu grâce à Dieu tout-puissant.

Autour de lui, assise à sa table, il avait sa famille, au complet hormis le fils boiteux, qui était sorti. À un moment, l'homme juste entendit un bruit de sabots. Les chevaux s'arrêtèrent devant la fenêtre ouverte. Un des cavaliers descendit de son cheval. L'homme juste se leva face à lui pour écouter ce qu'il avait à dire. Le cavalier pointa son fusil sur l'homme juste qui était dans sa maison. Il ne dit rien. Il tira. Puis il tira sur le fils à sa droite et ensuite sur le fils à sa gauche. Quand les chevaux repartirent, ils emmenèrent tout le troupeau de l'homme juste et de sa famille. La femme resta à terre sans même avoir besoin d'une balle. La fille se coucha dans le sang toute seule, car elle ne supportait pas d'être la seule encore debout. Le fils boiteux revint à la maison sur son âne comme le soir tombait et ne trouva rien de tout cela. Il ne trouva plus hommes, femmes, père mère frères sœur animaux. Il ne trouva personne à la maison sinon le sang de son sang que les voisines n'avaient pas encore eu le courage de laver. Le fils boiteux n'était plus un fils. Il était devenu le volet de la maison de Palmi.

C'est une histoire de brigands très triste, avait dit Melchiorre. Il avait cherché les mains du garçon, mais n'y avait trouvé ni livre ni feuille de papier. Alors, il avait cherché son visage du bout de l'index et du majeur des deux mains, ses quatre yeux, comme il les appelait. À leur tremblement, Anania avait compris que Melchiorre voyait ses larmes. Il les voyait couler comme deux ruisselets lents et silencieux. Il s'était mis lui aussi à pleurer et Anania avait pensé que c'était étrange de voir deux bons yeux et deux yeux aveugles pleurer ensemble. C'était stupide, mais c'est ce qu'il avait pensé en saluant Melchiorre pour la dernière fois, avant de partir.

La sœur d'Anania avait été envoyée auprès d'une veuve qui la laisserait vivre avec elle en échange de ses services.

Quant à lui, Melchiorre avait insisté pour le garder. Dans sa cahute, il y avait assez de place pour une autre peau de chèvre. Les aumônes, ils les diviseraient par deux. Ils ne feraient pas du lard, mais ils ne mourraient pas de faim, disait Melchiorre. Mais Anania avait juré sur le corps martyrisé de son père qu'il ferait ce qu'il disait toujours, "Mon fils est boiteux mais il ne vivra jamais d'aumône", c'est pourquoi à l'enterrement il avait dit doucement "Je le jure". Et puis, il avait juré sur le corps intact et sur le cœur faible de sa mère qu'il ferait toujours ce qu'elle disait, "Mon fils est boiteux mais il a bon cœur", c'est pourquoi à l'enterrement il avait dit "M'man, je le jure". Retourner vivre dans la vieille maison vide, il n'y songeait pas. Pour lui, elle s'était effondrée comme la maison de Palmi. Il avait dormi çà et là, pendant quelques jours, et Ghibaudo sait qu'il n'est en fait pas si difficile de dormir n'importe où. Le moins supportable, à certains moments, c'est de rester réveillé.

Anania continuait à se présenter chez Melchiorre tous les jours, au maximum tous les deux jours. Mais il avait cessé de lire. Il ne voulait plus rien faire de ce qui faisait sa vie d'avant, et les articles de Melchiorre et leurs tournois de poésie, c'était justement ça : sa vie d'avant, descendue à vue avec sa famille. Il s'asseyait avec lui. Quelquefois, il mangeait un peu.

Un jour Melchiorre lui dit qu'il avait un ami. Plus encore : un rival en poésie. Il était fort, pas aussi fort que lui, mais fort. Il ne le rencontrait pas souvent. Il avait deux métiers, un convenable et l'autre pas, il se montrait donc peu à Spaccavento. Il ne rimaillait pas aux mariages, où il risquait de rencontrer des gens qui l'avaient connu ailleurs. Aux fêtes patronales, il apparaissait et disparaissait. Mais quand Melchiorre entendait appeler son nom de sous la scène ou reconnaissait sa voix déclamant des vers effilés, il savait que ce serait une belle journée. À la manière dont il rimait, on comprenait qu'il avait une certaine familiarité avec les choses du monde, le monde clair, celui de la justice selon leur code, et le monde obscur, de la loi selon le Royaume d'Italie qui ne réparait les torts pour personne. Sûrement, il saurait orienter un garçon si intelligent qui savait si bien lire et écrire. Anania ne l'avait jamais rencontré dans les tournois, mais Melchiorre pouvait réussir à le retrouver, et il le ferait. Pour lui.

Anania ne voulait rien d'autre pour lui-même que comprendre quelle devrait être sa place. Mais il n'avait pas la force pour le comprendre, et alors il attendait. Un jour, Melchiorre lui donna des nouvelles.

Cet ami à lui allait l'attendre à l'aube chaque matin à la bifurcation pour Serra, pendant une semaine, pas plus. C'était juste le temps nécessaire pour permettre à qui le voulait de s'en aller : davantage de temps aurait signifié trop d'indécision, et d'un homme indécis on ne sait pas quoi faire. Il lui donnerait une adresse et il lui expliquerait en quoi consisterait sa nouvelle vie.

Anania revint chez Melchiorre le lundi et le mardi.

Le mercredi, il lui dit au revoir.

À la bifurcation, il avait trouvé Pittanu et les indications pour arriver à une grande maison, le double de la sienne, un chevreau rôti à contrecœur, un âne et la femme de son nouveau patron, Lianora, qui avait trop chaud et qui soufflait. On avait à peine passé la mi-avril.

Ghibaudo posa un instant la feuille sur le lit.

La mi-avril. Pourquoi tu me mens ? Pourquoi tu me mens juste maintenant, Anania ?

Anania aidait le patron pour tout, en échange de la nourriture et du logement. Il avait laissé son âne à sa sœur, en remerciement à la veuve qui l'hébergeait. Là, il en avait trouvé un autre, avec lequel il tirait la charrette. Il s'épuisait autant que possible tout le jour, pour s'effondrer la nuit dans un sommeil noir. Si je pouvais, je me tuerais au travail, écrivait Anania.

Les jours passaient, et le plus difficile pour lui, aussi difficile que de faire disparaître l'odeur de brûlé d'un incendie éteint depuis longtemps, restait de comprendre quelle devrait être sa place.

L'endroit qui jusque-là lui avait semblé le plus juste, c'était à côté de ses frères morts, à gauche de son père, en face de sa sœur, à droite de sa mère, un instant avant que partent les tirs. Pour être plus précis – parce que Anania tenait beaucoup à la précision sur ce sujet –, la place juste pour lui aurait été couché en travers, la tête sur la poitrine de son frère aîné, avec une ou plusieurs balles dans le corps. Si seulement il était rentré à la maison une demi-heure plus tôt, la demi-heure nécessaire pour s'asseoir au bon endroit. Mais beaucoup aurait dépendu aussi de la direction de l'angle du tir qui lui aurait été destiné, comme il avait découvert par la suite, dès qu'il avait commencé à se familiariser avec les armes de son patron. Ça, ça avait rouvert la question. Le sens de la chute aurait pu varier s'il avait bougé, effrayé par ce qui se passait autour de lui, vu qu'il ne pensait pas être le premier des frères à être abattu. Le plus jeune des deux présents avait eu le réflexe de se dresser après avoir vu son père touché à mort et c'est pourquoi il était tombé tout de travers sur la table. Anania le sait parce que sa sœur le lui a raconté, on dirait que c'est la seule chose dont elle se souvient. La seule chose dont elle se souvient, c'est son frère Ismaele qui tombe en travers de la nappe blanche en renversant le vin rouge, tout ce rouge du sang et du vin l'a plongée dans une telle confusion qu'elle ne saura plus rien de cette soirée pour le restant de sa vie, c'est du moins ce qu'Anania espère. De la même manière qu'Ismaele, lui aussi aurait pu avoir le réflexe de se lever. Mais sa jambe estropiée l'aurait arrêté aussitôt. À la fin, après tant de jours et tant de nuits passées à étudier les différentes hypothèses possibles et imaginables, c'était justement là, enfermé dans un trou dans une caserne, qu'il avait conclu que, s'il avait été à l'endroit juste, il aurait pris une balle en pleine poitrine pour ensuite retomber sur sa chaise comme un sac de patates.

23

Serra, vendredi 7 juillet 1899

– Lai.

Ghibaudo frappe doucement, deux coups rapprochés.

– Lai ! T'es encore réveillé ? Je dois te demander quelque chose.

Ghibaudo compte jusqu'à dix, prêt à disparaître dans son propre logement. Il ne tient pas à importuner son camarade à deux heures du matin, surtout maintenant qu'il a été contraint par les circonstances à revenir dormir à la caserne, alors que sa femme, chez eux, prend soin de trois aristocrates exigeants.

– Ghibaudo ! Qu'est-ce qui se passe, encore ?

– Tu en as toujours, du fil de fer ?

Ce n'est pas ce qu'il voulait lui demander, mais soudain il lui en est venu l'envie.

Le logement de Lai est un endroit nouveau pour Ghibaudo, et pourtant il est identique au sien et à celui de tous les autres carabiniers. Un bureau de bois dur mais pas pour autant luxueux, deux chaises en paille, dans un coin la cuvette pour l'eau, juste derrière la porte une petite armoire, au centre de la cloison la plus longue une couchette de fer solide et gris. Une fenêtre assez grande pour pouvoir regarder la cour avec les écuries et le bûcher, ou bien la dernière portion de la Route Droite qui se perd sur le dos en pente de la colline.

On ne se rend pas visite entre camarades, dans les logements privés. Ce n'est pas expressément interdit, mais ce n'est pas non plus l'habitude. Personne ne tient à partager ses odeurs, les murs nus et mal crépis, entre lesquels parfois on suffoque et parfois on se réfugie, surtout quand on vient des étages nobles. La sphère privée dans la vie d'un carabinier, dans ce poste, est faite de regards fixant le plafond au cœur de la nuit, d'aubes humides à tremper les draps et de cuvettes d'eau froide qui réveillent la peau fatiguée, de chaises utilisées seulement pour ne pas froisser le pantalon d'uniforme, d'espaces étroits à peine suffisants pour contenir quelques fragments d'une vie civile qui n'a pas de poids. Les armoires, étroites et basses, ne sont bonnes qu'à cacher les secrets. Moretti y conserve son attirail de police scientifique, Marasco l'échiquier d'ivoire et d'ébène aux pièces religieusement enveloppées de laine douce, Lai une bouteille de fil de fer et deux verres. Tous les trois, à des moments différents, ont partagé ces secrets avec Ghibaudo, qui de fait est le seul à avoir violé l'intimité de leurs chambres. Celle de Moretti est pleine de photos encadrées de ses femmes. C'est à se demander si ça ne le dérange pas de devoir dégager tout ça rien que pour poser une feuille de papier à lettres sur le petit bureau. Marasco accroche toutes les tenues – le grand uniforme, l'ensemble de travail, la tenue ordinaire – bien en vue sur des cintres, comme si c'étaient des camarades sur leur trente-et-un ou un piquet d'honneur prêt à le saluer et à lui tenir compagnie. Lai n'a rien, sinon ses petits secrets alcooliques. Du reste, c'est le seul à avoir une maison dans les environs. Son âme, aux exigences simples et peu nombreuses, est lavée, soignée et réchauffée ailleurs.

Et Ghibaudo ? Personne n'est jamais entré dans sa chambre – curieux, se rend-il compte maintenant –, où il n'amasse que du désordre. Vieux journaux, tirés des archives et entassés sur la chaise, peignes, rasoirs et serviettes pour la toilette quotidienne dispersés sur le rebord des fenêtres, posés distraitement sur l'étagère de l'armoire derrière la porte laissée ouverte ou bien sur le lit, à présent entièrement encombré par les papiers d'Anania et les coupures de Melchiorre. Son secret le plus important est enveloppé dans un bout de toile pas plus grand que la paume d'une main, dans la valise de carton à moitié vide avec laquelle il est arrivé : la locomotive Breda en miniature avec son nom écrit sur le flanc, qui ne voit plus la lumière depuis longtemps, offensée ou honteuse, ou peut-être jalouse.

Lai farfouille dans l'armoire et extrait d'une boîte une bouteille et deux verres. Il tire la petite table, la dresse, verse un doigt de liquide transparent par tête, fait signe à Ghibaudo de débarrasser la chaise du pantalon d'uniforme et s'assied au bord du lit.

– Cul sec, dit Lai.

Ghibaudo ferme les yeux. Grappa à quatre-vingt-dix degrés.

Ça brûle de manière invraisemblable. Des larmes chaudes lui courent sur les joues. Le feu se répand de la gorge à l'estomac et de là sous chaque centimètre de peau. Chaque toussotement provoque une douleur, récente ou vieille de plusieurs années.

Lai rit, tandis qu'il descend son petit verre sans broncher.

– Ce n'est pas toujours comme ça, Ghibaudo. Et je ne parle pas de la grappa. Je parle du bordel d'aujourd'hui. Ça ficherait par terre un cheval. Alors toi, qui ne supportes pas plus l'alcool qu'une femmelette !

Ghibaudo écarquille les yeux en entendant ces mots et commence à rire. Il rit plié en deux, en se balançant d'avant en arrière, en se frottant les genoux avec les mains.

– Tu en veux encore ?

Sans cesser de rire, de la main, il fait signe que non.

Lai se lève et range le tout dans l'armoire. Quand il se retourne, il découvre son camarade couché sur le lit, un bras sur le front, la respiration haletante. Il s'assied sur la chaise et la rapproche de lui sans lever son derrière.

– Sgrelli a fait un désastre, dit-il en se passant une main sur le visage.

– Tu dormais, Lai. Je suis désolé.

– Dormir ? Comment je ferais pour dormir. Moretti est encore avec lui ?

– Oui. Il a dit qu'il ne le lâche pas, du moins pour ce soir. Il alterne avec l'infirmière, répond Ghibaudo. Il est capable de se tuer.

– Il va falloir qu'on s'habitue à s'en sortir avec un homme en moins. Comme s'il n'y avait pas assez de travail.

Ghibaudo s'assied brusquement.

– On va devoir se passer de deux hommes, Lai.

Une légère brume alcoolique voile les yeux très noirs de Lai.

– Moretti s'est vu retirer l'enquête.

– Ce n'est pas possible ! Avec Marasco dans cet état !

– Il a désobéi aux ordres. Il n'est pas resté à surveiller la caserne comme il lui avait été ordonné. S'il était resté, il ne serait pas arrivé ce qui est arrivé. C'est du moins ce que pense Audisio.

– Nous avons perdu trois carabiniers encore en vie et un autre qui est mort, dans cette affaire. Qu'est-ce qu'il croit, Audisio, que je vais le trouver moi, l'assassin des trois tués ? se récrie Lai.

– Pire. Il croit que je vais le trouver, moi. J'ai vingt-quatre heures avant qu'il me botte le cul. Et seulement parce que Audisio est trop occupé par les suites de la visite du roi et de la reine pour me le botter tout de suite. Ça ne te donne pas envie de rire ?

L'alcool relance son effet hilarant. Le rire de Ghibaudo monte directement de son estomac vide réchauffé par la grappa, mais sans traverser le cœur. Au cœur, on arrive par d'autres voies.

– Moi, un gueux, un va-nu-pieds qui vendait les journaux à la criée…

Son rire s'éteint à l'instant même où Ghibaudo entend sa propre voix prononcer ce qu'il n'aurait jamais voulu dire. Deux larmes affleurent mais, par miracle, elles ne coulent pas. Lai se retourne. Il a entendu ? Il n'a pas compris ?

– Sgrelli, oui, qu'il sera viré à coups de pied, dit Lai.

– C'est la première fois que je m'aperçois que je tiens à lui, dit Ghibaudo en se rejetant sur le lit. La chambre tourne autour de lui.

– Eh oui. La vie est bizarre, pas vrai ?

– Ça pouvait arriver à n'importe lequel d'entre nous.

– Non, ça pouvait pas. Ça ne te serait pas arrivé à toi, et pas non plus à Moretti, tu parles, et pas même à moi. Mais c'est arrivé à lui, et ce paysan sicilien, il doit s'en accommoder.

Silence.

Ghibaudo se redresse sur les coudes.

– Lai, pourquoi tu ne m'as pas dit qu'Anania était un survivant du Massacre de Spaccavento ?

C'était ça la question qu'il voulait lui poser, Ghibaudo se le rappelle maintenant.

Lai se tient la tête entre les mains, l'avant-bras solidement calé sur le bureau, les jambes écartées sur la chaise de paille, avec sur le menton l'ombre de sa barbe épaisse qui a déjà trop poussé.

– C'est une histoire malheureuse, répond-il d'une voix pâteuse de sommeil et de grappa. Dans le coin, on n'aime pas raconter aux étrangers les histoires malheureuses, à moins qu'on nous le demande, et à moi personne ne l'a demandé.

Étrangers. Qui t'est le plus étranger, un carabinier piémontais ou un brigand sarde ? pense Ghibaudo.

– Quand donc a eu lieu le massacre à Spaccavento, exactement ? demande-t-il enfin.

– Tout juste dix jours avant que le roi débarque. Tu aurais dû voir Audisio, dans quel état il était.

– Le 2 avril, donc. Et ensuite, Anania est devenu domestique à Serra, c'est bien ça ?

– C'est ça. Un geste charitable de la part de cette bête de Michele Mosu.

Un geste charitable. Les mêmes mots qu'avait utilisés Ernesto en parlant du comte son père. Un geste charitable, accueillir un gueux fils d'ouvrier entre les murs damassés d'une famille noble.

– Lai, moi, les actes charitables je crache dessus, dit Ghibaudo, et tandis qu'il entend le son de ses propres paroles, il sent qu'il ne va pas réussir à se contenir. Tu dois me dire exactement quand Anania est apparu dans le coin. Le jour et le mois précis. Moi, je suis arrivé le 15 avril, et lui, je ne me le rappelle pas. Je ne me le rappelle pas sur son âne, je ne me le rappelle pas avec la charrette, je ne me le rappelle pas apporter les journaux. Et je ne me le rappelle pas sur un bon bout de temps encore.

– Comment tu veux que je sache ? Je ne contrôle pas les mouvements de tout le monde, ici, au pays.

– Tu sais où il allait dormir ? Il n'était plus chez Mosu, après la nuit de la Saint-Jean.

– Je suis fatigué, Ghibaudo. Je ne sais rien sur ce boiteux. Pour moi, c'était un étranger.

– Il faut que tu te forces, Lai. Il faut que tu te forces un peu plus à faire le carabinier. Tu sais tout d'ici, mais tu nous en dis la moitié. C'est la vérité devant Dieu.

– Essuie-toi la bouche, Ghibaudo. Tu ne crois pas en Dieu. Tu penses que je ne te vois pas à la messe, le dimanche ? Tu sais à peine faire le signe de la croix. D'où tu viens ? Qui tu es vraiment, on peut savoir ? Jamais une fois on n'a su quoi que ce soit sur toi.

– En ce moment, je m'en fiche de moi, et aussi de ce que tu penses toi. Je dois trouver l'assassin d'Anania, quoi qu'il arrive. Et s'il y a quelque chose d'autre que tu sais sur cette histoire, tu ferais bien de le dire, avant que je commence à avoir de mauvaises pensées. Il y avait déjà Pau qui faisait le carabinier bandit. Ça suffit largement.

– Oh, Ghibaudo, t'es saoul comme un cochon et c'est seulement pour ça que je ne te balance pas par la fenêtre. Mais maintenant descends de mon lit. Je ne veux plus sentir un souffle de ton haleine puante. Va-t'en !

Ghibaudo a le bon goût de ne pas protester quand Lai le fait rouler au bas du lit. Il s'endort par terre, avec l'envie d'y rester pour toujours. Au réveil, son sommeil alcoolique n'a pas duré plus d'une heure et lui a laissé une tête lourde comme le marbre. Au-dehors, il fait encore sombre. Il s'éclipse, les yeux chassieux, les mains aidant tant bien que mal les jambes à retrouver la station debout. Sa seule pensée claire est qu'il doit parler à Moretti. Lui raconter l'histoire d'Anania, et surtout le trou qu'il a trouvé dedans. Anania a laissé ce trou temporel pour lui, il en est sûr. Où es-tu allé, Anania, après avoir quitté ton village et avant d'arriver à Serra ? L'écheveau à débrouiller commence là.

Ghibaudo tourne à l'angle du couloir en suivant la vague clarté des lampes du rez-de-chaussée.

À quelques pas de la porte de Moretti, le plus surprenant des bruits lui parvient depuis un logement vacant, occupé seulement quelques jours par Usai, un des carabiniers de renfort dans l'expédition contre les brigands. De la lumière filtre sous la porte.

Une voix de femme jaillit en cris étouffés qui par moments semblent la laisser hors d'haleine et par moments deviennent plus aigus. Ghibaudo s'immobilise, pétrifié. Quand il entend un bruit qui lui fait augurer une violence, il appuie doucement sur la poignée de manière qu'à l'intérieur, on ne le remarque pas tout de suite. Il entrouvre la porte, passe la tête. La chambre est dans l'obscurité, la nuit pleine de nuages recouvre tout d'un bleu profond.

Ghibaudo ne met que quelques instants à s'habituer à la pénombre, à peine pâlie par la lumière provenant du dehors. Il voit une femme aux cheveux ébouriffés comme une frondaison d'arbre l'été assise sur Moretti étendu dans le lit. Il voit le profil de ses seins qui se balancent, et le visage du camarade qui se soulève jusqu'à en prendre un dans sa bouche et le sucer, tandis que son gémissement à elle se fait plus aigu. Ghibaudo ne bouge pas un muscle. Une chaleur soudaine lui monte par traîtrise entre les cuisses. Il ferme la porte, vite, juste un instant après que les yeux d'Amelia ont rencontré les siens, sans qu'elle n'ait pu ni s'arrêter ni cesser de le fixer.

24

Ghibaudo est de nouveau étendu sur un lit de feuilles manuscrites et imprimées.

Il tente de calmer les battements de son cœur qui lui coupent encore la respiration.

Vraiment, il ne saurait s'expliquer d'où sort cette colère qui lui serre la poitrine. Tu n'es pas la fiancée de Moretti, et pas non plus le père d'Amelia, continue-t-il de se répéter, mais les monstres qui le dominent ne se soucient nullement de ses pensées mises en rang par deux dans son cerveau.

Un bruit crépitant comme une poignée de graviers lancés sur la vitre de la fenêtre le distrait un instant. Cette pluie est en fait peu de chose. Quelques gouttes d'eau juste bonne à pétrir la terre. Elle ne console pas, ne redonne nulle force, n'apporte aucun soulagement. Alors, il ferme les yeux. Et c'est là qu'il le sent clairement. Quelque chose de très semblable à une douleur, dans cet endroit de la poitrine où le cœur rencontre le reste du corps.

Son sang s'échauffe devant l'image fixe, imprimée sous ses paupières comme sur une plaque photographique, d'Amelia et Moretti qui font l'amour : son profil à elle à contre-jour, ses mains à lui, leurs mouvements. Les yeux fermés, il s'abandonne à l'excitation, telle qu'elle est, confuse quant à son objet. Son cœur accélère encore et encore tandis qu'il pense à son corps à elle, à ses seins doux et gonflés, à leur pointe tendue vers sa bouche à lui. Sa respiration s'arrête dans un instant d'exaltation douloureuse en pensant à elle qui le regarde lui. Ça lui arrive comme ça, comme au long d'une descente en croupe d'un cheval emballé, de regarder son camarade avec les yeux d'Amelia. Il sent ses mains agripper les fesses et puis serrer les hanches. Il voit dans l'obscurité la lueur de ses yeux, sent l'humidité de la bouche, le picotement de la peau non rasée. Il écoute le gémissement léger de la femme, les soupirs profonds de l'homme, sa propre respiration devenir toujours plus rapide et pressée.

Quand tout est fini, il s'assied d'un bond sur le lit, hésitant à déchiffrer la carte de son propre cœur.

Je suis impossible à cartographier, pense-t-il, atterré. Ernesto le disait de lui-même, dans son langage recherché, et il se le dit lui aussi.

Tout à coup un rire nerveux lui monte dans la gorge. Moretti est plus clandestin que moi, pense-t-il. Tous, nous sommes tôt ou tard clandestins, parce que l'amour n'a pas de citoyenneté ni de frontières définies. Amelia, Moretti ou moi : dans l'obscurité de la nuit, quelle différence ça fait ?

D'un unique mouvement, Ghibaudo fait voler au sol tous les papiers d'Anania, l'un après l'autre. Feuilles sèches, fanées, mortes.

Il en ramasse une, une seule. La graphie lui rappelle les broderies dures et compactes, en noir et blanc, que les femmes font dans la région. Les bavures comme des queues de comète lui sont désormais familières.

Tandis qu'il tourne et retourne ces pensées dans sa tête, un bruit lui traverse l'esprit. Un bruit qui pourrait être engendré par la pluie de tout à l'heure, une pensée qui suinte sur la terre, qui n'est ni eau ni boue. Il s'efforce de l'attraper. Décide de transformer une pluie insignifiante en averse. Se lève d'un bond en priant pour ne pas trouver Sgrelli suspendu à une poutre.

Il a pendu le gars mille fois en pensée et pourtant, si cela n'avait tenu qu'à lui, ce soir il n'aurait laissé à sa portée ni ceintures ni cravates, et lui aurait même retiré les draps, avant de l'obliger à avaler un somnifère. Les armes lui ont déjà été enlevées par Audisio.

Sgrelli est vivant, pas très lucide à vue de nez, mais vivant. À trois heures et demie du matin, il salue Ghibaudo sur le seuil de sa chambre comme si c'était son papa. Le somnifère est encore sur la table de nuit, petit bonbon rose posé sur une gaze blanche. Il va se rincer le visage avec l'eau froide du broc et venir avec lui.

Avec un enthousiasme peu naturel qui ressemble à de la fièvre, les deux hommes descendent les marches quatre à quatre pour se retrouver dans cette pièce tapissée d'étagères bourrées de dossiers, encombrée de piles d'imprimés, parsemée de documents.

– Retrouve-moi le dossier Mosu, intime Ghibaudo, tandis qu'il place une page de l'histoire d'Anania au centre du petit bureau. Sgrelli a déjà la tête dans l'armoire qui sert d'archive.

Ghibaudo ouvre le dossier trop vite, compliquant les choses au lieu de les accélérer.

– Ah voilà. Tu les vois, toi aussi, les bavures ? demande Ghibaudo en rapprochant la lettre anonyme des ravisseurs de Mosu du papier écrit par Anania.

Sgrelli, ange fripé, a mis sa veste d'uniforme par-dessus son pantalon civil. Il est taché d'herbe sur l'arrière et de vin sur le devant. Le garçon se frotte les yeux comme un enfant ensommeillé.

– Tu as bu, Sgrelli ?

Le garçon le regarde de ses deux yeux gonflés, son nez est rubicond.

– Si tu as bu, ça ne fait rien, lui dit Ghibaudo, en pensant à la grappa de Lai.

La réponse est un "oui" de la tête.

– Maintenant, il faut qu'on cherche les mêmes bavures d'encre un peu partout. Je les ai déjà vues dans nos papiers, mais je ne me rappelle pas où. C'est clair ?

Ils se prennent un classeur chacun, vidant les archives à partir du 15 août, date à laquelle la caserne a été inaugurée. Dans le doute, Ghibaudo jette aussi un coup d'œil au classeur dont s'occupe l'autre. On ne sait jamais.

À quatre heures et demie, ils sont encore là.

Ce n'était qu'une goutte de pluie, après tout.

– On a presque fini, vice-brigadier. Il nous manque juste le dernier classeur.

Sgrelli disparaît derrière la porte d'acajou massif, et puis réémerge avec une boîte de carton plus grande qu'un chevreau.

Ghibaudo l'aide avant qu'il fasse une cabriole, renversant tout sur le carreau. Audisio dort deux chambres plus loin, et ce serait bien compliqué de lui expliquer les bruits qui passent par la tête de Ghibaudo.

– Seigneur. Qu'est-ce que tu nous as archivé là-dedans ?

Sgrelli regarde Ghibaudo comme s'il lui avait demandé de quelle couleur est le cheval blanc d'Henri IV.

– Les lettres anonymes, j'ai archivé.

Ça, ça te servira de premier exemple, ces quelques brebis. Si vous ne remettez pas la somme, nous détruirons une à une toutes les vaches et puis toi.

On vous tuera toutes les brebis, les bœufs, les juments et les vaches et tout ce que vous possédez, on mettra le feu à toute la ferme, même les murs ne resteront pas debout.

– Les voilà. C'est lui qui les a écrites, il n'y a pas de doute.

– Lui qui ? demande Sgrelli.

– Anania. On a la possibilité de les ranger par ordre chronologique ?

– Je marque… je marquais toujours la date d'arrivée au verso, vice-brigadier.

Ghibaudo le regarde et le plaint. Qu'est-ce qu'il va faire de lui, ce gamin aux joues toujours trop roses ? Il regarde l'obscurité par la fenêtre. Une rafale de pluie poussée par le vent s'écrase sur la vitre. D'instinct, Ghibaudo recule comme s'il lui était arrivé un seau d'eau au visage. Les gouttelettes insignifiantes d'il y a quelques heures ont grossi.

– Mais si j'ai laissé assassiner un brigand plutôt qu'une personne honnête, moi, on me gardera ?

L'affaire devient sérieuse. Tonnerres et éclairs s'abattent à quelques secondes de distance. Les chevaux hennissent dans les écuries. Les chiens glapissent dans le lointain. Les vitres tremblent à chaque claquement de goutte. Il va falloir fermer les volets pour éviter qu'elles se brisent.

Sgrelli est retourné à son sommeil. Ou peut-être, pense Ghibaudo, qu'il va enfin le trouver, soulagé à l'idée que celui qu'il a laissé mourir n'était qu'un brigand.

Ghibaudo s'est assis au bureau. Il affronte les intempéries à l'abri, à l'orée du jour, sous la lumière de la lampe à pétrole qui jaunit et réchauffe même ces papiers glaçants. Il déplace la liasse de journaux froissés qu'Amelia a apportée à la caserne. En le faisant, il remarque les signes d'une habitude qu'il croyait être le seul à avoir : plier en quatre le journal pour suivre un article en tournant les feuilles d'un côté et de l'autre, pour pouvoir le lire au lit ou dans un endroit bondé, à une table de bistrot ou sur une chaise malcommode. Rendre manipulable le récit des affaires éphémères du monde.

Une pensée succède à une autre.

Qu'est-ce qu'elle a dans la tête, cette femme, quand elle lutte pour affirmer sa volonté et puis cède ainsi, sans plus de scrupules, aux envies de Moretti ?

La réponse la plus évidente, c'est le diable qui la lui met aux lèvres.

Elle a besoin d'un mari, riche si possible, pour aller à Rome.

Rejetant ces distractions qui le conduisent en terrain dangereux, il referme les pages et pose les journaux à terre. Puis il empile les unes sur les autres les lettres anonymes reçues à partir d'avril avec les mêmes bavures en queue de comète.

Il en compte douze.

Douze lettres anonymes où l'on menace de vol de bétail, d'abattage des bêtes, d'incendie de propriété, d'humiliation, de mort. Certaines ont été recueillies par lui-même, en arrachant le couteau ensanglanté avec lesquelles elles sont accrochées aux troncs. Sgrelli dit qu'il n'est pas d'usage de marquer le destinataire, ou présumé tel. Les brigands n'ont pas besoin d'adresser leurs lettres à quelqu'un : qui doit comprendre comprend toujours. Ghibaudo les range par ordre chronologique. En reconstituant les délits à rebours, il réussit à identifier tous les menacés.

Menaces répétées au maître d'école, 6 lettres.

Menaces au cousin du maître, 2 lettres.

Menaces au capitaine des *barracelli*, les gardes privés des grands propriétaires agricoles, 3 lettres.

Menaces sans destinataire évident pour les carabiniers mais pas pour lui, 1 lettre.

Sur toutes, la même marque de sang sombre, chacune superposable aux autres, pas plus grande qu'une pièce de monnaie. Le même sang qui a dû tacher tout le paquet, une feuille sous l'autre.

Il retourne les feuilles et les arrange de manière à ce qu'on ne voie que la date.

La première remonte au 12 avril 1899.

La dernière à deux jours plus tôt.

Un éclair illumine le bureau comme en plein jour.

Ghibaudo la prend et la lit plusieurs fois de suite.

La revendication du vol de quatre brebis, d'une casquette, de chaussures et d'un couteau au cousin du maître d'école, qui s'est produit la nuit précédente.

Et pourtant, ce n'est pas possible.

Le tonnerre, qu'il attendait pourtant, le fait sauter sur sa chaise comme un enfant.

Il y a deux jours, Anania était à la caserne, affalé sur une couchette, enfermé à clé dans la cellule et encore vivant.

Il y a deux jours.

25

– Ghibaudo, vous prenez très à cœur cette enquête.

Dans l'encadrement de la porte qui donne sur les appartements privés de l'adjudant, Audisio apparaît comme un fantôme de mousquetaire, avec sa barbiche longue, son nez proéminent et ses moustaches disproportionnées. À quatre heures et demie du matin, il est déjà dans une tenue impeccable.

La présence de l'adjudant a sur Ghibaudo un étrange effet rassurant. Éclairs et tonnerre l'entourent et la sensation soudaine de protection doit avoir quelque chose à voir avec son père, et avec ces moments où il se levait la nuit pour expliquer à un enfant terrorisé que les éclairs ne sont que de la lumière et les tonnerres du bruit.

La fatigue crée des mélanges dangereux si elle est associée à une émotion, Ghibaudo en a fait l'expérience bien des fois dans sa jeune vie. Il ne saurait expliquer l'alchimie de ces mélanges explosifs, mais il en perçoit le risque. Maintenant, il est un grouillement d'émotions qui, alignées, donneraient de quoi vivre pendant des années. Les morts font partie de son travail, se répète-t-il, et pourtant la douleur provoquée par la disparition d'Anania va plus loin, déchaînant en lui une colère que personne ne lui a appris à maîtriser. Et puis, Moretti et Amelia qui lui ont fait perdre la boussole de son cœur, et qu'est donc un homme sinon son cœur, pense romantiquement Ghibaudo en cette heure qui précède l'aube, où la raison a peu de prise. Marasco est une pensée qu'il éloigne de la main, c'est trop pour le moment, Ernesto et la vieille histoire d'amour et de mort qui semble devoir se répéter. Pour finir, le désordre qui menace la caserne et la solitude qui l'assaille : Sgrelli très près d'être renvoyé, Moretti écarté de l'enquête, Marasco qui risque de perdre l'usage d'un bras. Reste Lai, qui dit la moitié de ce qu'il sait, énigmatique comme son lieu de naissance. Audisio est l'unique certitude en ce moment, la lumière de la raison, la dure simplicité de la justice, la protection du pouvoir.

L'adjudant prend la chaise recouverte de brocart et la porte de l'autre côté du bureau qui fut celui de Sgrelli. Un geste de camaraderie que personne ne lui a jamais vu faire de jour. Ghibaudo s'efforce de s'arracher à la bulle de confusion dans laquelle il flotte pour construire une explication sensée à donner à ce visage tendu, aux yeux rougis et aux joues creusées par la déception. Ghibaudo regarde son visage et pense : ça, c'est un visage sur lequel on peut jurer. Ça, c'est un visage dont on dit au premier coup d'œil : voilà un homme.

– Adjudant, avant de vous expliquer la raison de tous ces papiers que j'ai répandus sur le bureau, je vous demande la permission de vous parler de la situation, comment dire, très difficile dans laquelle se trouve ce poste.

Audisio le permet en gardant le silence, l'œil sombre et les lèvres frémissant par moments de colère, ou de peine, ou peut-être d'un étrange mélange des deux, un sentiment que tout bon père devrait éprouver devant un enfant dans l'erreur. C'est ce qu'imagine Ghibaudo.

– Sgrelli a agi à la légère, mais…

– Sgrelli, pour le moment, est suspendu. Abandon de poste de la part d'un militaire de garde. Il risque jusqu'à un an de réclusion. Quant à Moretti, je vous dis tout de suite que seule la pénurie de personnel me retient de lui coller un rapport pour non-observation des instructions. Il purgera sa peine ici, plutôt que dans une prison militaire, à ma manière. De toute façon, pour commencer, il va abandonner l'affaire et s'occuper des menaces contre le cousin du maître d'école, qui a reçu deux lettres anonymes en deux jours.

– Mon adjudant, c'est moi qui ai demandé à Moretti de me suivre sur les traces de Melchiorre.

– N'en dites pas plus ou je vous jette dehors vous aussi, dit Audisio en se dressant d'un bond.

Les presque deux mètres d'homme qui surplombent Ghibaudo produisent sur le mur une ombre de géant.

Un grondement de tonnerre rompt le silence et enterre le soupir de Ghibaudo.

– Je vous écoute sur l'enquête, dans la mesure où vous pouvez vous en occuper encore vingt-quatre heures et rien de plus, et considérez-le comme une faveur personnelle que je fais à votre intelligence. Je ne vous écoute ni sur Moretti ni sur Sgrelli. Ce n'est pas un sujet de votre ressort. Et maintenant, si nous voulons passer aux papiers…

Ghibaudo se ranime avec le changement de ton d'Audisio. Débarrassons le terrain des embrouillaminis de l'âme, de la culpabilité, de la peur, de la déception, du malaise. Occupons-nous de preuves et d'indices. Une occupation qui, aux yeux de Ghibaudo, ne lui est jamais autant apparue comme un refuge qu'en cette aube.

– Voici les lettres anonymes récupérées dans le village entre le mois d'avril et avant-hier. J'ai comparé la graphie et le papier, avec cette tache que vous voyez, et les bavures étirées de gauche à droite. Je n'ai aucun doute : elles ont toutes été écrites par la même personne en utilisant la même encre et le même papier, et cette personne, c'est Anania.

À l'appui de sa théorie, Ghibaudo abat son as, en récupérant dans l'océan des papiers flottant sur le bureau de Sgrelli un papier sur lequel Anania a écrit peu avant de mourir.

– Je ne sais pas encore dire s'il a volé des animaux, égorgé des veaux, allumé des feux de paille, seul ou avec des complices. Je sais seulement que pendant que tout cela arrivait, Anania écrivait ces lettres.

Audisio se lisse les moustaches en réfléchissant. Autre geste qu'il ne fait jamais en public.

– Anania s'est probablement lié à un petit groupe de brigands pendant une certaine période, disons depuis avril jusqu'à ce que nous l'ayons enfermé dans la cellule. Et pourtant, la dernière lettre date d'il y a deux jours. Un de ses complices a pu voler avant-hier le veau du cousin du maître d'école, et aussi lui couper la tête, mais il ne peut pas avoir écrit une lettre de menace avec l'écriture d'Anania et l'avoir fichée sur un tronc pendant que lui, il était détenu à la caserne.

À l'appui de son propos, Ghibaudo dispose la dernière lettre anonyme retrouvée le matin précédent avec la page des écrits personnels d'Anania. Les feuilles tremblent légèrement en passant entre ses mains.

Très calme, Audisio contourne son bureau, ouvre un tiroir et en extrait un pince-nez. Puis il revient s'asseoir devant Ghibaudo et observe tout ce noir d'encre pendant deux bonnes minutes. Enfin, il lève son regard sur le vice-brigadier, choisi personnellement par lui parmi les nombreux garçons sortis de l'école de carabiniers.

– Quel est votre raisonnement? demande-t-il sur le ton affable d'un enseignant confiant, tandis qu'il se laisse aller contre le dossier en retirant le pince-nez.

– D'après les écrits d'Anania, je sais que Pau et lui se sont connus après l'extermination de la famille du garçon à Spaccavento, par l'intermédiaire de Melchiorre. Il y a trois mois, plus ou moins.

– Le 2 avril, pour être précis. Ça fait partie des raisons pour lesquelles Moretti et vous êtes arrivés ici en renfort quelques jours plus tard, intervient Audisio.

– Je suis parvenu à la conviction que le mobile est à chercher après cette date, et après leur rencontre, un mobile sans lequel personne n'aurait pris la peine de tuer trois personnes.

– Le raisonnement tient. Une piste ?

– Alors, pour commencer, un trou temporel de près de deux mois entre le massacre et l'arrivée d'Anania à Serra, pour entrer au service de Lianora et Michele Mosu. Dans ses écrits, le garçon ment en disant être arrivé à la mi-avril. Quand je l'ai interrogé, il avait déclaré être arrivé chez les Mosu début juin. Moi, je ne me rappelle pas l'avoir jamais vu avant cette date.

– Vous le considérez comme un narrateur fiable ?

– Je me suis mis dans l'idée qu'il écrivait pour… pour nous.

Pour moi, était-il sur le point de dire. Au nom de quoi se considérer comme objet de tant de confiance ? Au nom d'un tas de feuilles de journaux tachées d'une encre sale et puante dont leurs vies se sont recouvertes ? Au nom des pilules Cooper ?

– Il ne pouvait pas s'attendre à mourir dans la cellule d'un poste de carabiniers, donc il s'est bien gardé d'avouer. Mais il a laissé en évidence un trou dans le récit, dans l'espoir que l'un de nous aille regarder dedans.

– La reconstruction est un peu romanesque. Dans votre style, Ghibaudo.

Le romanesque Ghibaudo baisse la tête.

– Mais ça peut avoir un sens. Reconstituez sa vie durant ces deux mois, et aussi celle de Pau et de Melchiorre, si vous y réussissez en vingt-quatre heures.

Audisio fait deux pas lents vers ses appartements.

– Il y aurait autre chose, mon adjudant.

– Je vous écoute.

– Je voudrais vous demander quelle idée vous vous êtes faite du carabinier Pau. De son rôle dans l'enlèvement et dans le meurtre de Mosu.

Audisio s'immobilise un instant, comme quelqu'un qui a entendu un bruit inattendu, ou croit l'avoir entendu, bien qu'il soit presque imperceptible, et qui se dispose à l'écouter à nouveau pour avoir une certitude. Puis il revient sur ses pas et, sans crier gare, commence à éteindre les lampes à pétrole une par une, en faisant le tour du bureau. On dirait un de ces vieux majordomes au service des familles nobles qui, toujours invisibles, jamais remarqués, veillent sur chaque petit détail quotidien et prennent soin de la vraie vie de leurs maîtres mieux qu'ils ne sauraient le faire eux-mêmes, et qui pour cela sont les seuls à pouvoir les tyranniser. Ghibaudo en a connu un, de ces majordomes, zélé et fiable au point de les chasser à coups de pied au cul, son père d'abord et lui ensuite, et il ne l'oubliera jamais.

La porte du bureau est encore ouverte, le couloir et le hall sont maintenant obscurs, dans l'attente du lever du soleil. Seul le bureau est éclairé par la lumière chaude et discrète d'une lampe restée allumée. Audisio s'assied devant Ghibaudo, exactement comme avant.

– J'ai les yeux fatigués, dit-il en se massant un endroit du nez comme si c'était de là que provenait toute sa fatigue.

Ghibaudo compte trois coups de tonnerre tandis qu'il attend une suite à ces paroles. Quand il commence à penser qu'il devrait simplement se lever et s'en aller, Audisio se décide à parler.

– Après que le corps de Mosu a été emporté, je suis entré dans le repaire. C'était mon devoir de comprendre le pourquoi et le comment de la situation absurde où nous nous étions trouvés. Dans laquelle j'avais moi-même mis mes hommes. Évidemment, il y avait une certaine quantité de sang. Mais pas tant que ça. J'aurais voulu être capable de distinguer le sang du sang, celui de Mosu, celui du geôlier et celui de Pau, mais je n'ai pas de pouvoirs surhumains. Tout ce que je pouvais faire, c'était observer l'emplacement des taches de sang et essayer d'imaginer la scène. Je me suis mis à la place de Pau. J'avais beau me forcer, il m'était impossible de penser que le geôlier ait pu rester indemne en réussissant à m'échapper alors qu'il était si près de moi, dans un espace aussi étroit. Il n'y avait pas de traces de sang conduisant du repaire au maquis. De même, il me semblait peu crédible que Pau n'ait pas été gravement blessé. Moi-même, j'aurais eu bien du mal à bouger et à me défendre, face à une bête féroce qui venait à peine d'égorger Mosu.

Ghibaudo attend une suite, mais le regard fixe d'Audisio lui fait comprendre que c'est à lui de parler. Le supérieur n'osera pas exprimer un avis personnel sur un de ses hommes devant un subordonné, bon élément, vif, mais quand même un subordonné.

– On pourrait formuler l'hypothèse qu'il n'y en ait pas eu du tout, de geôlier. Que Mosu ait été laissé momentanément seul. Ficelé comme un saucisson, il n'aurait pas pu s'enfuir, se décide à dire Ghibaudo, comme un étudiant qui fait une réponse trop timide à un examen.

– Une hypothèse possible. Le couteau qui a égorgé Mosu a été retrouvé à quelques mètres dans le maquis, hors de la cachette. Il n'est pas habituel de se débarrasser de cette manière de son couteau.

– Il serait plus probable qu'un carabinier ait été obligé de s'en défaire pour des raisons évidentes, ajoute Ghibaudo, toujours plus doucement.

Pause. C'est de nouveau à Audisio de jouer. Il peut protéger un de ses hommes ou dire ouvertement ce qu'il pense. Qu'est-ce qui ferait de lui un meilleur adjudant ? Et un meilleur homme ? Les deux coïncident-ils ? Un léger tremblement s'empare des mains de Ghibaudo.

– J'ai mis Pau sur la sellette, articule enfin Audisio. Je n'en ai rien tiré. Rien que je pourrais utiliser officiellement. Mais il a dû comprendre qu'il m'aurait toujours sur le dos, même s'il ne devait plus être sous mes ordres. Au bout de quelques jours, il a démissionné des carabiniers.

J'ai interprété son geste comme une déclaration de culpabilité. En tout cas, en l'absence d'autres preuves, l'affaire a été classée comme une énième victoire des brigands, dont lui, pour un motif quelconque, a été complice.

– J'ai parlé de Pau avec le docteur Spano hier soir, dit Ghibaudo sans lever les yeux.

– Alors je suppose que vous avez déjà tiré vos conclusions. Les blessures étaient superficielles. Pau a bien fait attention de se blesser lui-même sans se faire trop mal. Un brigand en fureur aurait fait bien pire.

Ghibaudo hoche la tête tout en essayant de comprendre comme il peut faire coïncider cette information avec le reste de la mosaïque qu'il est en train de composer. Une mosaïque dont les fragments changent sans cesse de forme.

– Poursuivez l'enquête, Ghibaudo. Je vous ai promis un jour. Je ne peux pas vous donner davantage de temps, après quoi je serai contraint d'accepter une nouvelle équipe pour remplir cette coquille de noix vide.

Ghibaudo monte la volée de marches qui conduit aux logements. Il lui semble avoir progressé à grands pas dans son enquête cette nuit, tout en ayant reculé beaucoup dans sa propre vie, mais qui sait. Il voit la lumière filtrer sous la porte de Moretti. Il agit sur une impulsion.

– Qu'est-ce que tu veux, à cette heure matinale ? Tu insistes pour t'introduire vicieusement dans les chambres des autres ?

Donc, lui aussi l'a vu. Ou peut-être qu'Amelia lui a révélé sa présence. La phrase le trouble, mais pas le ton.

Ghibaudo s'appuie au chambranle. Moretti est étendu sur le lit, dans une robe de chambre de chenille rouge foncé, à peine attachée sur ses flancs, qui laisse entrevoir son torse nu et des avant-bras que Ghibaudo n'aurait pas imaginés aussi velus. Un pantalon beige – en soie, peut-être, il ne saurait pas dire mieux – lui couvre moelleusement les jambes. Il est en train de lire un roman, à en juger par la couverture. Une femme élégante en haut, une espèce de Napoléon assis en bas, et autour beaucoup d'angelots nus. *Bibliothèque bleue. Les Aventures de Sherlock Holmes. Une Lire. Milan.* Ni l'aube, ni la rencontre avec Amelia, ni l'humiliation, ni la fatigue n'ont réussi à lui procurer le sommeil, à l'évidence.

– Il faut qu'on parle, Moretti.

– Ah oui ? Et de quoi on doit parler ?

– De sexe, répond Ghibaudo.

Et, pour une fois, il ne rougit pas.

26

– D’après toi, Lianora avait une relation avec Pau.

– J’ai dit “peut-être”, Moretti. Le fait est que je n’arrive pas à avaler la coïncidence. Pau qui va mourir justement chez Lianora, ça me semble trop, même pour un endroit comme ici, où on réussit à croire à une mare de boue miraculeuse.

– Mettons qu’ils se connaissaient, concède Moretti, mollement étendu sur son lit. Ils se sont connus avant ou après l’enlèvement du mari ?

– Difficile à dire. Pau et Lianora ne se sont jamais vus durant l’affaire de l’enlèvement. Il était là en renfort, il n’a jamais été en garnison à Serra. Il pourrait avoir voulu connaître Lianora après, sans lui révéler son rôle dans la mort du mari. Mais pourquoi ? En passant, poursuit Ghibaudo à voix plus basse, je ne suis pas loin de penser que le rôle de Pau dans la mort de Mosu a été celui de l’assassin.

– Magnifique. Conan Doyle aurait beaucoup aimé ta théorie. Mais heureusement l’affaire ne me concerne plus, lâche Moretti avec un demi-sourire.

La réponse est incompréhensible et décevante à la fois.

– Si, au contraire, ils se sont connus avant, on ne peut exclure qu’ils aient été complices dans l’enlèvement et l’assassinat de Mosu. Une banale et lugubre histoire entre amants.

– Tu crois ? Et pourquoi feindre un enlèvement ? Pourquoi ne pas lui tirer dessus, tout simplement ? Ça, ça n’aurait pas plu à Conan Doyle.

Ghibaudo lève les yeux au ciel. Il commence à en avoir assez.

– Mais s'il en était ainsi, nous aurions un mobile pour le meurtre de Pau. Quelqu'un l'a tué pour venger Mosu.

– Et les meurtres d'Anania et de Melchiorre ? Dans quel but ?

– J'ai vingt-quatre heures pour le découvrir.

Ghibaudo sent disparaître toute l'assurance que les paroles d'Anania, les nerfs et la fatigue ont réunie pour le tenir debout.

– Tant mieux. Tu auras moins de temps pour espionner par les trous de serrure.

La phrase reste suspendue en l'air.

Moretti joue avec le cordon de sa robe de chambre. Son sourire effronté s'est éteint. Ses yeux, cernés d'un halo obscur, sont froncés et fatigués.

– Moretti, si tu fais allusion à cette nuit…

– Bien sûr que je fais allusion à cette nuit. Tu voulais parler de sexe, parlons-en. Mais tu sais ce que je pense ? Je pense que ceux qui en parlent ne le pratiquent pas.

Silence.

– Ou bien ne veulent pas le pratiquer. Ou ne réussissent pas à le pratiquer comme tout le monde, continue-t-il doucement.

Ghibaudo ne répond pas.

– Tu en as une, de femme, Ghibaudo ?

Silence.

– N'importe qui, une fiancée, une putain, une veuve qui t'entretient, tu en as une ?

– Ce n'est pas ce que je voulais dire quand…

– Écoute, Ghibaudo. Maintenant, je t'explique ce que moi, je veux dire. Nous avons été des animaux quand nous donnions la chasse aux bandits, et tu y étais toi aussi. Nous avons flairé les traces comme eux, notre pisse sur les troncs d'arbre puait comme la leur, notre peau est devenue crasseuse et grasse comme la leur. Pendant une journée nous avons eu faim et soif et sommeil comme eux. Nous avons eu peur, la même peur aveugle qui fait courir les bêtes jusqu'à mourir d'essoufflement. Nos mains se sont touchées sans que nous nous excusions, nous avons cherché la chaleur de l'autre cuisse contre cuisse dans la nuit humide en attendant d'attaquer, nous avons respiré la respiration des camarades et leur odeur nous a donné la tranquillité. Et puis ? Puis nous sommes revenus ici. Nous nous sommes nettoyés. Nous avons endossé de nouveau nos habits, nous avons coupé nos barbes et parfumé nos moustaches et nos cheveux. Nous nous sommes vouvoyés en public et tutoyés en privé, comme il convient. Nous avons mangé avec des couverts et nous nous sommes dit merci et s'il vous plaît. Dans laquelle des deux situations étions-nous vraiment nous ? Réponds !

Ghibaudo se tait, par crainte de dénouer le nœud qu'il a dans la gorge et de laisser échapper non des mots, mais des larmes.

– Ghibaudo, tu étais un homme meilleur, quand tu te comportais comme un mouflon. Tu étais un homme entier, à mes côtés, aux côtés de Marasco, de tous les autres. Maintenant, regarde-toi. Tu marches sur des œufs. Tu contrôles chaque regard, tu mesures tes gestes, tu retiens tes mains et tes bras, tu es toujours un peu plus loin que nécessaire. De quoi as-tu peur ?

Les grondements du tonnerre ne sont qu'un souvenir, les éclairs une lueur de bougie derrière la vitre.

– Amelia et moi nous avons été ensemble comme nous aurions pu nous trouver sous un arbre, pleins de peur des bêtes sauvages, ou pleins de désir, et c'est tout, choisis, toi, puisque tu veux savoir. Aucune complication. Aucune convention à respecter, pas de *tu* et de *vous*, rien qui ne soit la pure nature humaine.

Moretti parle plus lentement maintenant. Son regard se concentre sur un point juste au-delà de l'épaule de Ghibaudo.

– Du reste, je n'ai pas pensé même une minute que tu aies désiré aller avec elle.

Un siècle s'écoule, puis Ghibaudo demande, tandis qu'il sent que le souffle lui manque :

– Tu penses que je suis un inverti ?

Pas de réponse.

– Vraiment, tu te sentirais menacé si tu savais qu'un inverti dort sous le même toit que toi ?

– Franchement, Ghibaudo ?

– Franchement.

– Franchement, ça me dégoûterait un peu.

Ghibaudo sent un poing invisible le frapper au creux de l'estomac.

– Tu sais, en pensant à ce que tu as envie de faire avec les hommes, etc., etc.

Moretti ricane avec un geste de la main comme pour éloigner l'idée, puis se lève, ôte sa robe de chambre et verse de l'eau du broc dans la cuvette.

Les muscles de son dos tracent des lignes souples et tendres tandis qu'il se rince le visage, saisit une serviette propre et se frotte avec vigueur. C'est son adieu au sommeil.

– Ghibaudo, réveille-toi. Nous sommes en 1999. Le code Zanardelli a aboli le délit de sodomie depuis un moment. Je suis un homme moderne, et ce n'est pas moi qui vais faire des histoires.

Les jambes de Ghibaudo tremblent, effet de son trop-plein de courage ou de son défaut de courage, de soulagement et de honte, il ne saurait dire. Ça arrive, quand on franchit un seuil après lequel il n'y a pas de retour.

Moretti tire de l'armoire un uniforme de travail. Pour s'occuper des bêtes du cousin du maître d'école, ça suffit largement. Il fait le geste de baisser son pantalon mais s'interrompt un instant.

– Ghibaudo, aide-moi à sortir de la merde dans laquelle je me suis mis avec Audisio. Je veux une promotion. Je veux retourner à Rome le plus vite possible. Si vraiment Amelia t'intéresse, je…

– Laisse tomber. Ce n'est pas mon genre. Si on peut dire.

– Tu es un bon enquêteur, Ghibaudo. Peu importe comment tu es sous les draps, ne te fais pas des idées, je m'en fiche.

Le caleçon tombe sur les chevilles.

Ghibaudo s'en va, sourire aux lèvres.

27

Officiellement, Sgrelli est suspendu de ses fonctions. Officieusement, il ne sait pas quoi faire. Il est presque midi, et il est assis depuis Dieu sait quand dans ses vêtements civils sous un chêne très éloigné de la caserne, le premier hors de vue.

Il a manqué à Ghibaudo de manière particulière, ce matin. Bien que son dernier jour d'enquête eût commencé depuis un moment, il a dû perdre du temps à aider Lai à régler ce que son camarade appelle des affaires de femmes. Des corps à reconnaître légalement, des corps dont il fallait autoriser la sépulture. Audisio a demandé au centre de commandement deux carabiniers débutants pour aller débusquer sur place des parents de Melchiorre. Moretti a suggéré d'envoyer chercher aussi Gavino, faute de mieux. Les papiers d'Anania parlent clairement : il n'y a que sa sœur qui a survécu. Il faudra des jours, et donc le pauvre garçon aussi finira à la morgue de l'hôpital des Capucins, éventré et recousu par le docteur.

On n'a pas beaucoup parlé, jusqu'à maintenant.

Dans la nuit qu'on vient de passer, chacun a eu quelque chose à cacher. Même Sgrelli, peut-être pour la première fois de sa vie. Amelia est partie tôt, personne ne l'a vue sortir.

À un moment, Lai se met à parler de sa femme et à raconter qu'elle va bientôt cesser de se plaindre de ses hôtes nobles. Il paraît que les parents et la petite comtesse fiancée de Marasco ont trouvé un logement en ville, à côté de l'hôpital, la vieille maison d'un baron qui a mis aussi à leur disposition une partie de ses domestiques.

– Je vais prendre l'air, on étouffe aujourd'hui, annonce alors Ghibaudo, en saisissant son chapeau avant de sortir en toute hâte.

– Le sol est trempé, tu ne le sens pas ?

Sgrelli veut se lever. Il a les yeux encore gonflés. Avant qu'il hasarde un salut militaire, Ghibaudo s'accroupit à côté de lui.

– Tu manges un morceau ?

– Je veux savoir si Anania était ou non une crapule.

– Moi aussi, je veux le savoir, Sgrelli.

Ce dernier continue à tourmenter des tiges d'herbe molles et trempées.

– Ne te charge pas de cette culpabilité. Si tu n'avais pas enfermé le maçon à l'intérieur, tu serais mort, à cette heure. Il t'aurait tué pour pouvoir s'enfuir.

– Et ça aurait été pire ?

Une famille de moineaux s'envole soudain de la frondaison du chêne, leur faisant lever les yeux au ciel. Le gris des nuages qui voile le soleil est éblouissant.

– Tu as une bonne amie, Sgrelli ?

Le garçon ébauche un sourire tordu, les joues écarlates, la tignasse blonde, on dirait un chérubin malheureux.

– Oh que oui, monsieur.

Ghibaudo dissimule sa surprise.

– Pour elle, c'est sûr, ça aurait été pire.

Ghibaudo relève Sgrelli en le tenant par un bras. Il ne pèse pas lourd. Il ne doit pas avoir, au maximum, plus d'un an qu'Anania. Ghibaudo est décidé à l'entraîner à l'auberge.

En chemin, la conversation languit – et comment pourrait-il en être autrement ? Le ciel est une serre gigantesque emprisonnant toute la vapeur qui monte, la transformant en chaleur lourde. Le chapeau accable, la cravate serre, les lacets grattent. Les bottes de temps à autre font gicler un gravier. Sgrelli marche mains dans les poches de son pantalon trempé et boueux. Il adresse un signe de tête à un paysan qui vient en sens opposé sur un chariot de fumier. L'odeur semble se solidifier dans l'air. Un nuage de mouches les accompagne.

– Tu le connais ? demande Ghibaudo.

– Je connais un peu tout le monde. J'aime bien parler, moi.

Cela fera presque trois mois que Ghibaudo est là. Il échange quelques mots de courtoisie, connaît le regard terrorisé et fier du maître d'école, deux ou trois malheureux qui lui ont montré les dépouilles de leurs brebis égorgées et le palefrenier allumeur de réverbères aide-fossoyeur. Anania, il a appris à le connaître après sa mort. Ces pensées bloquent sa marche.

Sgrelli fait encore trois pas, puis se retourne.

– Sgrelli, il faut qu'on parle de beaucoup de choses, toi et moi.

– Il n'y a pas de haricots, là-dedans.

– Je ne t'ai pas invité à déjeuner pour les haricots.

– Je ne veux plus parler d'hier, je veux parler de la soupe. Dans cette soupe aux haricots, il n'y a pas de haricots, c'est tout ce que j'ai à dire.

– Sgrelli, écoute-moi. Je ne sais pas pour combien de temps encore tu vas être en circulation. En vérité, je ne sais même pas si ça t'intéresse…

Sgrelli pose la cuillère sur la table avec un bruit sourd. Il n'y a pas grand monde à cette heure. Trop tard pour les paysans, top tôt pour les fainéants du pays. Deux vieux assis à deux tables différentes lèvent la tête de leur assiette. Sgrelli leur adresse un signe de la main. À l'un d'abord, puis à l'autre. Ils répondent en haussant les sourcils, l'un la cuillère en bouche, l'autre en remuant son plat, lui aussi à la recherche des haricots.

– C'est qui ? demande Ghibaudo.

– Des gens qui habitent ici. Deux vieux qui vivent seuls. Tout ce qu'ils savent faire comme cuisine, c'est pain et oignon, ou pain et fromage, et quand ils veulent une soupe de haricots, pour se saouler ensuite, ils viennent ici.

– Des braves gens ?

– Des gens. Ici, personne n'est tout à fait bon ni tout à fait mauvais.

– Ils pourraient s'asseoir l'un à côté de l'autre et se tenir compagnie.

– Non, ils ne pourraient pas. Malheureusement, ils sont cousins, rétorque Sgrelli, comme si sa réponse avait un sens.

Ghibaudo le regarde. Hoche la tête. Trouve un haricot, en profite. Attend la suite.

– Leurs maisons ne sont séparées que par un mur, près du cimetière. Si vous voyez de quoi je parle. Leurs pères étaient frères. Ils ont eu une discussion sur l'héritage et les familles ont cessé de se parler. Il y a trente ans. Un des deux cousins, celui près de la porte, a vendu la terre à Mosu quand il est arrivé à Serra.

– Qu'est-ce que tu sais de Mosu ? Tu es arrivé avant moi. Moi, je l'ai trouvé kidnappé et mort, le tout dans la même journée.

– Mosu, tout le monde a appris à le connaître tout de suite. Lui, il disait venir de Campidano, mais un soir le maître d'école a laissé échapper qu'à Campidano, on ne parle pas comme ça. Tout au plus, à Orgosolo. Le maître d'école a fait des études. Je pense que certains trucs, il les sait. Mais il parle trop à haute voix. C'est pour ça que son cousin en a après lui. Trois brebis et deux veaux, ça lui a déjà coûté, d'être son parent.

– Donc Mosu venait d'un endroit qu'il ne voulait pas dire, résume Ghibaudo.

– Et puis, il n'a pas voulu la pièce de monnaie sous sa maison. Vous la voulez, l'histoire de la pièce sous la maison ?

– Lai me l'a déjà racontée. Qu'est-ce qu'ils pensent de lui, les gens de Serra ?

– Ce que tout le monde pense. Qui peut se faire justice par soi-même s'enrichit, et les autres non. Lui, il achetait et vendait du bétail.

– Ce n'est pas un délit. C'est un commerce.

– Ça dépend du bétail, vice-brigadier.

– Il vendait du bétail volé ?

– On le dit. Il volait par ici et emmenait au loin. Il volait au loin et vendait par ici. Le cousin du maître d'école reconnaît ses vaches à leur regard. Vous le saviez ?

– Je ne le savais pas. Tu veux dire que le cousin du maître d'école a reconnu ailleurs la vache volée ?

– Oh que oui, monsieur. Chez une connaissance de Bitti. Des bêtes achetées à Mosu. Mais sa connaissance n'a pas voulu la lui rendre, il ne l'a pas cru. Maintenant, il ne lui parle plus, et il dit que l'autre va à droite et à gauche voler les vaches de ses amis. Soit dit entre nous, le cousin du maître d'école n'a vraiment pas de chance, avec ses parents et ses connaissances.

Et quand on pense que les hommes de loi ont du mal à reconnaître les chrétiens. Peut-être que Moretti a raison. Il faudrait des empreintes et des fiches. Pour les hommes comme pour les vaches.

– Si Mosu était considéré comme suspect, pourquoi est-ce qu'il y avait tout le village à ses funérailles ?

– Il y a toujours tout le village aux funérailles des gens assassinés. Comme ça, on ne distingue pas les coupables des autres.

Une fois entendue cette indubitable vérité, à laquelle il a honte de ne pas avoir pensé tout seul, Ghibaudo laisse Sgrelli finir la soupe de haricots sans haricots et boire un demi-verre de vin. De toute façon, il n'est pas en service et pas encore au trou. Qu'il en profite un peu.

– Et Lianora, qu'est-ce que tu m'en dis ?

– Les femmes la respectent parce qu'elle savait tenir tête à son mari et qu'elle s'est trouvé un travail à elle,

elle ne passe pas ses journées à cuisiner ou repriser ou autre. Les hommes la respectent parce que, avec le fusil, elle centre un tesson de bouteille à cinquante pas.

– Et toi, qu'est-ce que tu en dis ?

Sgrelli le regarde comme si c'était la première fois de sa vie qu'on lui demandait son avis. Mais ça pourrait être vraiment le cas, se dit Ghibaudo, alors il patiente et attend qu'il revienne de sa surprise.

– Moi, je dis qu'on ne sait pas où elle a mis les flacons.

On ne sait pas. Où elle a mis. Les flacons.

Cette fois, c'est au tour de Ghibaudo, qui plonge la tête dans le peu de soupe qui reste. Puis il se nettoie la bouche avec sa manche, un geste instinctif qui le fait rougir, d'un gamin en guenilles fils d'ouvrier qui vend des journaux ça se comprend, mais un carabinier qui se nettoie la bouche avec la manche de son uniforme… Heureusement Sgrelli ne s'en est pas aperçu et continue à parler comme si tout avait un sens.

– J'ai archivé le procès-verbal où le brigadier Moretti dit que Lianora dit qu'elle était sortie la nuit pour remplir les flacons à la piscine et puis elle a trouvé le mort.

Ghibaudo n'avait jamais soupçonné que Sgrelli lise les papiers qu'il archivait. Ni qu'il s'attardait à réfléchir à ce qu'il lisait. Il regarde son poignet humide de soupe et se sent encore plus stupide.

– Puis j'ai écrit sous sa dictée ce que le brigadier Moretti a trouvé chez elle. Pas d'ampoules. Que des bouchons, et du liège bon pour faire d'autres bouchons. Et hier, j'ai entendu de mes propres oreilles une vieille qui disait qu'il n'y avait plus d'ampoules à porter à sa sœur infirme. Où a-t-elle mis les flacons ? D'après moi, elle les avait tous vendus avant qu'il y ait le mort et elle n'a pas encore eu le temps d'en racheter, vu les malheurs arrivés chez elle. Mais pour une raison à elle, elle a menti au brigadier Moretti. Les gens ne sont pas contents de voir qu'on paye pareil pour se baigner dans la piscine alors qu'on ne peut pas ramener à la maison des flacons d'eau.

Après cette révélation, Sgrelli se couvre le visage d'une main.

– Je veux rester ici, dit-il d'une voix qui se brise.

Si c'est pour te mettre à pleurer dans une taverne, il vaut mieux que tu ne restes pas là, pense Ghibaudo.

– Je veux rester ici parce que je veux être avec les gens d'ici. Je connais tout le monde. Tout le monde me connaît. Je ne veux pas m'en aller.

– Je ne savais pas que tu avais des amis.

– Je n'ai pas d'amis. L'amitié, c'est un truc de riches et de gamins. Je ne sais même pas à quoi ça ressemble. C'est déjà beaucoup de vivre en voisins. Mais ces gens me ressemblent plus que ce que vous me ressemblez, vous autres, Moretti, Marasco, vous tous, les autres nobles.

Ghibaudo encaisse ces paroles comme une accusation. Il se demande quand il est devenu un noble imposteur. Il ferme les yeux un instant, se reprend.

– Ça se voit que vous autres, nobles, vous mourez d'envie de vous en aller. Moi, au contraire, je veux rester ici.

– Alors, plus tôt on bouclera cette enquête, mieux ce sera. Peut-être qu'Audisio sera content et te prendra pas à coups de pied dans le derrière.

Sgrelli a un sursaut d'espoir. Ou, du moins, c'est ce qu'il semble à Ghibaudo. Il a connu peu de visages aussi inexpressifs.

– Sgrelli, dans le bazar que tu as mis, il n'y a qu'un aspect utile. Tu es assez vivant pour avoir vu en face l'assassin. Il n'y a que toi qui l'as vu. Pau est mort, Anania est mort, Melchiorre est mort et l'assassin, il n'y a que toi qui l'as vu.

– C'est qui, Melchiorre ?

– Laisse tomber. Maintenant, force-toi à finir la soupe. Décris-moi en détail cette espèce de maçon. Tu connais tout le monde, non ? Peut-être que tu le connais lui aussi et que tu ne t'en es pas aperçu.

Sgrelli réfléchit. Il met ses mains sur les genoux et frotte fort.

– C'était un maçon.

Eh oui.

– Dans le sens qu'il était habillé en maçon. Il avait sur lui des guenilles tachées de plâtre blanc, très sales. Sur la tête, un chapeau mou, sale lui aussi.

– Grand ? Petit ? Des moustaches ? Allez, Sgrelli, fais le carabinier !

– Un peu plus grand que moi. Des cheveux rentrés sous le chapeau. De la barbe et des moustaches, on ne voyait pratiquement que les yeux tellement il avait de poils sur le visage.

– La voix ?

– Il parlait seulement pour lui-même, à voix très basse. Il pestait, peut-être. Il semblait enroué, il faisait des gestes.

– Combien de maçons tu connais, dans le pays ?

– Une dizaine qui en font métier. Tous les autres savent monter un mur au besoin.

– Tu en vois combien se trimballer comme ça, aussi couvert de plâtre ?

Silence pensif. Il compte, peut-être.

– Je veux dire, Sgrelli : voilà un homme qui est tout sauf un maçon, mais il s'est arrangé pour que tu penses seulement à un maçon. Même les vrais maçons ne sont pas autant maçons, tu me suis ?

Hochement de tête.

– Maintenant, enlève tous les trucs de maçon qu'il a sur lui et imagine-le habillé autrement. Il ressemble à quelqu'un que tu connais ?

Silence pensif. Ghibaudo lui vient en aide.

– Les personnes peuvent beaucoup changer. Elles se coupent la barbe, les moustaches, elles maigrissent, grossissent…

Ghibaudo a en tête Sebastiano Pau, photographié en uniforme au milieu d'un groupe de famille, et le même homme couché sur une dalle de pierre. D'ici peu, Lai escortera le docteur avec les cadavres de Pau et de Melchiorre jusqu'à la morgue de l'hôpital, le même que celui où est soigné Marasco. Ghibaudo regarde la pulpe de ses doigts. Un peu de l'encre qui a imprégné les papiers d'Anania y est restée. Il faudrait les empreintes, pense-t-il. Et puis il songe à Moretti, et ne sait pas s'il doit chasser l'idée ou l'accueillir avec gratitude.

– Il ressemble à quelqu'un que j'ai vu il y a quelques jours. Dans le maquis.

– Dans le maquis, où ? demande Ghibaudo en cherchant à ne pas laisser percer son enthousiasme naissant.

Que Sgrelli puisse un jour l'enthousiasmer : voilà quelque chose qu'il n'aurait jamais soupçonné.

– Vers Sant'Andrea. Cette espèce de petite colline qu'on voit en direction de la gare, en regardant d'ici.

– Et qu'est-ce qu'il faisait dans le maquis ?

– Rien, il était assis. Appuyé au fusil. Je ne me suis pas approché. Je lui ai fait un signe de la main, mais je pensais à mes propres affaires. Certaines fois, marcher dans le maquis m'éclaircit les idées.

– Tu me décris le cousin qui t'a salué tout à l'heure ?

– Lequel ?

– Un des deux. Choisis.

Sgrelli ferme les yeux. Il énumère les vêtements en les comptant sur les doigts. Il arrive à dix. Il referme les mains et lève son regard.

Il est fiable. Trop, même. Ghibaudo est surpris. Quand on se convainc qu'une personne est médiocre, on n'attend d'elle que la médiocrité.

– Maintenant, décris-moi le type du maquis qui ressemble au maçon.

Il ferme les yeux.

– Mêmes moustaches. Même barbe en broussaille. Chapeau mou tiré sur le front. Taille, je ne sais pas, il était assis. Une veste de peau de chèvre, sans manches, de berger.

– Il pourrait habiter là, dans le maquis ? Dans une cahute quelconque, près des brebis ? demande Ghibaudo en se penchant sur la chaise.

C'est lui. C'est l'homme qu'a vu Gavino, le soir où Melchiorre est mort.

– Je ne sais pas. Il faudrait demander à Anania…

Sgrelli s'arrête pour se rappeler à lui-même que, maintenant, il parle d'un mort.

– Pourquoi à Anania ?

– Parce qu'il allait dormir de ce côté, la nuit. Il disait "Bonne nuit" ou "Angelico, je vais à Sant'Andrea", et puis il montait sur son âne.

La voix de Sgrelli se brise sous le coup de l'émotion. Ghibaudo, lui, pour toute réponse, frappe violemment de la main sur la table. Les deux vieux le scrutent par en dessous, bien attentifs à ne pas croiser son regard et à ne pas se mêler de ça. L'aubergiste pointe son nez. Sgrelli comprend la menace. Il parle vite.

– J'ai vu l'assassin dans le maquis du côté de chez Anania ! annonce Sgrelli, en se réveillant soudain.

Ghibaudo ramasse son chapeau et se précipite vers la sortie.

– Mais je pourrais me tromper ! crie Sgrelli dans son dos. Je ne suis pas sûr !

– Mange, répond-il en prenant la porte.

Lui non plus n'est sûr de rien.

28

– Je suis là !

Ghibaudo s'immobilise, sur ses deux pieds et tendant l'oreille. Aurait-il entendu quelque chose ? Autour de lui, dans un rayon de cent pas, il n'y a que la terre, quelques arbres qui cherchent timidement à s'imposer et des petits rochers et des arbustes dispersés, certains assez hauts pour arriver à la poitrine d'un homme pas trop grand comme lui. Ce sont des entrelacs de bois fins qui donnent l'illusion de pouvoir être brisés d'une seule main et qui, en fait, s'avèrent durs et piquants, avec une écorce coriace et impénétrable autour d'une âme tendre et vivace.

– Ssss !

En Sardaigne, il n'y a pas de vipères, mais Ghibaudo ne s'est jamais senti à l'aise devant des êtres qui rampent, c'est pourquoi il se pétrifie, un pied en l'air.

– Je suis là ! Qu'est-ce que tu as aujourd'hui ? Oh…

Un sourire de gamine vient juste de s'éteindre dans une grimace de déception. Une petite tête recouverte d'un couvre-chef sombre qui descend jusque sur les épaules s'est à nouveau retirée derrière un chêne vert.

Passer son chemin en faisant mine de rien, ou se présenter ? Il est en train d'effrayer une créature qui ne le mérite pas ? Exaspéré, Ghibaudo exhale un profond soupir, les yeux au ciel et le chapeau à la main pour mieux essuyer son front en sueur avec la manche de sa veste qui, de toute manière, est déjà sale. Mais, ensuite, il se dit que n'importe quelle information serait toujours mieux qu'aucune information, quand on cherche un refuge nocturne dans un maquis à la géographie toute particulière, impénétrable aux yeux de qui n'y est pas né.

– Mademoiselle, permettez. Vice-brigadier Ghibaudo, pour vous servir, dit-il au tronc de chêne vert de sa voix la plus gentille.

Elle fait un pas en avant pour se montrer, prudente mais décidée. La gamine n'est pas tant que ça gamine. Elle serre un bâton de berger dans un poing minuscule dont les jointures blanchissent sous la force de la prise. Elle porte un gilet brodé qui, sur les bords, laisse entrevoir une doublure rouge, et une jupe d'étoffe sombre avec trois tours de rubans colorés au bord. Elle ne ressemble pas du tout à une paysanne. Elle pointe sur Ghibaudo deux yeux vifs de furet. Les sourcils réunis en une ligne sombre durcissent son regard, mais la bouche, non, elle reste celle d'une gamine.

– Qu'est-ce qui lui est arrivé ? Il a dû rester à la caserne ? Pourquoi il vous a envoyé, vous ?

Il n'y a pas à dire, c'est ici un endroit où survit qui allie la rapidité de pensée à l'instinct animal. Les mots sont lancés à bout portant comme des balles. Ghibaudo lisse le devant de sa veste. Ce n'est pas lui, le carabinier que ce fruit vert attend. Si ce n'est lui, c'est donc un de ses camarades. Un instant, le sourire louche de Moretti lui apparaît, et il a un mouvement d'agacement.

– Personne ne m'envoie, il ne s'est rien passé à la caserne, dit-il, prudent.

Si seulement c'était vrai.

– Je cherche un endroit dans ces parages, vers Sant'Andrea.

– Un endroit pour quoi ? demande la fille en approchant.

Elle paraît rassérénée, son regard est moins courroucé.

– Vous connaissiez Anania Tolu ?

– Il me prenait dans sa charrette de temps en temps.

– Je cherche l'endroit où il allait dormir la nuit.

– Vous voulez découvrir qui l'a tué ?

– Oui, répond simplement Ghibaudo.

Oui, se répète-t-il à lui-même.

– Si vous découvrez qui l'a fait, vous laisserez Angelico tranquille ?

Angelico !

Ghibaudo met ses poings sur les hanches et se tourne d'un côté et de l'autre, souriant à l'horizon. Aujourd'hui, c'est vraiment le jour de Sgrelli, songe-t-il, et ce serait amusant si, lui, il n'était aux prises avec un triple homicide, et avec le poste des carabiniers de Serra au bord de l'effondrement.

– Ça pourrait être utile pour lui aussi, assure-t-il enfin, en se sentant un peu comme un imposteur.

La fille dessine des cercles de son petit pied qui pointe sous la jupe sombre.

– Je ne connais pas toutes les cachettes de la terre, dit-elle pensive. Mais il m'est arrivé de voir quelqu'un aller dans cette direction. Là, derrière ce muret de lentisques.

Ils se regardent tous les deux un temps infini, immobiles dans l'air alourdi par l'humidité qu'exhale le sol. Il n'allait rien sortir de plus de la bouche de cette enfant.

– Je ferai de mon mieux, mademoiselle, dit Ghibaudo en remettant son chapeau.

Pendant un instant, il s'est demandé comment serait sa vie si quelqu'un qu'il aime s'inquiétait pour lui. Et il lui était revenu à l'esprit les grands yeux d'Amelia regardant Moretti, et les yeux bleus de Marasco, fermés sur Dieu sait quel gouffre.

La fille acquiesce mais elle n'est pas convaincue. Elle n'est pas idiote, pas même ingénue, pense Ghibaudo. Puis il met mentalement le blond Angelico à ses côtés, deux enfants qui se tiennent par la main, et, stupidement, quelque chose entre ventre et poitrine s'attendrit en lui.

– Il se pourrait qu'Angelico arrive, attendez-le encore un peu. Nous avons mangé un morceau ensemble à l'auberge.

Elle retient un sourire que Ghibaudo imagine ample, et très beau dans son genre. Puis, avec un petit salut militaire, il prend congé et se remet en marche vers la solitude de la colline de Sant'Andrea.

La première chose qui l'a attiré, ça a été la souche, la seule après les lentisques et avant un épais bosquet de chênes verts. Il est bien possible que Sgrelli n'y ait vu un homme assis qu'en approchant un peu du lieu où il se retrouve avec sa belle.

Ghibaudo s'y assied, essayant diverses perspectives, en direction de la colline, ou des chênes, ou du village. Les différents horizons ne lui donnent aucune réponse. Alors, il se décide à traverser le petit fouillis de troncs, regard fixé au sol, en quête de traces comme le lui a enseigné Audisio. Des empreintes dans un bosquet, après la pluie, c'est difficile à trouver. Et puis, seraient-elles fraîches ? Anania n'avait plus été libre de retourner à son refuge depuis la mort de Pau, trois nuits auparavant. Mais le malaise ne vient pas s'ajouter à l'état d'âme de Ghibaudo, dont le regard fouille comme s'il voulait compter les fourmis. Une pierre lisse lui offre un bon siège à quelques pas des derniers chênes. L'heure du déjeuner est à peine passée. Combien de temps devrait-il raisonnablement consacrer à cette entreprise ? Les vingt-quatre heures, dont une bonne partie est déjà passée – ne sont pas négociables, ça, c'est clair pour lui. Coudes appuyés sur les genoux et mains croisées, Ghibaudo scrute un petit tas de terre plus claire. Peut-être un excrément d'un petit animal inconnu de lui, comme la plus grande partie des animaux qui circulent librement dans le coin. Les seuls animaux qu'il ait connus à Turin avaient deux pattes, et beaucoup étaient plus dangereux que des sangliers furieux. Pensée rapide et instinct, s'est-il dit il y a quelques instants. Les mêmes qui le poussent maintenant à porter la main sur ce tas d'excréments, pour se rendre compte aussitôt que ce n'est pas ce qu'il lui semblait.

– Des copeaux! s'exclame-t-il à haute voix.

Il ne lui était jamais arrivé de parler seul, mais à présent les limites de sa normalité se sont relâchées, et il s'en moque.

Du liège. Des copeaux de liège. Des restes d'une taille dans un bloc plus gros. Anania aidait Lianora à faire des bouchons pour les flacons, c'est ce qu'il lui avait dit quand il l'avait interrogé devant le cadavre de Pau. Ghibaudo se lève pour se remettre en marche, ragaillardi par une possibilité réelle de se trouver sur les traces d'Anania. Mais, apparemment, le garçon n'a pas perdu des copeaux de ses poches comme dans une fable que quelqu'un a racontée à Ghibaudo quand il était petit, et les traces finissent là, avant même de commencer. Alors Ghibaudo se rassied, la tête tournée vers le tas de liège. Personne dans le coin n'irait faire des copeaux hors de sa maison sans garder un œil sur le pas de la porte, à cause des animaux et des autres bêtes. À bien scruter dans la bonne direction, en esquivant du regard les derniers troncs, quelque chose de plus défini se laisse entrevoir, non loin de là, entre les branchages.

Donc, c'était ça, le royaume d'Anania. Son nom n'est pas inscrit sur les planches de bois, mais il est partout. Un petit foyer de cendres froides. Une peau de chèvre étalée dans un coin. Un tas de longs chiffons serrés, ensanglantés, semblables à ceux que Ghibaudo a vus dans l'étable de Lianora, qui ont servi à bander le moignon. À terre, répandus un peu partout, des bouts de papier avec des bouts de poésie. Sur une espèce d'escabeau, un chiffon entoure un morceau de fromage dur. Une fiasque de vin rouge à moitié vide posée sur un petit banc branlant. À côté de la fiasque, un autre escabeau de guingois supportant une pile de feuilles encore blanches. Ou presque blanches. Toutes avec une tache rouge en haut à droite. Deux flacons d'encre noire. Deux plumes. La voilà, la signature d'Anania. C'est ici que tu écrivais les lettres ? Et peut-être aussi les poésies. Peut-être avant de te coucher. Et qui venait jusqu'ici te voir ? La bonne amie de Sgrelli avait parlé de personnes qui allaient dans la direction de cette baraque de briques crues qui tiennent debout par miracle, fondues dans les derniers chênes du bosquet. Il n'y a pas beaucoup d'espace pour y faire vivre plus d'un homme, pense Ghibaudo en tournant sur lui-même. C'est tout juste s'il réussit à faire trois grands pas dans une direction et puis dans l'autre. Peut-être que personne n'est jamais venu ici pour dormir, à part Anania, et que personne n'est venu le trouver dans sa dernière nuit ici, car sinon la fiasque serait vide et le fromage réduit à rien. Dans ces régions, on ne se rencontre jamais sans manger et boire ensemble tout ce qu'on peut manger et boire. Ghibaudo revient en arrière et s'attarde sur le seuil. Dans le tronc d'un arbre tout de suite à droite est planté un clou. Tu y attachais l'âne, Anania ? C'était lui qui veillait sur ton sommeil ? C'était le sommeil agité et sauvage d'un brigand ? Les pensées de Ghibaudo s'échappent. L'âne d'Anania est maintenant dans leur écurie, et Dieu sait ce qu'on en fera. Pendant un instant, même le sort de cette bête lui semble insupportable.

Il n'y a rien d'autre qu'il puisse faire là, tout est en vue et, si quelque chose y est caché, ça ne se laissera pas trouver rapidement. Il retourne un instant à l'intérieur, prend la fiasque et la flaire. L'odeur acide et piquante d'un vin médiocre secoue ses nerfs déjà assez tendus. Il met un doigt à l'entrée du goulot, comme on fait quand on verse du vinaigre, et fait tomber une goutte sur la rame de feuilles. Une larme d'un rouge plus sombre que le sang, presque noir, se fraie un chemin à travers la trame du papier, s'élargit comme les doigts d'une main qui s'ouvre, puis s'arrête et ses bords d'abord nets peu à peu s'effrangent. Ghibaudo reste à observer, les oreilles tendues pour capter le moindre bruit qui ne serait pas celui des oiseaux et de quelque petit rongeur. Quand la tache lui paraît sèche, il soulève la première feuille, et puis la deuxième, et puis la troisième, et elle est là, à peine plus claire à chaque strate. Il choisit une feuille au milieu du paquet, la plie en quatre en prenant soin de faire coïncider les coins mais sans la regarder, en ne s'aidant que de la pulpe des doigts, avec le soin qu'il aurait mis à une lettre d'amour, et la lenteur du geste l'aide à absorber ce qu'il a vu. Quand la feuille est en sûreté dans sa poche, il prend congé de la cahute et se met en marche dans une direction différente de celle par où il est venu. Que Sgrelli jouisse en paix de ce qui, à lui, Ghibaudo, est refusé.

29

Quand Ghibaudo marche vite, il réussit à penser vite aussi, c'est du moins ce qu'il lui semble.

Il lui faut passer en revue ce que Sgrelli lui a servi sur un plateau d'argent, lui justement, Angelico Sgrelli, à qui personne ne demande jamais rien, alors qu'il est celui qui en sait plus que tous les autres. Parce qu'on ne peut pas faire le carabinier en évitant le regard des gens, et Sgrelli sait faire ce que Ghibaudo n'arrive pas, et n'arrivera peut-être jamais à faire : cesser de se défendre, et de se cacher.

Quand Anania était-il devenu brigand ? Était-ce Melchiorre qui l'avait convaincu d'entrer dans une bande, après le Massacre de Spaccavento ? Une bande de voleurs de bestiaux et aussi de kidnappeurs, à en croire les lettres anonymes qu'il avait écrites. Mais ensuite quelqu'un l'avait tué, après avoir fait subir le même sort à Melchiorre et à Pau. Un boiteux, un aveugle et un carabinier corrompu qui entre deux crimes confectionnait au bord des fontaines des poèmes qui dénonçaient les distorsions du monde.

Furieux, Ghibaudo essuie la sueur sous son chapeau, il respire profondément, tourne à gauche et compte ses pas un à un, pour se calmer.

Deux femmes viennent à sa rencontre, à les voir on dirait la mère et la fille, mais Ghibaudo ne les voit pas, il ne porte pas la main à son chapeau, il marche, c'est tout, en ruminant des pensées.

Le long de la Route Droite, les trois manœuvres habituels attribués au service public répandent du gravier pour rapiécer les trous causés par la pluie et les roues des charrettes.

Un ouvrier lui jette une poignée de graviers sur les bottes.

– Oh, pardonnez-moi, monsieur le carabinier.

Les mots disent l'excuse, pas le regard.

Ghibaudo s'immobilise au bord d'une idée.

– Comment vous appelez-vous ?

– Martino Sanna, pour vous servir.

Il ne le servira jamais en rien, c'est l'évidence.

– Qui d'entre vous a été envoyé pour faire le travail de maçonnerie à la caserne, hier ?

Les trois hommes se regardent.

Le plus éloigné s'avance. C'est un petit homme trapu, la moustache hérissée et la barbe graisseuse.

– Moi, monsieur.

– Je ne vous blâme pas de vous être enfui en courant sans avoir décliné votre identité, vu les circonstances.

– Je ne me suis pas enfui, monsieur. Vous avez été mal informé. Reboucher un trou dans le mur devant un mort assassiné dans la caserne, ça ne me semblait pas une bonne idée. Alors je suis parti.

Les deux autres rient.

– À quelle heure vous a-t-on demandé de venir ?

– À n'importe quelle heure. Quand ça m'arrangeait. Ce n'était pas un travail payé. Disons à mes heures perdues. Le chef en a marre d'envoyer des gens boucher des trous dans la caserne en les enlevant de là où on a besoin d'eux.

– Qui sait que vous deviez venir ?

– Ah. Qui le sait, les gars ?

Rires.

– Tous ceux qui vont à la taverne. Et les femmes de ceux qui vont à la taverne, et peut-être aussi les enfants. Nous avons tiré au sort parce que personne n'avait envie de venir boucher les trous, si vous permettez. Moi, j'ai perdu et j'ai dû en plus payer une tournée de vin.

Rires.

C'est donc ainsi que l'assassin l'a su et qu'il a calculé qu'il avait le temps.

– On a beaucoup rigolé, hier soir, monsieur.

– Vous avez aussi rigolé sur le cadavre d'Anania ?

Les trois pelles retournent au travail. On n'entend plus que le bruit du gravier dans le silence d'un début d'après-midi.

Poussé par un instinct qu'il décide de ne pas réprimer, Ghibaudo tourne à gauche en direction de la piscine.

La piscine est l'habituelle mare d'eau boueuse, vue de loin Lianora est une marchande comme tant d'autres.

Ghibaudo entre dans le territoire sacré à grands pas. Après la pluie nocturne, l'odeur qu'exhale la terre chaude est suffocante. Il lui semble presque percevoir sous ses pieds la myriade de vers en action.

Il n'y a que quatre personnes, aujourd'hui. La rumeur des meurtres a commencé à voyager plus vite que la locomotive. Une vieille femme maintient sa robe sombre comme coagulée sur sa taille tandis qu'une eau d'une couleur métallique lui monte sur les genoux. Un homme aussi vieux qu'elle l'attend sur la rive. Il semble s'être asséché dans les mêmes vêtements, une année après l'autre. Sous un des trois chênes verts, qui font peu d'ombre à cet endroit dévoré par le soleil, une autre femme est adossée au tronc, les jambes tendues en avant comme une poupée. Elle est pieds nus, deux pierres dégrossies qui pointent de sous la robe. Près d'elle, une jeune fille est assise recroquevillée. Ses boucles bougent au rythme de la brise de l'après-midi qui commence à souffler de la mer.

Felicita.

Sa belle-mère a obtenu ce qu'elle voulait : sinon le miracle, au moins l'espoir du miracle.

C'est Lianora qui remarque Ghibaudo la première. Elle vient à sa rencontre.

Elle porte l'habituel foulard serré sur les cheveux et noué derrière la nuque.

Le corsage n'est pas recouvert de châles dans ces heures chaudes, et la peau de la poitrine est nue sous le soleil, et humide de sueur. Elle esquisse un sourire qui semble à Ghibaudo un sourire de défi. Elle plonge les mains dans les poches de la blouse qu'elle porte par-dessus sa jupe. Elle s'approche, trop. Ghibaudo perçoit son odeur âcre.

– Les carabiniers sont de sortie, ce matin ?

– Les carabiniers marchent sur les torts et sur les malheurs des gens, madame.

– Débarrassez le plancher, lui siffle Lianora à l'oreille.

– J'ai besoin de vous parler de vos flacons. Et du carabinier Pau.

– Je ne veux pas d'uniformes, ici. Vous êtes capables de faire peur aux pèlerins pire qu'un mort.

– Des morts, il y en a eu trois, jusqu'à présent. Sans compter votre mari. Il me semble que ça suffit. Vous n'arrivez même pas à avoir de la peine pour Anania ?

– Pour qui j'ai de la peine, ça ne vous regarde pas. Et je n'ai rien d'autre à vous dire.

Ghibaudo ne saurait pas expliquer pourquoi, mais tout à coup sa mère lui est apparue. Dans les traits de Lianora, dans son visage au moins deux fois plus grand, il a perçu les lignes anguleuses de son nez, ses bras minces et nerveux, la poitrine presque plate. Elle aussi n'a plus rien à lui dire ?

– Peut-être que je pourrais avoir quelque chose à vous dire, moi. Je veux vous raconter une histoire, madame. L'histoire d'un homme, un carabinier comme moi, peut-être plus malin que moi, qui un jour croise votre route. Quoi que cela puisse vouloir dire.

– Attention à ce que vous dites.

– Je dis seulement, madame Lianora, que le carabinier Pau a eu une part très active dans la tentative de libération de votre mari.

Silence.

– C'est du moins ce que disent les rapports.

– J'aurais dû n'en faire qu'à ma tête : à cette heure, Michele serait vivant. Le minimum qu'aurait mérité le carabinier Pau était de mourir à la place de mon mari. Mais en fait, non, grâce à vous autres et votre adjudant, que le diable l'emporte…

– De fait, à présent, Pau aussi est mort…

Ghibaudo sent croître la tension de Lianora, et décide d'aller à la limite.

– Il y a trois jours, pour être précis. Il est venu, il vous cherchait. Et pourquoi vous cherchait-il, me suis-je demandé, alors même qu'il venait de démissionner des carabiniers ? À force d'y penser, je me suis répondu : peut-être avait-il quelque chose en commun avec vous. Par exemple, un plan pour éliminer votre mari. Mais ensuite quelqu'un l'a tué, peut-être aussi pour venger Mosu, et alors vous n'avez pas eu le temps de savourer la récolte.

Le bruit de la gifle se perd dans l'humidité de l'air immobile.

Ghibaudo résiste à la réaction instinctive de se toucher la joue. Il soutient son regard. Espère qu'aucun des pèlerins ne s'intéresse à eux. Et qu'Audisio ne vienne pas à le savoir.

– Vous vous trompez : ce n'est pas Pau qui m'a cherchée. C'est moi qui l'ai cherché. Et quant à vous, c'est le diable qui vous a fait.

Ghibaudo la regarde retourner à son étal. Lianora sort de sous la nappe une dame-jeanne d'eau. Elle s'en verse un verre qu'elle boit d'une traite. Le liquide doit être si chaud qu'il ne doit pas lui apporter le moindre soulagement, pense Ghibaudo. Une deuxième pensée, surgie soudain, fait son chemin avant qu'il ait le temps de réfléchir pour savoir si elle est sensée. Il entame une approche à pas lents, comme distraitement, vers l'étalage.

Pendant ce temps, Lianora, empressée, se dirige vers la mère de Gavino. Peut-être son tour est-il venu d'entrer dans l'eau ?

Au-delà d'elle, Ghibaudo rencontre le regard de Felicita. Elle l'a vu. L'a reconnu, en dépit de ce qu'on raconte sur les carabiniers qui se ressemblent tous de loin. Elle court à sa rencontre après avoir adressé un signe à sa belle-mère. Ghibaudo a tout juste le temps de prendre – entre pouce et index en guise de pince – le petit verre de Lianora et de le glisser dans la poche de son pantalon, en espérant que sa veste dissimule le gonflement insolite. Un instant plus tard, les yeux exaltés de Felicita se plantent sur lui.

– Carabinier !

Ghibaudo retire son chapeau.

– Madame Felicita, bien le bonjour. J'espère que vous vous portez mieux, aujourd'hui.

– Parlez-moi de mon frère.

– Je ne connais pas votre frère, madame.

– Anania était mon frère.

Un souffle de vent, souvenir de la tempête de la nuit, souffle fort entre eux. Une bouffée de poussière blesse les yeux de Ghibaudo.

– Je n'ai pas pu vous le dire avant-hier et Dieu seul sait la nuit que j'ai passée. Je n'ai pas vu Anania depuis le jour où je suis entrée au service de la mère de Gavino. Je n'ai plus eu de nouvelles de lui, et ça m'allait bien comme ça. On ne parle pas de rien. Mais hier les rumeurs sont vite arrivées, avant le coucher de soleil. J'ai fait semblant de ne pas savoir et j'ai insisté auprès de ma belle-mère pour qu'elle vienne ici, aujourd'hui, demander le miracle. Je veux le voir. Montrez-le-moi, je vous en prie.

Le visage de la jeune femme est une image douce que quelqu'un a froissée dans son poing, sa voix une cantilène suppliante et décidée à la fois.

Ghibaudo pense au volet de la maison de Palmi. Donc c'est elle, la gamine qui s'est couchée dans une mare de sang parce qu'elle avait honte d'être la seule restée debout. Il reconnaît les cheveux bouclés, il reconnaît la forme des yeux. S'il lui était permis, il l'embrasserait.

– Je suis désolé, madame. Je ne peux pas faire ce que vous me demandez, il y a des questions légales, ment Ghibaudo.

Elle le supplie encore avec des yeux humides et plus lumineux.

– Votre frère était un *balente*, lui dit-il alors, comme si ces mots pouvaient remplacer ou résumer une histoire compliquée comme celle d'Anania.

Ghibaudo encaisse le poids du silence. Je suis désolé, Felicita, je ne peux pas. Je n'arriverai pas à te passer le fardeau de la vérité sans t'écraser.

– Madame Felicita, ne restez pas seule par ici. Pas sans votre belle-mère ou votre mari à vos côtés. Parlez le moins possible avec les gens. Surtout, n'écoutez personne. Vous pouvez me le promettre ?

Felicita fait oui de la tête.

La mère de Gavino commence à l'appeler à grands cris, une fois, deux fois, trois fois. Lianora aussi lui adresse des gestes. Le moment est venu d'entrer dans l'eau, et bien sûr la vieille n'y arrivera pas toute seule.

Tandis que Felicita revient vers elles, elle se retourne pour le regarder. Ghibaudo est immobile, inanimé comme un rocher.

30

Dès qu'il le voit, Moretti replie en deux *L'illustrazione italiana* apporté la veille par Amelia. Il est assis au bureau de Sgrelli. À partir d'aujourd'hui, selon la volonté d'Audisio, il fait aussi le tri du courrier.

Ghibaudo fouille du regard les papiers à côté de lui. Trois lettres personnelles pour Moretti. Des lettres officielles du ministère de la Guerre et de l'Intérieur. Une lettre du commandement central du Corps royal des carabiniers, adressée à Marasco. Peut-être sous forme de félicitations.

– Tu n'as pas vraiment le beau rôle dans l'article de *L'illustrazione*, Ghibaudo. "Courageuse opération des carabiniers contre les brigands en Sardaigne." Quant à moi, ils m'ont fait un beau dessin. Il me rend justice.

– L'encre des journaux fait briller les vitres, tu le savais ?

– Marasco t'a demandé, dit Moretti après avoir soupesé le silence.

Ghibaudo bloque aussitôt gestes et pensées. Il cherche une phrase neutre à dire, une corde, si mince soit-elle, à laquelle se raccrocher.

– Quels sont les pronostics des médecins ? demande-t-il enfin, sans lever les yeux.

– Probablement deux semaines encore, minimum. La comtesse voudrait le ramener en Toscane dès qu'il sera en mesure de voyager.

En Toscane, le plus loin possible de ces terres et de lui.

– Mais le docteur Spano n'approuve pas la perspective d'une longue traversée maritime, donc il n'est pas exclu qu'il reste à passer sa convalescence dans les appartements du baron qui abrite sa famille. Il leur a aussi fourni une femme de chambre supplémentaire qui pourvoie à leurs besoins sans qu'il leur faille verser une lire. Des courtoisies entre nobles.

– Il y a aussi sa volonté. Il faudrait aussi demander à Marasco ce qu'il a l'intention de faire, rétorque Ghibaudo, que la discussion rend nerveux.

– À condition que quelqu'un l'écoute. Son père va repartir demain pour suivre ses affaires, et les femmes n'ont guère tendance à écouter. Je le sais par expérience.

Ah oui. C'est Moretti, l'expert en femmes. Quant à lui, il voudrait seulement pouvoir parler et pleurer devant un cœur amical. Amelia. Qu'est-ce qu'elle est en train de faire en cette fin d'après-midi ? Et la nuit qui approche la verra-t-elle revenir à la caserne ?

Moretti a allongé les jambes sous le bureau, les bras croisés derrière la nuque. Il étire les muscles de son cou en bougeant la tête à droite et à gauche.

Ghibaudo n'est pas pressé de sortir ce qu'il ramène. Il est fatigué.

– D'où viens-tu ? lui demande enfin Moretti.

– J'ai bavardé un peu avec Lianora.

– Elle t'a avoué sa liaison avec Pau ?

– Ça non, mais quelque chose qui peut être utile, oui. Même si je ne sais pas trop comment le faire entrer dans le tableau d'ensemble.

– Autre chose d'intéressant ?

– J'ai trouvé le refuge d'Anania dans le maquis. C'est là qu'il allait dormir, mais surtout, c'est là qu'il écrivait les lettres anonymes. Et aussi les poésies. En plus, il y a quelques jours, Sgrelli a repéré dans ce coin le même homme qu'a décrit Gavino, assis non loin du refuge.

Ghibaudo attend la réaction.

– Ghibaudo, tu délires, ou quoi ?

– Sgrelli est un gars de presque vingt ans avec une excellente vue. Je le crois. Il est plutôt bon, comme physionomiste.

– Ce serait la première qualité qu'on lui trouve.

– Et il a une petite amie au pays. De très bonne famille, à en juger par son vêtement.

– Sérieusement ? Dans l'ensemble, il est mieux pourvu que toi… Bon d'accord, donc l'assassin probable s'amuse dans le coin. Comment tu vois les choses ? Ce n'est pas que ça m'intéresse, maintenant. C'est juste pour faire un peu de conversation. Lai n'est pas bavard.

– Je pense que l'ami de Melchiorre a installé Anania dans le maquis, où il est resté environ deux mois, jusqu'à ce qu'il trouve du travail chez Mosu.

– Dit comme ça, il n'y a rien de mal.

– Il y a quelque chose de mal, pourtant. Il y a les lettres anonymes qu'il a écrites.

– Bon, d'accord pour Anania et pour Melchiorre, ces deux-là se connaissaient et pourraient avoir partagé quelques secrets. Mais Pau ? Qu'est-ce qu'il fabriquait, Pau ?

– Je ne sais pas. Ce qui est sûr, c'est que Chicchinu pensait qu'il était devenu un brigand. Il trafiquait des trucs de brigand et, en même temps, improvisait des poèmes sous le nom de Pittanu.

Moretti le regarde d'un air interrogateur.

– Qui est Chicchinu ?

Ghibaudo réfléchit vite, il court derrière une idée qui vient de surgir, par peur qu'elle lui échappe.

– Chicchinu, c'est un autre poète de Spaccavento. Comme Pittanu et comme Melchiorre. Nous devons le trouver vivant. Cette hécatombe de poètes ne me plaît pas.

Moretti bâille comme si on parlait du temps. C'est l'effet de ce *nous devons* et d'une matinée passée à collecter silences et bavardages inutiles sur les brebis manquant au cousin du maître d'école.

– *Tu dois* le trouver vivant. Moi, je suis aux prises avec une nouvelle lettre anonyme. Quelqu'un veut mettre le feu au fenil du cousin du maître d'école cette nuit, après y avoir enfermé dedans toute la famille.

– Montre-la-moi. La lettre. Juste un coup d'œil rapide.

Moretti se lève et disparaît à moitié dans les archives, dont il extrait le dossier des lettres anonymes, grand comme un chevreau. D'un geste théâtral, il le pose sur le bureau immaculé et parfaitement rangé d'Audisio, en faisant bien attention de ne pas renverser les deux cadres d'argent. Les parents désormais âgés. La sœur le jour de ses noces. Moretti extrait du dossier une feuille froissée avec une fente causée par un couteau au milieu.

Ghibaudo s'approche. Même tache. Mêmes bavures.

– C'est lui.

– Lui qui ? demande Moretti.

– Anania. Il écrit toujours.

Moretti ne le suit pas.

– Les morts n'écrivent pas de lettres anonymes.

– Non. Pas après leur mort. Mais avant de mourir, oui. Ce sont des lettres posthumes. Des lettres qui restaient.

– Qui restaient de quoi ? Ghibaudo, tu t'es grillé le cerveau.

– Peut-être. J'oubliais : je voudrais m'acquitter de ma dette pour la courtoisie avec laquelle tu m'as écouté cette nuit.

– Dégage, Ghibaudo.

Il y a de quoi se demander quelle divinité a pris deux personnes si différentes dans deux endroits si différents du Royaume d'Italie pour les faire se rencontrer, et les rendre à leur manière incompatibles et indispensables l'une à l'autre.

– J'ai un cadeau pour toi.

D'une main, Ghibaudo soulève un pan de sa veste d'uniforme et de l'autre, extrait de la poche de son pantalon un verre grossier et opaque en essayant d'éviter au maximum de le toucher ou de lui faire effleurer l'étoffe.

– Lianora. Empreintes. Ne perds pas la main. Moi, il me reste encore à comprendre qui sont les responsables de ces lettres. Il est impossible qu'Anania ait tout fait seul.

– Ben, merci beaucoup pour cette relique. Il reste encore à comprendre autre chose, si je puis me permettre, mais peut-être que tu y auras déjà pensé.

Mains dans les poches, le verre opaque entre eux, Moretti regarde Ghibaudo comme le renard regardait le chat dans le livre pour enfants, il y a quinze ans de ça.

– Reste à comprendre si l'assassin a fini. Et, dans le cas contraire, qui sera la prochaine victime. Mais ça, à présent, c'est ton problème.

Une bouffée de vent ouvre traîtreusement un volet de la fenêtre derrière le bureau d'Audisio.

Non, Ghibaudo n'y avait pas pensé.

– Tu as raison. J'ai besoin de Chicchinu le poète, le plus vite possible, dit-il en se levant pour courir derrière la pensée fuyante de tout à l'heure.

– Moi, j'ai besoin que tu fermes la fenêtre. Sinon le vent va éparpiller les papiers.

– À quelle heure mangent les chevaux? demande Ghibaudo.

– Mais qu'est-ce que tu en as à faire, maintenant? Ferme la fenêtre!

– J'ai besoin d'une personne, dit Ghibaudo en se démenant sur la poignée.

Au-dehors, le ciel est redevenu d'un gris de plomb. Cette nuit sera une nuit sans lune.

Sgrelli est redevenu une petite silhouette sous le chêne vert.

31

– Eh, attends, ne t'en va pas.

Le garçon de l'auberge, allumeur des réverbères à gaz, chargé des écuries et fossoyeur intérimaire, n'aime pas être surpris en flagrant délit pendant qu'il parle avec les chevaux. Ghibaudo soupçonne qu'il préférerait être surpris nu à danser sous la pluie, au point qu'il doit le suivre jusqu'au fenil avant qu'il s'échappe à toutes jambes, sautant comme une chèvre murets de pierres sèches et buissons de lauriers-roses.

– J'ai besoin d'une course. Urgente. À la taverne ou à la gare, c'est toi qui verras, lui dit-il en le tenant par un bras, mais sans serrer.

Le garçon, une rougeur de fraise répandue du cou jusque sur la poitrine glabre sous sa casaque, se met presque au garde-à-vous, tout en continuant à regarder la pointe de ses chaussures.

– Trouve le chef de gare. Dis-lui que j'ai besoin de rencontrer Chicchinu le plus vite possible. Chicchinu, répète.

Pour la première fois, Ghibaudo assiste à une métamorphose que son expérience réduite des êtres humains ne lui laissait pas prévoir : de la timidité extrême à l'agressivité, le pas est vite franchi.

– Grâce à Dieu, mes oreilles, mon cerveau et ma langue marchent bien, rétorque le garçon en le fusillant du regard pour se rendre compte ensuite qu'il y a sans doute là un crime d'insubordination et baisser de nouveau les yeux au sol.

– Bien, j'attends ta réponse ici, à la caserne.

– C'est tout, monsieur ?
– C'est tout.
Tu serais meilleur que Sgrelli, pense Ghibaudo en le regardant filer comme un furet.
Confiant dans la chance et avec la sensation que les pièces de ce casse-tête douloureux se combineront dès que la pièce perdue quelque part dans sa tête sera retrouvée, Ghibaudo revient sur ses pas à travers la cour des étables.
Il n'a pas fait plus de dix mètres que la silhouette d'un homme petit et trapu apparaît sur son horizon, plus ou moins à la hauteur de la grande porte de la caserne. En le reconnaissant, Ghibaudo accélère pour l'intercepter.

– Bonsoir. Je suis venu reprendre ma charrette.
– Bonsoir à vous. J'espérais vous voir ici. J'ai à vous parler, Gavino.
– Si c'est pour me donner la nouvelle qu'Anania Tolu, lui aussi, a été assassiné comme Melchiorre, je l'ai appris tout seul.
– Ce n'est pas seulement pour ça. Il faut reconnaître le corps. Une question légale.
– Et pourquoi c'est moi qui devrais le reconnaître, le corps ?
– Parce qu'Anania était votre beau-frère. Le frère de votre femme Felicita. L'âne que vous montez est à lui.
Gavino bouge les mâchoires comme s'il avait en bouche un bout de liège à mastiquer.
– Il ne faut pas que Felicita le sache. Elle ne doit pas le savoir tant qu'elle n'aura pas eu l'enfant. Depuis que vous êtes venu, elle pleure sans relâche sur Melchiorre. Et maintenant, je devrais lui dire que son frère aussi est mort ?
– Ce n'est peut-être pas son droit de lui dire adieu ?
– Elle le reconnaîtra après le baptême. Ou bien personne ne le reconnaîtra, c'est pareil, on le tenait pour perdu depuis des mois.

– Pas moi. Je ne l'ai pas tenu pour perdu. Jamais. Pas même une minute.

Une voix ténue arrive depuis un endroit, derrière Gavino, auquel aucun des deux hommes n'avait fait attention. Felicita regarde fermement Ghibaudo, elle va vers lui à petits pas, soutenue par le bras par Lianora. Soudain, une rafale de vent chaud les assaille, secouant leurs jupes.

Gavino va à sa rencontre et essaie de lui entourer les épaules, comme pour accueillir quelqu'un qui tient mal sur ses jambes.

– Tu n'es pas en état, Felicita.

– Je suis désolée, Gavino, mais cette fois je ne peux vraiment pas obéir.

Son visage se baigne de larmes. Lianora la serre contre elle et la détache de lui.

Ghibaudo s'émeut et souhaite à part lui que Gavino mérite autant de tendresse. Mais la présence de Lianora lui impose de garder tous ses sens en alerte et de faire fonctionner son cerveau, vite et sans erreur.

– Nous pensons qu'Anania a été tué par la même main que celle qui a tué Melchiorre, dit-il.

Gavino se secoue.

– Qu'est-ce que vous savez d'autre ? demande-t-il.

– Il s'agit très probablement de l'homme avec une veste de berger que vous avez entrevu le soir de la mort de Melchiorre. Il a aussi tué un autre homme, avant lui.

Du coin de l'œil, Ghibaudo ne perd pas de vue Lianora.

– Melchiorre m'a aidé quand je n'avais rien à mettre dans l'assiette, dit Gavino.

– Tu n'as pas besoin de dire ça, chuchote Felicita.

– Je m'en moque. Que les gens pensent que je suis un crève-la-faim, s'ils veulent. J'avais à moi un demi-oignon, un pré aride et une maison sans toiture. Ma mère assise comme une statue, Felicita que je devais encore épouser. C'est lui qui l'a mise près de moi, comme aide pour ma mère. Un vrai homme n'oublie pas.

– J'aime bien vous entendre parler comme cela. Vous pouvez collaborer à l'enquête par une déposition officielle. Madame Lianora, j'ai tort? Vous n'êtes pas venue vous aussi pour ça, peut-être?

Le regard de cette femme provoque chez Ghibaudo beaucoup de gêne et d'attirance. Il n'est pas habitué à se voir défié par une personne qui pourrait être sa mère. Sa nature à la fois féminine et animale dépasse tout simplement les limites de son imagination.

– Je ne suis venue que pour être sûre. Cette jeune femme sera traitée comme elle le mérite, ou vous m'en répondrez, lance Lianora.

– N'ayez aucun doute, madame. Vous avez affaire à des gentilshommes.

Un mot, se rend compte trop tard Ghibaudo, qui ne signifie rien pour aucun d'eux, et qui est impitoyablement emporté par la dernière rafale de vent qui précède la bonace du soir.

32

– Il est éveillé, votre fils, dit Ghibaudo au chef de gare.

Le gamin est dans un coin, occupé à jouer avec un chien plus grand que lui tout en croquant ce qu'il tire de sa poche.

– Il a voulu cinq noix pour m'avoir transmis le message du jeune que vous m'avez envoyé.

Le garçon de l'auberge, allumeur de réverbères, employé des écuries et fossoyeur par intérim était revenu au poste de carabiniers après avoir mené à bien sa petite mission.

– Vu que je suis allé jusqu'à la gare, j'ai pensé vous apporter aussi les journaux. Je pourrais continuer à le faire à partir de maintenant, à la place d'Anania…

Ghibaudo n'avait pas entendu la fin de la phrase, submergé par l'image venue à sa rencontre. Un garçon maigre sans être décharné, l'œil vif et incapable de s'arrêter trop longtemps sur une chose ou sur une personne. Un paquet de journaux comme des étoffes repliées sur un bras, une jambe de pantalon plus courte que l'autre, les pieds nus dans des chaussures trop grandes. Il lui avait semblé se voir dans un miroir quelques années auparavant.

– Bonne idée, avait dit enfin Ghibaudo. On peut savoir comment tu t'appelles ?

– Desiderio, monsieur.

Desiderio. Quel drôle de nom, s'était-il retrouvé à penser. L'hôpital qui se fout de la charité.

– Desiderio, tu as quelque chose à me dire ?

– Bien sûr, monsieur.

Ghibaudo aurait juré que Desiderio avait essayé à sa manière de claquer les talons. Bien qu'on ne pût vraiment pas dire que les journaux venaient de sortir des presses, Ghibaudo avait respiré fort l'odeur de l'encre en les serrant contre lui sans s'inquiéter d'ajouter d'autres taches aux poignets de son uniforme.

– Le chef de gare vous donne rendez-vous chez lui, vers le coucher de soleil. Vous trouverez ce que vous cherchez, c'est ce qu'il m'a envoyé vous dire.

Inutile d'ajouter que Desiderio avait ensuite dû lui expliquer où il habitait, le chef de gare. Reconnaissant, Ghibaudo s'était mis en marche aussitôt pour ne pas perdre un temps précieux.

Le chef de gare dans la cour de sa maison est un paysan comme les autres, avec son pantalon de toile et sa chemise à moitié sortie de la ceinture. Il porte à sa bouche un quartier de poire en le piquant du bout de son couteau. D'un signe, il montre un arbre à quelques pas. Ici, aucune rencontre ne se fait sans manger quelque chose.

– Merci, j'accepte volontiers.

Le chef de gare s'éloigne pour détacher deux petites poires vertes d'une branche chargée de fruits. Le carabinier en mord une et le jus lui humidifie les lèvres.

Cette fois, il attend. Il s'impose de ne pas se presser. Il est encore plein d'amertume après la rencontre avec Lianora qui s'est mal terminée, à cause de son impatience à obtenir Dieu sait quels aveux. Il ronge les poires jusqu'au trognon. Les jette au pied de l'arbre, comme il a vu faire le chef de gare qui maintenant dit à son fils d'aller jouer ailleurs. Il doit le lui répéter deux fois. Un gamin sympathique.

– Vous allez me dire que Chicchinu ne va pas se montrer, finalement ?

– La hâte n'aide pas, brigadier. Asseyez-vous.

– Vice-brigadier. Je ne peux pas attendre beaucoup. Je dois renter à la caserne.

Ses vingt-quatre heures sont presque terminées.

– Chicchinu a été ponctuel, comme toujours, lui répond le cheminot en le regardant fixement dans les yeux. Sauf qu'il ne voulait pas parler avec vous. Mais il m'a rapporté ce que vous devez savoir.

Chicchinu ne veut pas. Chicchinu a décidé de ce que Ghibaudo doit savoir.

Ghibaudo souffle par les narines, dans un élan de rage et d'orgueil offensé. Mais, tout à coup, il commence à comprendre.

Le chef de gare lui indique deux escabeaux non loin de là.

Ghibaudo s'assied lentement, sans cesser de le fixer, et lui fait de même. Leurs visages sont proches. Ils pourraient se comprendre même en chuchotant.

– Maintenant, vous avez plus de temps, vice-brigadier ?

– Je vous écoute.

– Chicchinu a décidé de parler pour rendre justice à un mort qui ne méritait pas de mourir.

– Pittanu ?

– Non, pas Pittanu. Pittanu l'a bien cherché.

– Et alors, qui ?

– Sa vengeance, c'est pour Noirdencre.

33

Un garçon estropié d'une jambe et avec un regard de chien errant blessé marchait deux pas en arrière de Pittanu, ce jour-là.

Quand Chicchinu les avait vus arriver, il avait tordu le nez. C'était bien de Pittanu, de ramasser des gens qui s'avéreraient ensuite pas fiables, menteurs, profiteurs. C'était inutile, il ne tirait que le pire des personnes. Comment ils font pour te garder encore à la caserne, le moquait Chicchinu. Pittanu lui répondait de faire attention où il mettait les pieds, et ça voulait dire qu'ils pourraient s'en vouloir à mort, se poignarder même, mais au lieu de ça ils continuaient comme si de rien n'était, peut-être à cause de Melchiorre.

– Le garçon vient de la part de l'aveugle, lui avait dit Pittanu en lisant le malaise sur son visage.

Pittanu et Chicchinu s'étaient connus comme ça, sous les tréteaux des foires, en menant la bataille contre la langue fourchue de ce vieux, qu'il repose en paix. Melchiorre était le meilleur. Le meilleur voulait dire qu'il savait se faire justice tout seul, avec ses poésies. Il dénonçait ceux qui lui pesaient sur l'estomac: le cornard qui a tué l'amant de sa femme; le comte impuissant qui frappait les bonnes; et même, une fois, il avait couvert de sarcasmes tout un village, et le prêtre, en faisant l'éloge des vertus amoureuses de sa servante. Mais quelquefois ce n'était pas suffisant. Parfois, il fallait agir, encourager la justice, sans exagérer. Quand on était aveugle, on ne pouvait pas beaucoup agir, alors quand c'était nécessaire, Chicchinu intervenait. Il menaçait. Intimidait.

Volait, quelquefois. Mais surtout il intimidait : la peur finit toujours le travail.

– Chicchinu tient à dire, vice-brigadier, qu'il n'a jamais versé une goutte de sang d'un être humain.

Mais ensuite était arrivé Pittanu, ou plutôt ce salopard de Pau.

Melchiorre ne pouvait pas voir ses petits yeux rapprochés comme ceux des cochons, rougis comme s'ils étaient injectés de sang. Le vieil aveugle l'avait entendu déclamer ses vers et avait décidé que ce garçon avait du cran, du talent et du cran, beaucoup plus que Chicchinu. Comme si ça ne suffisait pas, Pittanu lui procurait des coupures de journaux qu'il récupérait dans son vrai travail. Pour le vieux, c'était un trésor. Alors, quand il s'était agi d'Anania, que Melchiorre aimait comme un fils, ce dernier avait contacté Pittanu, qui avait décidé de l'emmener dans sa baraque secrète près du bosquet de chênes de Sant'Andrea.

Chicchinu avait coupé à contrecœur un morceau de fromage en plus et l'avait mis sous le nez du garçon. Sale, il était sale. Depuis combien de temps il ne mangeait pas, va savoir. Dans la baraque qui leur servait de cachette au milieu du maquis, il n'y avait rien de mieux que deux escabeaux à moitié tordus. Le garçon avait décidé de rester debout. À cause de sa jambe, avait pensé Chicchinu en maudissant le rimailleur qui l'avait conduit jusqu'ici.

– Nous pouvons faire quelque chose pour lui et lui peut faire quelque chose pour nous, c'est ce que dit Melchiorre.

– Bien, avait répondu Chicchinu, en faisant semblant de le croire.

Puis ils avaient mastiqué un moment en silence.

Pittanu, après une gorgée bue en faisant tourner une cruche ébréchée, lui avait rappelé le Massacre de Spaccavento.

– Melchiorre dit que le garçon mérite d'avoir sa vengeance.

– Ça dépend, avait répondu Chicchinu.

– De quoi.

– Ça dépend s'il la veut, la vengeance.

L'un et l'autre s'étaient mis à fixer ce pauvre estropié qui semblait ne vouloir rien d'autre que disparaître dans un trou. La vengeance aussi, il faut savoir la supporter.

À ce moment, l'estropié s'était réveillé de sa torpeur, ou bien il avait enfin comblé sa faim.

– Melchiorre sait ce qui est le mieux, avait-il lâché.

Sa voix avait un ton auquel Chicchinu ne se serait jamais attendu, de la part d'une espèce de femmelette avec des boucles dans les yeux.

– Mettre en route une vengeance, ce n'est pas rien, avait avancé Chicchinu, inquiet.

– Ça dépend, avait répondu Pittanu en faisant claquer sa langue. Ça dépend de qui est derrière. De qui on doit viser. Et puis, ça dépend de quelle justice on veut. De l'argent ? Un mort ?

Chicchinu avait commencé à flairer le danger comme le chien effrayé sent l'odeur du sang.

– Avec Melchiorre, nous n'avons jamais touché un cheveu à personne.

– On verra. En attendant, je demande et je cherche à droite et à gauche. Et le garçon fera quelque chose en échange.

– Attention à ce que tu dis, Pittanu.

– Ne t'agite pas, Chicchinu. Qu'est-ce que je pourrais bien demander à un infirme ? Melchiorre dit qu'il sait écrire, et alors, il écrira. Pour moi et pour mes amis, quand on aura du travail à faire.

– Pourquoi, toi, tu ne sais pas écrire ?

– Moi, j'écris ailleurs. À la caserne, par exemple. Je dois encore comprendre si les carabiniers en poste à Serra sont malins, entre-temps je préfère ne pas risquer.

Ainsi, pendant que Pittanu alertait ses connaissances pour arriver aux commanditaires du Massacre de Spaccavento, l'infirme dormait là et mangeait ce qu'on lui apportait dans la cabane au milieu du maquis. Chicchinu lui avait trouvé du papier de rebut, paquet de feuilles que le prêtre de Spaccavento, celui-là même qui lui avait appris à écrire, avait jeté. Il avait renversé dessus par erreur un reste de vin de messe, avait-il dit à moitié ivre, et le papier s'était taché de manière inconvenante pour un prêtre. Anania écrivait, et ainsi il lui semblait qu'il ne vivait pas d'aumônes mais en gagnant la nourriture qui lui arrivait, comme l'aurait voulu son père. De fait, quiconque avait besoin de se faire écrire une lettre anonyme devait toujours apporter quelque chose à manger ou à boire en échange. C'est ce qu'avait décidé Pittanu. Quand on payait assez, on pouvait avoir trois ou quatre lettres de menaces croissantes, de manière à pouvoir les utiliser l'une après l'autre, sans avoir besoin de revenir chaque fois dans ce coin perdu. Le garçon gagnait le respect des brigands qui s'adressaient à lui, et personne n'aurait su dire pourquoi, comme ne savait le dire Chicchinu qui avait fini par le considérer comme une espèce de parent infortuné à la main leste. Quand Chicchinu et Pittanu – ensemble ou séparément – rimaillaient dans les tournois de poésie improvisée, le garçon insistait toujours pour les accompagner et, de retour, il notait leurs vers à une vitesse surprenante. Une fois, il les avait relus à haute voix. Pittanu s'était mis en colère, il lui avait arraché la feuille des mains et balancé une baffe à toute volée.

– Ne gaspille pas l'encre avec ça, lui avait-il intimé. L'encre, ça coûte, et à voir tes mains on dirait que tu te laves avec, au lieu d'écrire.

Anania était gaucher. Il avait beau faire attention, il n'arrivait pas à éviter les bavures en frottant de sa main les mots qu'il venait d'écrire. C'est ainsi qu'ils avaient fini par l'appeler Noirdencre, lui et tous ceux qui venaient chercher les mots auprès de lui, sans rien savoir de lui.

Un jour, Pittanu était arrivé chargé de nouvelles.

Celui qui avait ordonné le Massacre de Spaccavento avait enfin un nom.

Il avait un nom et un troupeau plein de vaches invisibles, qu'il volait et revendait en veux-tu en voilà. Des terrains à lui dans la province de Nuoro, extorqués par la menace et les coups de fusil. Une maison de ville au bout du village de Serra, achetée pour un quignon de pain. Pas d'enfants. Une femme. Lianora.

– Un type comme Michele Mosu, on ne peut le tuer qu'au milieu du maquis.

– Oh, Pittanu, attention à ce que tu dis, pas de mort, pas de la volonté de Melchiorre.

– Moi, je me suis exposé partout et d'ici peu, il va arriver aux oreilles de Mosu que je le cherche. Qu'est-ce que je fais ? Je vais lui faire une caresse ? Je le remercie pendant qu'il me plante un couteau dans les côtes ? Chicchinu, là, c'est du sérieux ! Trois d'un coup, il en a fusillé à Pâques ! avait dit Pittanu comme si Anania n'était pas là.

Comme s'il était sourd, en plus d'être infirme.

Chicchinu essayait de rassembler son courage devant cette tête de chien malodorant, qui ne se nettoyait qu'un instant avant de passer l'uniforme et de devenir un autre.

– Pas de meurtre. On fait un chantage. De l'argent propre, à donner au garçon comme dédommagement. Il en fait ce qu'il veut, il s'en va d'ici et commence une nouvelle vie.

– Il fait ce qu'il veut avec sa part. Moi, je veux la mienne.

Anania était là, entre eux, à l'étroit dans la cabane au point de sentir sur lui le souffle des deux autres, mais de fait, c'était comme s'il avait disparu. Il gardait les yeux à terre, ne disait pas un mot.

– Demandons trois mille lires, et toi tu en prends mille, avait proposé Chicchinu.

– Mille par tête ? Moi, je risque le double de toi, Chicchinu.

– Je ne veux rien pour moi. Mille à toi et deux mille au garçon. Ça te va, Noirencre ?

– Moi, ça ne me va pas. Cinq mille au moins. Trois mille à moi et deux mille au Noir. Qu'il doit se les gagner.

Au ricanement de Pittanu, Chicchinu avait senti la nausée lui monter au creux de l'estomac. Sans doute l'effet du fromage avalé trop vite, en plus de la vilaine gueule de Pittanu.

– Voilà le plan. Noirdencre va travailler pour Mosu et sa femme, un beau morceau de femme, une cavale à dompter. De toute manière, chez Mosu, personne ne veut y aller. Il traite ses domestiques pire que ses ânes. Le Noir est estropié et il sait aussi monter les baudets, il y a pas mieux… Un beau jour, le Noir attire le salopard dans le maquis, et moi, je l'enlève. Je le fourre dans un endroit que même les chiens de chasse ne trouveront pas. Quand sa femme nous donne les cinq mille lires, nous on lui redonne ce qu'il reste de l'abruti.

Chicchinu suait. Ça pouvait marcher, mais il n'avait pas confiance en Pittanu, vraiment il ne lui revenait pas. Il avait encore moins confiance dans l'idée de le contredire, quand il était comme ça à portée de couteau.

– Moi, je ne veux pas. Je peux faire l'écrivain des brigands toute ma vie, je reste là, je me gagne mon quignon de pain par jour, et personne ne me verra plus, avait dit Anania dans un filet de voix.

Le rire de Pittanu avait déchiré le peu d'air disponible.

– Melchiorre pouvait me le dire que tu chies dans ton froc. Maintenant, on est dans le bal et on danse, c'est clair ? Demain, un ami viendra te prendre pour te présenter à Mosu. De temps en temps tu reviens ici, après le coucher de soleil, tu continues ton travail d'écrivain et tu nous dis comment ça se passe. Suffit que Mosu commence à te faire confiance.

– Et donc, c'est Noirdencre qui a fait la demande de rançon pour Mosu, dit à ce moment Ghibaudo, comme s'il avait sous les yeux la feuille de papier maintenant au sommet du dossier de la nuit de la Saint-Jean.

Voilà où il avait vu pour la première fois la queue de comète.

– Oh que oui, monsieur. Mais ensuite tout est allé de travers. Ce salopard de Pittanu a massacré la main de Noirdencre pendant l'enlèvement. Quand Chicchinu l'a su, il a vomi sur ses chaussures. Putain, qu'est-ce que t'as fait, Pittanu ? il lui a dit devant la cachette où ils avaient fourré Mosu. Pittanu lui avait balancé un coup de poing dans l'estomac qui l'avait plié en deux, et puis il lui avait expliqué qu'il devrait apprécier sa ruse parce que personne ne soupçonnerait Noirdencre de complicité, ce qui serait utile pour avoir des nouvelles. Et aussi sa gentillesse : il lui avait massacré la main droite, pas la gauche.

– Mais ensuite nous sommes arrivés et nous avons scellé le destin de Mosu.

– Ne vous en glorifiez pas trop, Ghibaudo. Chicchinu dit que Pittanu aurait tué Mosu de toute façon, tôt ou tard. Ne serait-ce que pour pouvoir arriver à sa femme. Et l'histoire finit là. Qui que ce soit qui ait vengé Mosu en tuant Pittanu a rendu l'air respirable, mais Noirdencre et Melchiorre, non. Ceux-là, il les a sur la conscience.

À ces derniers mots, la voix du chef de gare se brise. Ses yeux, rougis par la poussière qu'a soulevée le vent, n'ont pas croisé une seule fois ceux de Ghibaudo.

– C'est Chicchinu qui a tiré sur le brigadier Marasco ? demande Ghibaudo à brûle-pourpoint, rompant un bref silence.

Le chef de gare ouvre la bouche comme pour aspirer de l'air mais ensuite il surprend les yeux de Ghibaudo fixés sur lui. Il se laisse aller à un ricanement qui découvre les quelques dents qu'il a. Personne n'est tout bon ou tout mauvais ici, lui a dit Sgrelli il n'y a pas longtemps. Le chef de train est bon et mauvais en même temps, et certainement plus malin que ne l'espérait Ghibaudo.

– Comment je peux le savoir, moi ? Ça, Chicchinu ne me l'a pas dit.

Toujours les yeux dans les yeux.

– Vous pourriez le lui demander de ma part, la prochaine fois que vous le verrez. J'ai l'impression que, pour vous, il bouge sur commande. Et puis, tant que vous y êtes, vous pouvez lui dire d'arrêter d'utiliser les lettres qui restent pour menacer le cousin du maître d'école, ou j'irai le débusquer avec les chiens.

Le chef de gare se laisse aller à un rire triste, libérant son corps de la posture fixe dans laquelle il l'a enchaîné pendant le récit. Il se donne une claque sur la cuisse et va cueillir une autre paire de poires sur l'arbre. Mais cette fois, il ne les offre pas. Il reste debout et joue avec les fruits en les passant d'une main à l'autre.

– Chicchinu ne va pas se montrer pendant un bon moment. Vous pouvez imaginer pourquoi. Celui qui a tué Melchiorre, Pau et Anania pourrait le tuer lui aussi. Au fond, c'est le seul qui est resté vivant, de cette malheureuse bande de poètes.

Ghibaudo se lève. Il se courbe sous le poids de toutes ces nouvelles, et son estomac est noué par la tension. Le chef de gare lui tend la paume, attendant une étreinte qui ne vient pas.

– Peut-être que si Chicchinu pouvait compter sur votre protection…

– Je suis un carabinier. Je protège n'importe qui contre les assassins. Mais ce n'est pas pour cela que je cesse de chercher la justice.

Il est en train de te demander s'il peut te faire confiance, pense alors Ghibaudo devant le silence pensif du chef de gare.

– Moi, je ne peux pas savoir la vérité. Je n'étais pas là. Mais si votre brigadier n'est pas mort sur le coup, alors ça ne peut être que Chicchinu. Il tire que c'est une vraie catastrophe. Parce que bien tirer, ça veut dire tuer, et lui ne tue pas.

Tandis qu'il court sous le peu de lumière qui se répand encore dans le ciel, Ghibaudo retient à grand-peine ses sanglots.

Donc, Chicchinu, si Marasco n'est pas mort, c'est toi que je dois remercier.

34

Quand Ghibaudo, haletant, passe le seuil, il trouve le poste de carabinier décoré comme un théâtre un jour de première. Le géomètre serait enthousiasmé par le système d'éclairage, à le voir maintenant. Toutes les lampes du hall ont été allumées. La porte du bureau d'Audisio laissée ouverte émet sa propre lumière.

Planté comme l'acteur principal à la fin d'une scène, l'adjudant Audisio se dresse au milieu de sa haute taille, dans son uniforme à écussons ; et, à ses côtés, Moretti et Lai. Ghibaudo cherche du regard Sgrelli, mais ne l'aperçoit nulle part. Il se l'imagine étendu sur son lit, dans le noir, comme un petit garçon puni le soir de Noël. Moretti regarde Ghibaudo d'une telle manière qu'il pourrait penser qu'il y a eu un autre mort en son absence, dans ou hors de la caserne, à ce point-là peu importe. Son teint est gris et les cernes creusent ses orbites, mais les pupilles sont vives et en alerte, et le fixent comme pour lui dire quelque chose qu'on ne peut prononcer.

L'agitation de Ghibaudo augmente. Il éprouve le vertige de celui qui, après une journée de travail, rentre à la maison et découvre que tout ce qu'il en reste est un volet suspendu. Sa pensée court à Felicita, avant même Anania, fidèle à une loi morale personnelle qui place les vivants avant les morts, toujours. La voix d'Audisio l'arrache à ces pensées qui l'enveloppent comme une toile d'araignée depuis le début de l'après-midi : Gavino d'abord, puis Lianora, puis Chicchinu, puis…

– Nous vous attendions, Ghibaudo. En retard sur l'heure de la retraite. Il est urgent que nous fassions le point sur la situation dans mon bureau.

Comme un coup de théâtre, un piétinement inattendu s'élève à l'étage. En haut de l'escalier apparaissent trois carabiniers en uniforme complet, qui se lancent sur les marches comme si venait de faire son entrée dans la caserne un groupe de brigands plutôt qu'un vice-brigadier fatigué.

Ghibaudo écarquille les yeux.

Les trois jeunes militaires saluent en portant une main à leur chapeau, geste qu'un Ghibaudo mal disposé juge excessif, et se placent à côté de la porte du bureau sans perdre un pas. Deux simples carabiniers et un brigadier.

Voilà le pourquoi de toutes ces illuminations. On a sorti la vaisselle des grands jours. Pour qu'on parle bien, si ce n'est de nous, du moins de nos murs, dans les casernes où ces garçons retourneront après avoir tiré les collègues de Serra de la honte dans laquelle ils sont tombés, pense Ghibaudo, tandis que sa tristesse infinie se transforme peu à peu en fureur.

Dans cet état d'esprit, Ghibaudo choisit de rester en arrière pour entrer en dernier dans le bureau d'Audisio. Un pied sur le seuil, il cherche à intercepter Moretti. Il le touche exprès, lui effleurant le bras avec le sien. Inutilement. Il vient juste d'être laissé seul.

Lai va occuper le bureau de Sgrelli. Ghibaudo et Moretti s'assoient devant Audisio comme d'habitude, sans y penser, mais un certain embarras de la part des nouveaux venus envoie un message désagréable. À la fin, après une certaine confusion scénique, Audisio fait signe au brigadier à peine arrivé de se tenir debout près de lui, et aux deux carabiniers de se placer à côté du bureau.

– Messieurs, à partir de demain matin, le brigadier Odorizzi prendra officiellement en main le cas de triple homicide. Pour la partie opérationnelle, il sera assisté des deux carabiniers ici présents, et naturellement il aura la pleine collaboration de vous tous, dans la mesure où je jugerai nécessaire de vous détacher des autres missions qui vous seront confiées sur le territoire.

Audisio a dû subir de Rome une humiliation de grande ampleur, pour avoir dû s'abaisser à un acte pareil. Substituer de fait à tous ses hommes trois carabiniers qui vont rendre aussi des comptes à un échelon au-dessus de lui, ce n'est pas une chose qu'un homme avec son passé se serait attendu à vivre.

– Y a-t-il des informations nouvelles qui doivent être portées à la connaissance du brigadier Odorizzi ? demande Audisio en regardant Ghibaudo.

Vingt-quatre heures, et moi je ramène un butin que même en un mois le brigadier Odorizzi de mes fesses…

– Non, monsieur, aucune information nouvelle.

Ghibaudo n'entend plus la respiration de Moretti à ses côtés. En revanche, la respiration d'Audisio se fait haletante sous son uniforme. L'adjudant regarde une dernière fois son vice-brigadier, comme pour lui laisser le temps de corriger une blague de mauvais goût, mais Ghibaudo n'offre aucune prise qu'un visage lisse, inexpressif.

Le brigadier Odorizzi, mains dans le dos, la moustache molle et tombante, l'œil mi-clos, a l'air de quelqu'un qui se force à réciter mentalement une comptine. Je ne vais pas te tendre le plat d'argent pour que tu puisses y poser la tête du coupable pendant que je m'occupe de vols de bétail, pense Ghibaudo. Je préfère me débrouiller seul.

– Bien. Brigadier Odorizzi ?

– Je vais passer la nuit à étudier les papiers, mon adjudant. Demain matin, je serai heureux de discuter avec vous de la ligne que j'entends suivre.

La nuit ? Mais oui, prenons-nous toute la nuit. Et pourquoi ne pas aller au théâtre, à l'opéra, à un bal de gala ?

Audisio congédie brièvement les trois plus trois. Puis il toussote.

– Ghibaudo, vous vous entretiendrez des derniers détails de l'affaire avec moi, si ça ne vous dérange pas. Maintenant.

Ghibaudo, qui esquissait un mouvement pour se lever, se rassied. La scène se vide rapidement : voilà à quoi sert la porte à deux battants. Sans qu'il ait le temps de s'en apercevoir, Ghibaudo se retrouve seul avec Audisio et l'espoir, mort, gît entre eux.

– Ghibaudo, j'ai appris les initiatives que vous avez prises cet après-midi, autour d'une rencontre qui a franchi certaines limites.

Ghibaudo rougit. S'empourpre. Se tait. Se demande si les marques de la gifle sont encore visibles. Il n'a pas pensé à se regarder dans un miroir.

– Je vous avais prié de bien garder à l'esprit que Lianora est la partie lésée. Lésée comme la justice dans un endroit où règne l'omerta, comme c'est le cas ici. Rien ne justifie votre comportement de cet après-midi, que quelqu'un a rapporté à Lai. Tous les moyens ne sont pas licites, Ghibaudo. Et les personnes, en particulier si elles sont victimes ou souffrantes, ne sont pas des moyens à votre disposition.

Ghibaudo baisse la tête. Il voudrait pouvoir lui dire qu'il est désolé, mais ce n'est pas vrai.

– Lai, t'es un gros connard.

– Oh, Ghibaudo, tu as l'âge du plus jeune de mes frères. Tu as beau être mon supérieur en grade et avoir du flair, vu ce qui se passe, je vais pas protéger ton cul.

– Où est Moretti ?

– En haut. À écrire son testament.

Au diable, Lai, pense Ghibaudo tandis qu'il grimpe les marches deux à deux. Au diable cet endroit, ajoute-t-il en maudissant chaque arbuste dont il se fiche bien d'apprendre le nom, chaque pierre et caillou, chaque être vivant mi-diable mi-ange né, grandi et engraissé autour de lui. Tout à coup, le visage émacié de Desiderio lui apparaît au fond du couloir qui mène à la cuisine.

Non, attends, pas Desiderio, Desiderio, je ne pourrai jamais le maudire, se corrige Ghibaudo en s'adressant à une quelconque divinité.

– Desiderio, qu'est-ce que tu fais là, à cette heure-ci ?

– Oui, monsieur, à vos ordres !

– Repos, Desiderio. Des problèmes avec les chevaux ?

– Pas du tout, monsieur. Je suis passé apporter de la farine à ma mère. À cause des nouveaux carabiniers. Il faut plus de pain, demain.

Sa mère. Notre cuisinière, c'est sa mère. Tu te rends compte. Ce village est vraiment trop petit.

Voyant que Desiderio hésite à avancer, Ghibaudo presse le mouvement. Avec tout ce qu'il a en tête…

– Tu as besoin d'autre chose, Desiderio ?

– Oui, monsieur. Mais je ne sais pas si c'est le moment de dire…

Non, ce n'est pas le moment de dire. Et pourtant quelque chose dans ce garçon s'est imposé à la volonté de Ghibaudo, et considérant qu'en fin de journée son bon sens s'est perdu, il n'y a rien de mal à savoir quelle autre diablerie on peut attendre de la vie.

– Un jour, je voudrais vous demander comment on fait.

Comment on fait. Attente.

– Pour faire comme vous faites.

Pendant quelques instants, Ghibaudo, rouge comme une tomate mûre malgré ses efforts, par un étrange tour de l'esprit pense à ce à quoi il ne devrait pas penser. Moi, je ne fais rien depuis un moment, voudrait-il lui dire. Mais figure-toi si je vais t'expliquer, à toi. Heureusement, il se tait et attend.

– Comment on fait pour faire le carabinier.

Moretti ouvre la porte avant que Ghibaudo ait le temps de frapper.

– Viens. Entre.

– C'est une catastrophe, Moretti.

– Je sais. Si je ne pourris pas ici, je pourrirai dans un autre trou du cul du monde pire que celui-là.

– Tu n'as pas la vision d'ensemble, comme d'habitude. Mais oui, en effet, tu ne te trompes guère.

– Tu veux la vision d'ensemble ? Je dois t'expliquer où tu pourrais aller pourrir, toi ?

– Ce n'est pas ça qui me ronge. Je voudrais conclure l'affaire.

– Tu veux conclure l'affaire. Ne t'inquiète pas, maintenant c'est le brigadier de mes deux qui va la conclure.

– Oh, je ne crois pas qu'il va la conclure si facilement. Lui, il ne sait pas ce que je sais moi. Et de moi il ne le saura jamais, rétorque Ghibaudo en lançant des regards courroucés en direction de Moretti.

– Ça s'appelle faire entrave à la justice, Ghibaudo. Tu laisserais un coupable impuni pour ta toute petite satisfaction personnelle ?

Rire méprisant et moqueur de Moretti.

– Je ne laisserai pas le coupable impuni. Je n'y songe pas un instant. Tu as pris les empreintes sur le verre ?

– Ah ! Les empreintes.

Moretti se laisse mollement tomber sur le lit, bras croisés derrière la nuque.

– Excuse-moi, mais je n'ai pas le temps. Je dois attendre qu'on incendie la maison du cousin du maître d'école.

La situation est plus grave que n'avait pensé Ghibaudo.

– Voyons si je te convaincs.

Ghibaudo va s'asseoir sur le lit à côté de Moretti, comme un parent proche en visite auprès d'un malade.

C'est lui qui se l'imagine ou bien Moretti vient d'éloigner la jambe quand elle est entrée en contact avec la sienne ?

– J'ai résolu l'affaire de l'enlèvement Mosu.

Moretti s'obstine à fixer une tache quelconque sur le mur devant son lit.

– Ça n'a pas été difficile. Le quatrième homme s'est déboutonné, dans la mesure où ses trois compères sont morts.

Moretti soulève une jambe. Il se ravise et la rabaisse, peut-être dérangé par la présence de la semelle des chaussures sur le couvre-lit.

– Melchiorre enrôle deux poètes tendant pour ainsi dire au brigandage, afin de venger Anania de la mort de ses parents. L'un des deux, le plus brigand et le plus carabinier, réussit à découvrir grâce à ses contacts le commanditaire du Massacre de Spaccavento. Michele Mosu.

Le mouvement brusque du corps de Moretti qui s'assied sur le matelas le ramène au présent.

– Continue.

Ghibaudo inspire profondément. Si Moretti est avec lui, alors tout est encore possible.

– Les deux hommes mettent au point un plan pour l'enlever et demander une rançon de cinq mille lires. Anania servira de lien, en allant travailler chez Mosu et en l'amenant sans trop de difficultés entre les mains de cette bande de poètes. Malheureusement, les carabiniers du nouveau poste interviennent vite, en emmenant avec eux Pau qui se retrouve à jouer double jeu. Pau est un salopard né et, non content d'avoir mutilé Anania par pure méchanceté, il tue Mosu de sa propre initiative. J'ai appris que tous les brigands ne sont pas des assassins. Melchiorre et Chicchinu n'en sont pas, Pau si. Chicchinu, tout ce qu'il a réussi à faire, ça a été de tirer au hasard dans notre direction, en blessant Marasco.

À ses propres paroles, Ghibaudo tressaille. Il y a toujours ce trou dans son cœur, et l'image de la bouche de l'arme, et le corps de Marasco qui tombe sur le sien. Chicchinu avait tiré au hasard avec un revolver avec lequel il est encore plus mauvais qu'avec les rimes, et pourtant Marasco, au lieu de répliquer, s'était jeté sur la ligne de feu. Pourquoi ?

– Ton informateur c'est Chicchinu, le poète repenti ?

– Oui et non. Mon informateur est un intermédiaire. Il me rapporte ce que Chicchinu lui a dit.

– Mais toi, tu penses que Chicchinu et lui, c'est la même personne. Tu as un indice ? Une moitié de preuve utilisable devant un tribunal ?

Ghibaudo y réfléchit un moment.

– Non. En tout cas, il ne fera jamais de déposition et, si nécessaire, niera jusqu'à l'évidence.

– Il y a une deuxième possibilité à considérer, Ghibaudo. Nous sommes tenus de la considérer.

Nous sommes. Ça va déjà mieux.

À cet instant, Moretti bondit sur ses pieds comme un ressort, mains dans les poches, avec le même regard exalté que quand il manie les pinceaux et les poudres noires et blanches.

Ghibaudo prononce les paroles au moment exact où son camarade les pense.

– La possibilité qu'il m'ait mené par le bout du nez, et que Chicchinu soit encore vivant seulement parce que c'est lui l'assassin.

35

– Voilà le plan du village, dit doucement Ghibaudo. La maison de Chicchinu, ou si vous préférez, du chef de gare, est contrôlable sur trois côtés. Le quatrième est mitoyen avec la maison voisine.

– C'est la maison des deux cousins, intervient Desiderio.

Moretti le regarde d'un air interrogatif.

– Des gens que Sgrelli connaît, s'empresse d'expliquer Ghibaudo.

– Des braves gens ? demande Moretti.

– Des gens. Chacun de nous contrôlera un côté. L'assassin agit vite, au rythme d'un mort par jour. Cette nuit, il n'y a même pas de lune. Il pourrait bouger.

– Si on fait aussi appel à Lai, on peut couvrir les quatre côtés, suggère Moretti.

– Non, je ne veux pas Lai. C'est pour cette raison qu'on va sortir par la cuisine plutôt que par la porte principale.

Desiderio fait de nouveau oui de la tête. Moretti souffle. Ghibaudo veut ce va-nu-pieds tout en os qui donne à manger à leurs chevaux mais ne veut pas Lai, doit-il penser. C'est exactement ça : un carabinier auquel on ne sait pas si on peut faire confiance est pire qu'un gamin malin, quand vous êtes en train de contrevenir à tous les ordres plus un.

Dehors, la nuit est plus noire que ce à quoi on s'attendait.

Ghibaudo, Moretti et Desiderio ont abandonné la Route Droite pour prendre un sentier marqué par les roues des charrettes qui traversent le champ pour couper vers le cimetière.

Le faible éclairage public que Desiderio a allumé voilà peu – quatre lampadaires répartis sur la route principale – leur arrive comme un halo clair dans la brume, mais cela suffit pour ne pas se perdre et voir où on met les pieds.

Les maisons alentour ont les volets clos.

Sans parler davantage, à pas si rapides qu'un peu plus ce serait une course, les trois hommes arrivent sur l'arrière de la vieille maison de Chicchinu. Dans l'obscurité, on dirait la maison des sorcières dans les contes pour enfants, où chaque mur et chaque pan de toit est un peu de guingois par rapport au reste, mais peut-être est-ce un effet du halo de lumière qui arrive du côté opposé, celui qui donne sur la Route Droite.

– Pendant que Moretti va au nord, tu couvriras le côté ouest et moi je resterai à l'est, dit Ghibaudo à Desiderio, en lui montrant un bouquet de hauts lauriers-roses. Les plantes te cacheront assez pour ne pas être une cible, mais elles te laisseront assez d'espace pour te mettre à courir vers nous si quelqu'un tentait d'entrer dans la maison par l'arrière. Des questions ?

Le garçon garde les yeux plissés sous la concentration et ne cesse de bouger les doigts de la main droite, comme pour y faire glisser de la terre, ou du sable, de la farine à peine moulue. Il est agile, a noté Ghibaudo, petit et rapide sur ses jambes. Il connaît la zone, il connaît les personnes, parler avec les humains n'est pas son fort mais cette nuit, au fond, il suffit juste d'avoir l'esprit vif. Et même si Chicchinu le voyait, il ne serait pas difficile de le convaincre que c'est l'habituel gosse du village affairé à ses multiples affaires.

– Une question, monsieur. Nous ne savons pas si nous surveillons une victime ou un assassin, c'est juste ?

Dit comme ça, c'est bon, tout d'une traite et très vite, mais c'est bon.

– Exact, Desiderio.

– Mais vous, vous avez bien une idée, pas vrai, monsieur ?

Attention, Ghibaudo, tu es à la limite subtile entre admiration et déception. Prends ton temps, et si tu veux vraiment dire la vérité, dis-la bien.

Desiderio a l'air d'attendre une histoire racontée au coin du feu.

– J'ai des hypothèses. Si c'est la victime, avec un peu de chance, on pourrait tomber sur l'assassin qui veut venger Michele Mosu en liquidant les poètes un à un. Mais si c'est lui l'assassin, alors tout serait à recommencer, parce que je n'ai en tête aucun mobile possible. Tu sais ce que c'est, un mobile ?

Desiderio fait oui de la tête.

– Comme on n'a aucune certitude, si tu vois quelqu'un s'approcher de cette maison ou même seulement en sortir, qui que ce soit, tu devras courir dans la direction qui te paraîtra la plus sûre, vers moi ou vers Moretti.

Ghibaudo se lève en déplaçant son poids sur les genoux. Il sent une raideur à un mollet.

– Alors, moi je me dirige vers l'est.

Moretti fait un signe d'accord et, le dos courbé, va chercher une position sûre au nord.

Les effluves humides qui montent du terrain ne sont pas agréables. La pluie battante de la nuit passée a libéré en quantités égales des odeurs d'herbe et de fumier.

En se retournant plusieurs fois pour surveiller le garçon, Ghibaudo rejoint sa place. Il s'accroupit et se prépare à l'attente. Il cherche de la main une poignée de cailloux pour lui tenir compagnie. Il les dispose l'un à côté de l'autre. On ne peut pas dire qu'il les voit réellement. Disons qu'il les imagine. Il pose son regard partout, comme il a appris à le faire durant les tours de garde.

Pittanu, Melchiorre, Anania, Chicchinu.

Il déplace Melchiorre, qui reste pendant tout le temps enraciné aux pentes de son village.

Pittanu, Anania, Chicchinu.

Chicchinu, Anania, Pittanu.

Et s'il manquait un caillou ?

Cette idée s'insinue peu à peu dans le silence où apparemment dort la maison du poète. Aucun son, à part quelques grillons et des bruissements d'animaux. Dans la nuit, certaines pensées s'insinuent dans la tête comme des occupants furtifs, discrets d'abord, puis s'imposant très vite en maîtres dès qu'ils se sentent en sécurité.

La pensée qui maintenant occupe la tête de Ghibaudo est une question, l'unique question logique qu'il aurait dû poser à Lianora, si seulement il avait eu la capacité de provoquer sa colère sans arriver à l'explosion. Dans quel recoin de sa tête était passée l'unique information que sans le vouloir elle lui avait donnée ?

Pau ne m'a pas cherchée. C'est moi qui l'ai cherché.

Pourquoi, et quand vous êtes-vous mise à la recherche de Pau ?

C'est ça qu'il aurait dû lui demander, au lieu de se faire gifler.

Si Lianora est complice de Pau dans l'élimination de son mari, celui qui est en train de venger Mosu ne tardera pas à se débarrasser d'elle aussi.

J'ai pensé à protéger Chicchinu ou à le bloquer au cas où ce serait lui l'assassin. Mais je n'ai pas pensé à protéger une autre victime potentielle, se dit Ghibaudo tandis que son front, sous l'effet d'une chaleur soudaine, se mouille de sueur.

C'est pour cette raison que maintenant Ghibaudo s'en va de là, avec une pensée amicale pour Moretti auquel il confie mentalement, sans pouvoir l'en avertir, la surveillance entière de la maison de Chicchinu et aussi de Desiderio. Il court furtivement, en proie à l'excitation, le dos courbé, et couvre rapidement, en quelques minutes, la distance.

Quand il arrive en vue de la maison de Lianora, il n'aperçoit qu'une faible lueur qui filtre d'une fenêtre donnant sur l'arrière.

Il sera discret.

Il veut seulement s'assurer que personne n'est arrivé avant lui.

Ghibaudo cherche un endroit pas loin mais pas proche des deux fenêtres à l'arrière de la maison. Trois arbres isolés lui offrent un abri minimum. Il s'y appuie pour se confondre avec les troncs. Il n'a pas le temps d'étudier le terrain autour de la maison, il est seul, il ne peut pas faire mieux. Il peut seulement essayer de ne pas la perdre de vue.

Après tout, la situation semble tranquille. Lianora dort peut-être déjà, la respiration lourde sous un drap léger. La lumière qui filtre des volets tirés devient toujours plus faible et tremblotante. Le foyer est en train d'exhaler son dernier souffle de la journée, d'ici peu la maison sera plongée dans l'obscurité.

La respiration de Ghibaudo aussi est en train de revenir à la normale. Mais un souvenir tout à coup lui traverse l'esprit. Il était là, dans cette maison, il y a trois jours à peine. Il y avait lui, Moretti et Lianora. Vous n'avez pas peur des brigands la nuit ? lui avait demandé Moretti.

Après la dernière cloche, je ranime le feu et je me couche… Moi, le revolver, je dors avec…

Le foyer de Lianora va s'éteindre.

Le rythme de la respiration accélère. Il s'est passé quelque chose.

Ghibaudo essaie de réfléchir rapidement, tandis qu'il s'approche de la fenêtre pour regarder à l'intérieur, ouvrant le moins possible les volets. Il reconnaît la silhouette de la grande table, et la forme d'une marmite posée sur les braises. Là-dessous, une infime lueur. Apparemment, personne à l'intérieur, mais de sa position il ne parvient pas à voir dans tous les coins. Un corps étendu à terre ou appuyé à un mur latéral lui resterait caché. Et puis, il y a la chambre à côté, qui à en juger par la deuxième fenêtre est dans l'obscurité complète.

Ghibaudo est tenté de retourner en arrière pour avertir Moretti. Mais si Lianora dormait et avait bêtement inventé l'histoire du feu allumé la nuit ? Et si, au contraire, elle avait été frappée par l'assassin, si elle était seulement blessée et pas morte ? Si l'assassin était encore dans la maison et avait vu l'ombre du carabinier à la fenêtre ?

Ghibaudo se résout à l'action. Il marche le buste penché en suivant le mur bas d'enceinte à l'est de la maison. Il n'attend pas d'arriver à l'entrée, mais enjambe le muret avant d'entrer dans le halo de lumière des lampadaires. Il laisse à sa gauche l'écurie de l'âne où toute cette absurde et sanglante histoire a commencé. Presque à quatre pattes, il se place devant l'entrée. Il glisse une main derrière le rideau, effleure le bois des battants fermés. Ça lui paraît bon signe, ingénument. Qui entre pour tuer ne prend peut-être pas la peine de refermer la porte derrière lui. Sans se redresser, il tend un bras pour chercher une serrure. Il se demande s'il ne vaudrait pas mieux frapper et s'assurer que tout va bien, en risquant une autre paire de baffes. Il sent le bord d'un trou de serrure plutôt grand. Ici, la majeure partie des maisons a aussi un loquet intérieur, depuis que le jour et la nuit sont devenus moins sûrs à cause des brigands. Ghibaudo essaie de forcer la poignée et il s'en faut de peu qu'il ne fasse une cabriole à l'intérieur, au-delà de la porte ouverte.

Rapidement, il tire de sa poche une boîte d'allumettes Dellachà, un vice qu'il a emporté de son Turin, et il se fait le minimum de lumière nécessaire pour bouger sans trébucher. Si Lianora dort, il ne la réveillera pas, sinon ça chaufferait. En quelques pas rapides, il examine les coins de la pièce centrale. Puis il se déplace vers une porte entrouverte, peut-être celle de la chambre à coucher. Il laisse tomber à terre l'allumette à présent consumée, en frotte aussitôt une autre et s'accroupit pour ne pas être une cible facile à hauteur d'homme. Avec quelqu'un comme Lianora qui dort un revolver à ses côtés, on ne sait jamais. La porte, à peine poussée, ne grince pas. Ghibaudo rassemble son courage. L'obscurité est complète, mais la pièce est petite et il lui en faut peu pour vérifier que le corps de Lianora n'est nulle part. Alors il se redresse, décidé à fouiller la maison en brûlant une allumette après l'autre.

La chambre n'a rien à cacher, dans son austérité. Le lit, avec une tête d'acajou sculpté. Un pot de chambre posé au sol. Un broc pour l'eau. Un petit coffre contre le mur opposé.

La pièce centrale présente davantage d'intérêt. Ghibaudo ouvre les volets de la fenêtre qui donne sur l'esplanade pour faire entrer un peu de lumière orange qui vient de l'éclairage public de la Route Droite. L'allumette fait briller sur la table un tissu coloré qui enveloppe ce qui semble une demi-miche. Deux écuelles l'une sur l'autre qui ont dû servir pour le dîner. Un couteau est posé à côté d'un morceau de liège, plus ou moins comme il y a trois jours.

La chaise de paille est soigneusement placée contre le mur. Aucun signe d'une quelconque intrusion. Batterie de cuisine normale. Le coffre, grand comme un homme couché, est là où il se souvenait. Une pensée sombre le secoue, plus par habitude de s'attendre au pire que pour une probabilité réelle. Ghibaudo allume encore une allumette et de sa main droite soulève le couvercle. La silhouette sèche d'un fusil couché sur un tas de linges. Ghibaudo plonge la main par-dessous. Des tissus sombres, de la laine peut-être. Couvertures ou vêtements. Rien d'effrayant, donc. Le coffre peut être refermé dans un lourd grincement de bois.

Une autre allumette l'accompagne à chaque coin de la pièce jusqu'à ce qu'elle lui brûle les doigts. Derrière la porte, l'habituelle petite caisse contenant un seul flacon et un sachet d'étoffe. Des bouts de liège à terminer. Anania n'est plus là à lui faire des bouchons, maintenant. Ghibaudo se penche vers le sol de terre battue, où il trouve un petit tas de copeaux. Il les touche, les effrite un peu plus entre ses mains.

Où a-t-il déjà fait ce geste ?

Une fureur le prend soudain. Il regarde autour de lui, danse sur ses pieds comme une phalène autour de la flamme, puis retourne au coffre.

Il le rouvre, en tire des jupes, des laines, deux pantalons de Mosu, des draps, des chemises. Il répand tout autour de lui, sans retenue. Au milieu des étoffes, dans la demi-obscurité, il voit voler des petites feuilles de papier. Les voilà. Moretti lui avait parlé des feuillets de poésie dans le coffre, il en est sûr. Ghibaudo répand tout sur le carré de sol où l'obscurité est moins épaisse. Il déplace chaque pan d'étoffe pour récupérer les feuillets entre les plis. Il n'en trouve que deux autres.

Il rassemble les petits papiers sur le rebord de la fenêtre, six en tout. Quelques lignes sur chacun. Ou plutôt, non, ce ne sont pas des lignes. Ce sont des vers. Des vers dans cette langue sarde qui lui est incompréhensible, comme ceux qu'il avait lus dans la cellule d'Anania. Mais peu lui importe d'en comprendre le sens. Il lui importe de voir les bavures d'encre comme des queues de comète et, dans un coin, une petite portion de tache rouge.

36

À peine sorti de la maison, Ghibaudo retient son souffle.

La chose la plus sensée à faire serait de revenir en arrière pour avertir Moretti, mais il craint de perdre un temps précieux.

Il marche en rasant le muret bas qui entoure l'habitation, puis continue dans la demi-obscurité jusqu'à l'endroit où le mur se termine sur la Route Droite. Là, il s'immobilise, comme un chien d'arrêt qui flaire l'air.

Il s'agit de choisir.

À droite, vers la caserne, ou à gauche, vers Moretti et Chicchinu. À la fin, il tourne à droite, suivant la suggestion de phrases et d'images qui tournoient dans sa tête.

Votre adjudant, que le diable l'emporte.

Il va d'un pas rapide, décidé, à grandes enjambées.

Personne en vue, dans toutes les directions.

Gibaudo traverse la route et se place sur le côté gauche, dans le champ ouvert. La lumière n'arrive pas jusque-là, la terre est molle et ne fait pas de bruit. Il peut s'éloigner autant qu'il veut pour se rendre invisible, si nécessaire.

Quand il a dépassé le dernier réverbère à gaz, Ghibaudo aperçoit sa caserne, qui signale la fin du village. Il remarque une unique lumière allumée, provenant des fenêtres d'Audisio. On se fait adjudant pour porter tout le poids de la justice, la nuit, seul, pense Ghibaudo.

Il s'approche sans quitter la partie opposée de la route, ses pieds plongeant dans le terrain ramolli par la pluie de la nuit précédente. Il hésite un instant. Devant la grande porte, il lui semble apercevoir les contours d'une silhouette. Peut-être un des nouveaux carabiniers ?

L'ombre s'attarde encore devant la porte fermée. Si personne n'est de garde, on ferme la grande entrée. Ce n'est pas la norme, mais ça le devient quand on est peu nombreux dans un avant-poste de ce genre. Où la règle est de mener une vie de mouflons, et l'exception dormir sous un vrai toit. La silhouette semble enfiler une veste ample, sortir quelque chose de sa poche comme pour la vérifier et puis rempocher la chose sans la regarder.

Il va se décider à frapper, qui que ce soit ? se demande Ghibaudo, soudain inquiet.

Qu'est-ce qu'il cherche ? Une protection ? Il a peur ?

Tandis que Ghibaudo aligne cette série de questions, un froid soudain lui effleure la peau comme un vent glacial, le faisant frissonner de la tête aux pieds. Il connaît cette sensation physique qui précède la compréhension rationnelle.

Il avait éprouvé la même chose devant cette bouche d'arme à feu, peu avant de voir Marasco s'effondrer au sol. Quand il avait vraiment compris ce qui s'était passé, la pensée l'avait paralysé.

Maintenant encore, il a les jambes raides. Un fourmillement l'envahit jusqu'au bout des doigts.

Je suis seul.

Quelqu'un est en grave danger et je suis seul, pense-t-il.

Il regarde autour de lui, en quête de Dieu sait quoi. Seuls les hiboux lui répondent.

Une luciole s'allume un instant, du côté du maquis.

Ghibaudo y ramène son regard, attendant de la voir encore.

Elle se rallume, brille plus intensément et puis faiblit.

Alors Ghibaudo se met à courir dans sa direction, en sachant qu'il pourrait se tromper, mais il court quand même, les yeux pointés sur l'ombre haute du chêne vert, dans l'attente que le ver luisant réapparaisse encore. Il court et court et court, jusqu'à ce que la luciole s'élève et, effrayée, commence à courir à son tour.

– Sgrelli ! Sgrelli ! Arrête ! C'est moi, Ghibaudo.

Sgrelli se retourne mais continue de courir à reculons, puis il le croit. Il aboie contre lui, lui dit que son cœur explose dans sa poitrine de la peur qu'il a eue et qu'il est un couillon.

– Sgrelli, va. Va vers la maison des deux cousins. Moretti est posté là. Fais-le venir en courant à la caserne, et puis récupère Desiderio. Ne le laisse pas seul !

Sgrelli le regarde et ne comprend pas.

Ghibaudo lui balance un coup de pied qui lui effleure le tibia.

– Fais ce que je te dis ou je te tue de mes propres mains !

Sgrelli part, il court mais se retourne comme pour vérifier que le camarade n'a pas perdu la tête ou que tout ça n'est pas une blague.

Ghibaudo revient sur ses pas le plus vite qu'il peut et désespère quand il voit la porte de la caserne entrouverte.

Il entre revolver au poing – sortez en civil, peut-être, mais sortez armés, dit toujours Audisio. Aucun bruit. Le revolver est maintenant pointé à l'aveugle sur la porte entrouverte du bureau d'Audisio.

Là, près de la table de Sgrelli, se tient un personnage barbu, vêtu d'un gilet en laine de brebis, et, à ses pieds, tombé avec sa chaise, Audisio.

Ne regarde pas plus que ça, tire, se dit Ghibaudo, mais il n'a pas le temps de décider que l'homme se jette sur lui. Dans sa main il serre un couteau pointu, crie et grince des dents comme une bête féroce. Ghibaudo laisse tomber le pistolet pour lui bloquer le poignet, tandis que de l'autre main, il s'agrippe à la barbe. Exactement comme il s'y attendait, la prise se dérobe : ses poils censés être d'homme s'arrachent comme un paquet de laine.

Ghibaudo vacille un instant de trop, corps et pensée. À présent découverte, Lianora se jette sur lui de tout son poids. Ils tombent ensemble, Ghibaudo en arrière, Lianora sur lui.

De sa main libre, la femme l'attaque à la gorge, elle pèse sur sa poitrine de tout le poids de son corps lourd et massif, utilise son genou pour le frapper au bas-ventre. Ghibaudo a le souffle coupé, il sent l'étreinte sur son cou et la douleur qui monte comme un spasme. Le corps de la femme lui écrase maintenant l'estomac. Ghibaudo est sur le point de suffoquer mais il ne lâche pas le poignet, il veille à maintenir loin de lui la pointe du couteau, enfonce ses ongles dans la chair de la femme, serre encore plus. Le visage de Lianora déformé par l'effort et la violence est proche de lui, il sent l'odeur de son haleine, les dents qui s'enfoncent dans son menton comme un chien qui veut arracher la viande d'une charogne.

Sa tête commence à tourner, sa vue se brouille, ce qu'il sent arrive avant ce qu'il voit, éclairs de lumière, petites lucioles, puis plus rien.

37

Moretti bouge comme un danseur. Ghibaudo n'entend pas la musique mais voit ses pas, ses pieds rapides dans les bottes.

Quelqu'un crie, il y a un bruit de chaises tirées au loin. Ghibaudo essaie de se réveiller comme cela arrive quand on rêve qu'on dort. Il essaie de se redresser et découvre qu'il est encore vivant en se reconnectant avec sa douleur.

Lentement, il s'assied, puis se met à quatre pattes comme un enfant et dit seulement adjudant, Audisio, papa, et pleure. Il suit les taches rouges par terre. En rampant sur le sol, il le cherche comme s'il était caché.

Soudain, il se sent soulevé sous les bras par d'autres bras puissants. Deux visages qu'il ne connaît pas. Non, ce n'est pas vrai qu'il ne les connaît pas. Odorizzi lui parle doucement, Ghibaudo ne comprend pas ce qu'il est en train de lui dire mais au moins comprend qu'il lui parle à lui, l'autre homme ne parle pas, mais le fixe, et ensemble ils l'installent sur une chaise, derrière le bureau de Sgrelli.

– Restez là, brigadier, dit Odorizzi dès que Ghibaudo fait signe qu'il comprend.

– Restez là, quelqu'un va vous apporter de l'eau, répète l'autre qui doit être l'adjoint, et puis tous les deux disparaissent, comme quand les grands ont quelque chose de plus urgent à régler.

Ghibaudo reste là, comme ils le lui ont demandé.

Qu'est-ce qu'il pourrait faire d'autre ?

Il respire et pleure : il ne fait que ça. Quelquefois la respiration s'arrête et il attend les larmes, quelquefois c'est le contraire.

Une odeur puissante l'arrache à cet état. Il ouvre les yeux, essuie ses larmes et voit Lai, et sent son fil de fer sous son nez, et il se prend à lui sourire et l'autre aussi lui sourit et lui dit :

– Putain, qu'est-ce que tu fabriques, oh, Ghibaudo, bois, que ça vaut mieux.

Et alors, il boit.

Il tousse. Mais ensuite il boit encore. Il boirait n'importe quoi pour pouvoir continuer à sentir la main de Lai serrer son bras et lui communiquer sa chaleur. Lai, je n'ai pas eu confiance, lui dirait-il si le souffle ne lui manquait pas.

– Je tremble ? réussit-il à demander dans un balbutiement.

– Bois, que ça vaut mieux.

Lai reste là à le regarder, le scrute comme s'il était une statue de terre cuite tombée à terre, juste pour voir à quel endroit elle s'est cassée et s'il manque quelque chose, un bras, la tête ébréchée, qui sait, et peu à peu les choses autour de Ghibaudo vont se poser une à une, sans hâte, comme un train qui ralentit, et avec lui ralentit le *tagadam* sur les rails.

Quand tout est immobile, Ghibaudo dit :

– L'adjudant.

– Il est vivant. Pour une fois, cette bête a mal visé.

Alors Ghibaudo ferme les yeux et veut seulement dormir.

Papa, je n'ai rien fait de mal, laisse-moi juste dormir.

Dieu seul – s'il existe – sait à quel point cette infirmerie commence à fatiguer tout le monde, pense Ghibaudo.

L'adjudant Audisio refuse de rester couché. Il est torse nu, et le bandage lui traverse le thorax en passant sous le bras gauche et sur l'épaule droite.

Moretti a déplacé pour son chef un des fauteuils des appartements privés, puis il a pris congé en disant qu'il a des choses très urgentes à faire, à la suite des derniers événements.

Audisio a murmuré une autorisation et maintenant il est là, les yeux fermés et la mâchoire contractée, et il lisse ses moustaches disproportionnées de la main gauche.

À côté de l'adjudant – vision inutile –, le brigadier Odorizzi. Ghibaudo s'agace de rester allongé sur un lit de camp devant lui, droit et en bonne santé, tandis que l'infirmière – qui n'est autre qu'Amelia accourue avec son père – est en train de lui verser des gouttes dans un verre.

Ghibaudo ne parvient pas à la regarder en face. Il aurait beaucoup à lui demander, et aucun droit de le faire, ça, il le sait bien. Sentir le manque d'une personne ne donne aucun droit sur elle, se répète-t-il.

Depuis l'aube jusqu'à cette nuit, il ne s'est passé guère plus de quinze heures, quinze heures sans Amelia à la caserne pour prendre soin de leurs âmes perdues. D'abord Marasco, puis Sgrelli, puis, de manière différente, Moretti. En écoutant l'histoire d'Ernesto, au fond, elle avait pris aussi soin de lui. Une bienfaitrice, donc. N'était la certitude que Ghibaudo serre entre ses doigts, tandis qu'il lui tend le bras pour se faire prendre le pouls : cette Amelia n'est que la face visible de la lune.

Il l'observe tandis qu'elle distille d'autres gouttes dans un autre verre, probablement pour Audisio.

Le regard de la jeune femme semble concentré sur les larmes de liquide ambré, et pourtant Ghibaudo voudrait tant lire dans ses pensées. Elle lui lance un coup d'œil en biais et, aussitôt, détourne le regard. Donc, je ne me trompe pas, si je crois qu'en ce moment tu n'es pas en train de t'occuper de moi ni d'Audisio, mais de toi, de ton projet secret. Tu es au centre de ton monde, Amelia. Maintenant, c'est clair pour lui : sa force est précisément celle-là. Penser être née pour modeler le monde autour d'elle selon sa propre volonté. Est-ce que lui et Moretti font partie du plan qui, goutte à goutte, se fraie un chemin dans sa tête ?

Amelia lui tend le verre après y avoir versé un peu d'eau d'un broc en céramique à bords verts et décoré de grosses étoiles jaunes. Puis elle présente l'autre verre à l'adjudant Audisio.

– Vous avez besoin de vous reposer, dit Spano de sa voix de docteur, si paternelle qu'on se sent obligé d'obéir illico.

Ghibaudo se redresse et passe une main sur sa blessure au menton.

C'est la première fois qu'il est mordu par un être humain. Le souvenir de Lianora n'est pas loin de le replonger dans le cauchemar où il se voit luttant contre un être sauvage, mi-femme mi-bête.

– Je dois encore dicter le procès-verbal, dit-il avec une grimace de douleur.

Audisio ouvre les yeux et le regarde, puis il regarde le docteur.

– Laissez-le faire, c'est un carabinier. Le devoir avant tout. Il vient juste de résoudre une affaire d'enlèvement et de triple homicide. Il a mis de l'ordre là où il y avait le désordre, et cela, c'est tout ce qu'un carabinier doit faire.

À ces paroles, Ghibaudo se sent d'un coup guéri et souffrant à la fois. L'ordre et la justice risquent de n'être que provisoires, fragiles, inutiles. Il se demande si Audisio vraiment ne s'en rend pas compte.

– L'homme de justice triomphe sur le mal ! s'exclame soudain le brigadier Odorizzi, comme mordu par une tarentule.

L'infirmière Amelia, levant les yeux au ciel, prend des mains de Ghibaudo le verre vide et pousse un soupir.

Sgrelli est assis à sa place habituelle, papier et encrier prêts à le servir. Il paraît vieilli de dix ans. Ou plutôt, pour la première fois, il semble adulte.

Moretti est sur la chaise d'Audisio, derrière le bureau. En le voyant, Ghibaudo lui souhaite qu'un jour il puisse être à sa place, et non pas dans ce trou du cul du monde, comme il l'appelle, mais bien dans un bureau à pavement de marbre, dans sa ville de Rome, près de ses femmes, entouré de scientifiques du crime.

Moretti serre les lèvres et ne le presse pas.

Sgrelli plonge sa plume dans l'encrier et écrit.

LÉGION TERRITORIALE DES CARABINIERS ROYAUX
DE *Cagliari-Sassari*

PROCÈS-VERBAL N° *37* POSTE DE *Serra*

PROCÈS-VERBAL *de tentative d'homicide, blessures volontaires, violences et résistance à main armée sur les personnes d'agents de la force publique perpétrée par Mosu Lianora née Sanna.*

L'AN MILLE HUIT CENT *quatre-vingt-dix-neuf, le 6 juillet, à Serra, dans le bureau du Poste*

NOUS SOUSSIGNÉS *brigadier Moretti Fabio Quintiliano, vice-brigadier Ghibaudo Robespierre, carabinier Sgrelli Angelico, rattachés au Poste susdit, rapportons aux autorités compétentes…*

– C'était logique, mais je ne sais pas pourquoi ça ne m'a pas semblé tellement logique jusqu'à…

– Une femme qui se déguise en homme pour aller tuer à droite et à gauche, ce n'est pas une chose qui arrive tous les jours, dit Moretti. Comment tu l'as compris ?

– Les copeaux de liège. Je me suis trompé quand j'ai cru que les copeaux de liège trouvés près de la cachette d'Anania étaient faits par lui. Lui, il ne faisait pas de bouchons, là. Il écrivait des lettres anonymes, et aussi des poésies, et il dormait là, mais il n'y faisait pas de bouchons. Il gardait le couteau pour les faire dans l'écurie de l'âne, il me l'a raconté devant le cadavre de Pau. Donc, si le liège n'était pas d'Anania, ce devait être de Lianora. Qu'est-ce qu'elle faisait, Lianora, à proximité de la cachette d'Anania, pendant un temps assez long pour qu'elle s'emporte du travail à faire ? Elle guettait, évidemment. Et alors, j'ai commencé à chercher quelque chose d'autre qui la relie à la bande des poètes. J'ai cherché dans le coffre les petits papiers des poésies que le pauvre garçon avait en poche et qu'il perdait régulièrement partout. C'est toi qui m'en avais parlé. Tu te souviens ? Cette façon des gauchers de faire baver l'encre, comme si les mots avaient des sillages de comète ?

La voix de Ghibaudo tend vers les pleurs et les phrases lui viennent comme une mélodie un peu fausse et mélancolique.

– C'est comme ça que Lianora a relié Anania à l'enlèvement. Et puis elle a repéré le reste de la bande, conclut Moretti, pensif.

– Elle a tout planifié. Elle a attiré Pau d'une manière que j'ignore. Elle a poussé les femmes à créer du tumulte devant la caserne, s'est présentée déguisée en maçon quand elle savait que les vrais maçons étaient occupés à travailler sur la route. Elle a même joué la comédie avec Felicita, dont elle a tué le frère. Une femme audacieuse, très audacieuse.

À la façon dont Sgrelli peine à entamer l'écriture du rapport, Ghibaudo comprend que ses propos sont plus décousus qu'il ne faudrait. Il essaie d'inspirer profondément et s'en repend aussitôt. Une ou deux côtes ne sont plus exactement à leur place.

– Je me suis rappelé l'histoire de la brigande, Moretti. Et si ça avait été elle? je me suis demandé. Pourquoi est-ce que nous tenons pour acquis qu'une femme n'est pas capable de tuer ? Je devais seulement établir contre qui elle se serait acharnée. Chicchinu me paraissait la victime la plus probable, mais une phrase que Lianora avait prononcée contre Audisio ne me laissait pas en paix. Elle avait déjà eu l'audace d'assassiner un homme à la caserne, elle n'hésiterait pas à le faire de nouveau. Chez Chicchinu, elle aurait eu affaire à toi, alors j'ai choisi la caserne. Où est Desiderio ?

– Ne t'inquiète pas, il va bien. Il est à la cuisine avec sa mère. Il prépare des biscuits pour le petit-déjeuner. Pas moyen qu'il se repose une seconde.

Ghibaudo rit. Puis il pense à Anania, les boucles sur le front et un trou dans le cœur, et il a envie de pleurer. Il a tenu sa promesse. Ce soir, il pleurerait pour bien moins que ça.

Sgrelli aussi rit, puis il se passe une main sur les yeux et Ghibaudo se dit que peut-être lui aussi pleure.

Moretti se tourne au premier sanglot.

– On le transformera en héros, pour être venu appeler du renfort pour sauver la vie d'un adjudant et d'un vice-brigadier, dit Moretti. Nous avons commis l'erreur de sous-estimer Lianora, tu as raison, Ghibaudo.

Ghibaudo sent encore l'étreinte de la femme sur son poignet, et il revoit son regard bouleversé par la colère et la violence. Mais il se souvient aussi de l'odeur intense de sa peau, de l'éclat de sa poitrine brûlée de soleil, à la piscine, et conclut qu'on est tous des animaux, comme dit Moretti.

– Excusez-moi, comment je le commence, le procès-verbal ? intervient prudemment Sgrelli.

Ghabaudo est épuisé. Moretti prend du temps pour lui.

– Écris ça : *"À vingt-deux heures environ, le vice-brigadier Ghibaudo, contrevenant à l'horaire de fin de service, sortait seul, sans le moins du monde impliquer le brigadier*

Moretti, pour se lancer à la poursuite de ses fantômes, armé jusqu'aux dents de son très maudit instinct et en se fichant éperdument de recueillir le moindre début de preuve scientifique." Et maintenant, arrangez-vous avec ça. J'ai des choses urgentes à régler.

Un sourire détend les muscles du visage de Ghibaudo et de Sgrelli. L'histoire n'est pas finie, pense Ghibaudo. Mais en tout cas, pour la première fois, il se sent chez lui.

38

Sur la table de nuit à côté du lit de Ghibaudo, il y a l'habituel morceau de gaze avec un bonbon rose au milieu. Il ne l'avalera pas, parce qu'il craint que le somnifère élimine les rêves, et lui, cette nuit, il veut rêver.

Avant de se retirer, il est passé devant la porte d'un logement gardé par un des nouveaux carabiniers de renfort. Il s'est arrêté un instant et puis a continué son chemin. Moretti a insisté et obtenu que Lianora ne soit pas enfermée dans la cellule, où le lit est une planche de bois. Une chambre surveillée à vue suffirait largement. Moretti ne réussit pas à oublier qu'une femme est une femme même quand c'est une meurtrière, pense Ghibaudo. Demain matin, elle sera transportée à Nuoro, peu après l'aube, sans aucun bruit. C'est ce qu'a décidé Audisio.

Ghibaudo sent encore l'odeur de Lianora sur lui, malgré celle plus piquante du phénol que le docteur lui a appliqué sur le menton, mais pas question de se laver. Les forces de son corps se sont envolées, il ne lui reste plus que l'envie de s'en aller loin.

Au fond de son armoire, il a pris le paquet le plus précieux qu'il possède, l'a ouvert et a posé à côté du bonbon rose la petite locomotive d'Ernesto avec son surnom gravé sur le côté. Il s'est défait de ses brodequins, de son pantalon et de sa chemise avec la prudence d'un homme percé de mille flèches et a remonté le drap.

Cela fait au moins une demi-heure qu'il garde les yeux fermés, bien serrés pour ne pas laisser échapper la moindre larme qui surgirait. Il ne dort pas, donc, mais il rêve quand même.

Pierre est assis sur un tabouret bas revêtu de soie jaune comme la fleur de camomille. À côté de lui, son ami Ernesto est étendu sur une chaise longue. Ses pommettes sont rougies par la fièvre et une seule main sort du velours azur bordé d'une soie elle aussi azur. Pierre en ressent la chaleur légère sur son genou. Il réussit à lui voir tous les os, tellement son ami est maigre, et les veines qui courent sur son dos sont des fleuves qui s'écoulent dans la neige.

– Lis-moi quelque chose, lui dit Ernesto. Tu sais lire, non ?

Pierre se sent embrassé plutôt qu'insulté. Tout le monde croit que, les journaux, il ne fait que les vendre, et que ce qui est écrit dedans lui échappe. Quelqu'un chaque matin et chaque après-midi lui lit la phrase magique à crier, et voilà. Mais lui, il n'a pas voulu qu'il en soit ainsi. Enfant, il insistait déjà pour apprendre à lire un titre par jour grâce à la personne qui lui préparait le paquet de journaux qu'il tiendrait sous son bras jusqu'à ce que ça lui fasse mal. Le reste, c'est grâce aux longues attentes entre deux clients et à sa volonté de fer. Tous ces gens qui lui arrachaient avidement le journal des mains lui ont fait venir l'envie d'apprendre.

– Oui, je sais lire. Dis-moi ce que tu préfères.

– Choisis, toi. Sur ces étagères. J'y garde les lectures pour les jours de joie, répond Ernesto dans un filet de voix, avec un sourire également ténu.

Pierre extrait de sa rangée un petit livre qui lui semble facile et prometteur.

– Qu'est-ce que tu dirais de celui-là ?

Ernesto rit et, en riant, se provoque un accès de toux.

Pierre l'aide à se redresser sur la chaise longue, juste ce qu'il faut pour pouvoir reprendre son souffle. Puis il revient à sa place, sur le tabouret de soie jaune.

– Épicure, lettre à Ménécée sur le bonheur, déclame Pierre d'un air sérieux.

Mais un alphabet inconnu le prend par surprise derrière la couverture.

– C'est du grec, explique Ernesto.

Hésitant un instant entre le prendre mal ou faire écho au rire d'Ernesto, Pierre tranche pour la deuxième option.

Il va pour se lever et changer de livre. Le bonheur sera pour une autre fois.

– Attends, laisse tomber. Je n'ai plus envie de lire. Parlons, plutôt.

Ghibaudo aurait mieux aimé lire. Parler avec Ernesto lui plaît, mais seulement s'il y a quelque chose au milieu d'eux. Si on peut parler de quelque chose qui soit là, sous leurs yeux : un modèle réduit de locomotive, un paquet de tabac volé dans les appartements du comte, les biscuits de l'heure du thé qu'Ernesto partage toujours en deux, un et demi chacun, du moment que le valet n'a pas reçu l'ordre de lui en servir à lui aussi. Mais là comme ça, devant une fenêtre plus grande qu'un mur de chez lui, avec au-dehors le ciel pâle de février, parler est une chose qu'il ne sait pas comment aborder.

Je ne sais pas parler devant le vide, voudrait-il lui dire.

– De quoi veux-tu parler ? demande-t-il plutôt.

– Tu aimes bien venir ici ?

– Bien sûr. Quelle question !

– Pourquoi ?

Pourquoi. Voilà, ça c'est une conversation de fenêtre ouverte sur le vide. Il se cale sur le tabouret. Il arrange ses cheveux – pas très propres, songe-t-il avec un frisson de honte.

– Parce que tu es là.

Et tout le reste, aussi. La beauté des couleurs, si différentes du gris auquel il est habitué, par exemple. Mais ça, il ne le dit pas.

– Tu es déjà tombé amoureux d'un garçon, avant ?

Pierre n'a jamais associé ces mots précis, trop précis, à leurs jeux de locomotives, aux atlas à feuilleter à la recherche d'endroits lointains, au tabac volé dans la tentative de faire fonctionner en cachette une pipe. Et même pas les baisers.

– Je n'ai jamais été amoureux avant, répond-il en l'absence d'idées plus claires.

Le mot "amoureux" lui est venu aux lèvres à moitié prononcé, pudique.

Ernesto détourne le visage. Un instant plus tard, il s'endort.

Ghibaudo essaie de changer de côté, mais la douleur lancinante au dos le laisse dans sa position, souffle coupé. Il lui semble voir encore devant lui le visage d'Ernesto endormi. L'embarras éprouvé à ce moment refait surface comme un regret. Anania a raison, pense Ghibaudo, tandis qu'il porte la main à son cœur souffrant. Le bonheur était là, simplement, et il ne s'en était pas aperçu. Il laisse les larmes mouiller son visage et l'oreiller, et espère que le sommeil le ramènera dans un temps où tout était encore possible. Mais ce n'est pas cela que le peu de nuit qui reste lui réserve. Trop de cauchemars l'attendent et ils ne se dissoudront pas avec la lumière de l'aube. Il a beau s'imposer le repos, du moins à son corps, sa tête continue à aligner les événements survenus depuis la mort de Pau, à la lumière de l'arrestation d'il y a quelques heures. Plus il réfléchit, plus il comprend que la défaite au tribunal sera inévitable, et il tremble à l'idée de ne plus trouver de sens à l'uniforme qu'il porte et dans lequel il se sent bien désormais. Quand une faible clarté apparaît dans le ciel, sans la moindre précaution pour ses côtes, Ghibaudo se lève, se recompose du mieux qu'il peut, se rince le visage avec l'eau du broc et passe dans le couloir, en cherchant une excuse à inventer pour le planton qui surveille Lianora.

39

Serra, samedi 8 juillet 1899

– Tu n'as pas peur que je te morde ?

– Vous avez des menottes aux poignets, les pieds liés et un carabinier armé devant la porte.

– Qu'est-ce que tu veux ?

– Vous écouter.

Assise sur le lit dans ses habits d'homme, sa tignasse courte libérée des foulards féminins ou des chapeaux, le visage enflammé, ses poignets rapprochés posés sur ses cuisses, Lianora :

– Enlevez-moi cette laine. Il fait chaud comme en enfer là-dedans.

– D'abord, parlez-moi de vous.

Les yeux de Lianora brûlent, noirs comme des tisons. Ils cherchent le regard fuyant de Ghibaudo, qui ne veut pas se faire capter par leur puissance sauvage et magnétique.

– Je n'ai jamais rien expliqué à personne, moi.

– Je ne veux pas m'informer sur les morts que vous avez sur la conscience. Je veux m'informer sur vous.

Lianora rit de mépris. Elle a le menton et les lèvres souillés de sang séché. De mon sang, pense Ghiabudo en effleurant le pansement sur son menton.

– Racontez-moi une histoire, insiste-t-il, mais une histoire à vous. Le brigadier Moretti dit que vous êtes brave. Vous vous rappelez ? La brigande qui met en fuite deux carabiniers.

– Peut-être. Je ne me rappelle pas.

– Les histoires transforment les bêtes en êtres humains. Racontez-m'en une à moi, si vous en êtes capable.

Le regard de la femme soupèse un instant les mots comme s'ils avaient été prononcés dans une langue connue seulement en partie, puis il se pose en un endroit lointain, du côté de la fenêtre encore sombre. Maintenant seulement Ghibaudo se sent en mesure de la fixer dans les yeux. Qu'est-ce qui nous fait toujours regarder au-dehors, même s'il n'y a pas de dehors, puisqu'il est submergé par le noir ou inatteignable derrière les grilles d'une cage ?

La bête sort prudemment de sa tanière. Elle attend. Enfin, elle ferme les paupières. Les secondes courent, deviennent des minutes, scandent l'espace. Pas un grain de poussière ne bouge, dans l'attente d'une voix qui rompe le sortilège.

– Ses frères, le père les poursuivait avec un bâton d'olivier. Pas elle. Jamais. Même quand elle se comportait mal. Elle est née quand son père lui a dit : tu seras la reine. Un jour, son cousin Efis la pousse dans l'écurie. Il lui serre le bras, il lui fait mal. Il veut lui relever la jupe. Elle appelle son père et lui, il apparaît, avec le fusil. La tête d'Efis gicle sur la mule. La bête braie très fort, il faut se mettre les mains sur les oreilles. Elle piétine et elle braie parce qu'elle est souillée de sang et de cervelle, et à cause des éclats d'os d'Efis qu'elle a dans la chair. Alors la fille les lui enlève de ses propres mains. Un à un. Elle est forte, elle ne pleure pas. Ce sera toi la reine, dit papa. Ce jour-là est née Lianora.

Lianora se balance en parlant, paupières closes derrière un horizon lointain. Son corps attrape les mots, les berce et puis les libère dans l'air. Ghibaudo inspire et expire fortement suivant leur rythme désaccordé.

– Moi seule, au milieu de tous ses enfants mâles, j'ai eu le fusil de mon père quand il est mort. La voilà ton histoire. Emporte-la.

Puis dans la pièce, un cri explose :

– Et maintenant débarrasse-moi de ces poils ! Enlève-les ! Je brûle en enfer !

Les mouvements soudains et convulsifs de Lianora font cogner avec insistance le lit de camp contre le mur. Le planton pousse un cri alarmé derrière la porte.

– Tout va bien, carabinier. Restez à votre poste dehors. Tout va bien, crie Ghibaudo d'une voix cassée au subordonné d'Odirizzi.

Sa propre voix lui fait mal aux côtes.

Lianora tente de se dresser sur ses jambes, grince des dents en poussant un cri sourd. Ghibaudo, aussi emprisonné qu'elle, le cœur en tumulte et le visage en flammes, prend son couteau à cran d'arrêt dans sa poche et se hisse à genoux sur le lit de camp, derrière la femme. Il l'agrippe par les épaules de son bras gauche, tandis qu'il lui approche la lame du visage. Plus Lianora se dérobe, plus Ghibaudo la serre comme dans un étau. Quand la femme se calme et que la douleur entre les côtes devient insupportable, il éloigne sa poitrine du dos de la femme et d'un geste rapide, plonge la lame dans le gilet en peau de chèvre. Une coupe verticale, de haut en bas. Une fente sous le bras droit, puis sous le gauche. Ghibaudo arrache les lambeaux de peau laineuse en les jetant un à un sur le sol. Lianora étouffe un cri de soulagement. La plainte s'atténue, le frémissement du corps se calme, la chair ne se démène plus.

Ghibaudo descend du lit. Il attaque à coups de pied ces amas lacérés et informes, retrouve leur laine dans le souvenir du poing fermé de Melchiorre. Il plante le couteau au centre de la table juste sous la fenêtre. Le regard tourné vers la nuit obscure, il pose les mains sur ces simples planches grossières, et sur elles son poids et sa respiration, ravalant les larmes que la douleur lui fait monter aux yeux. Puis, dans un filet de voix :

– Vraiment, Michele Mosu valait le sang que vous avez versé ?

De Lianora lui parvient maintenant la respiration profonde et régulière. Il sait que, s'il se retournait, il retrouverait les yeux qu'elle avait la première fois qu'il l'a rencontrée, dangereux comme les lacs calmes en surface, et pleins de fierté. De perspicacité. D'une sorte de beauté.

– Le sang ne se répand pas. Le sang retourne à la terre.

– C'était le sang d'un aveugle, et d'un pauvre garçon estropié dont Mosu avait exterminé la famille. Vous ne pouvez vous vanter que de Pau, je vous en donne acte : c'était un carabinier traître à son Corps, et un brigand cruel.

– Pau ? Pau n'était rien. C'était seulement un chien bâtard qui courait derrière un morceau en pensant que c'était lui qui le tirait.

– Et en fait, qui le tirait ? Vous ?

– Comme tu es ingénu, sous cette peau imberbe.

Ghibaudo se tourne lentement. Il s'efforce de maîtriser sa douleur.

– Vous saviez qu'Anania était impliqué dans l'enlèvement de votre mari. Vous l'avez compris tout de suite à cause des bavures de l'encre sur la lettre anonyme. Sa mauvaise habitude de laisser traîner ses poésies l'a condamné.

– Les gens se condamnent presque toujours eux-mêmes.

Une autre morsure, Lianora, même si elle ne laisse pas de cicatrice dans la chair, pense Ghibaudo.

– Quand Mosu est mort…

Lianora s'emporte comme une furie :

– Quand vous me l'avez tué. Choisis les bons mots, vu que tu parles si bien.

– C'est Pau qui l'a tué, pas les carabiniers.

– Cette affaire devait finir à ma manière, pas à la vôtre.

Lianora crache un crachat invisible en tournant la tête de côté.

– Vous avez commencé à élaborer votre vengeance en suivant Anania. Vous avez découvert la cabane où il passait la nuit avec son âne et ses papiers. Vous vous êtes postée dans les parages assez longtemps pour étudier ses compères. Pour vous désennuyer, vous faisiez des bouchons de liège pour les flacons cachée derrière les troncs.

Lianora esquisse un sourire incertain. Ses traits se détendent, mais ses pensées se devinent derrière ses paupières emmêlées comme du fil de fer barbelé.

– Comment avez-vous convaincu Pau de tout vous raconter, avant de le tuer ?

– N'essaie pas tes petits tours avec moi, carabinier, ça ne vaut rien. Moi, je n'ai tué personne. Je lui ai seulement dit la vérité. La vérité. Elle, elle peut tuer.

– La vérité sur quoi ?

– Sur le Massacre de Spaccavento. Pau se pavanait. Il se vantait d'avoir découvert qui avait tué la famille d'Anania pour lui voler le bétail. Michele Mosu. Tu parles. Mon mari n'était bon qu'à les vendre, les bêtes. Pau a enlevé et tué la mauvaise personne. Ça, c'est une chose qui se paie.

– Vous lui avez dit la vérité, et Pau a fait porter la responsabilité à Melchiorre et à la bande des poètes. Il a dit les noms dont vous aviez besoin. C'est pour cela que le vieil aveugle aussi est mort.

– C'est comme ça que ça se passe. Ne pas savoir se venger, ça se paie.

– Vous, vous savez ?

Les yeux de Lianora se lèvent sur lui. Fébriles, brûlants au-dessus d'un sourire ensorcelé.

– Moi, j'y suis née, dans la vengeance. J'ai vécu pendant des années dans le maquis, habillée en homme. Mes frères ont toujours fait ce que je leur disais, moi. Ils exécutent mes ordres.

– Ils tuent pour vous ? Ils tirent pour votre compte ?

– Personne ne tire pour Lianora.

– Vous avez attiré Pau et vous l'avez tué, en accusant un pauvre estropié de son meurtre. Après avoir tué

Melchiorre, vous avez décidé qu'Anania aussi méritait la mort, et enfin vous avez tenté de liquider l'adjudant, responsable de votre veuvage. Le dernier aurait été Chicchinu, mais vous n'en avez plus le temps. Votre vengeance a échoué, Lianora. C'est vous qui paierez, maintenant.

– Combien d'heures de prison pour t'avoir mordu, carabinier? Et pour ces petits coups de couteau à l'adjudant? Tu as mal fait de ne pas me laisser finir le travail. Au moins, tu pourrais m'accuser d'un homicide complet.

La bête sauvage est de nouveau dans son refuge, en sécurité. Le ton de la voix est maîtrisé.

Ghibaudo piaffe. Il sent son projet vaciller, l'idée de faire avouer la femme est d'une ingénuité qui va lui coûter cher. Il se force à glisser les mains dans ses poches et se remet à regarder par la fenêtre. Elle donne sur la cour intérieure, celle des écuries, et maintenant elle encadre la grisaille de l'aube. D'ici peu, là dehors les choses existeront de nouveau, elles retrouveront leurs contours. Ghibaudo aperçoit le corps agile de Desiderio qui vient juste de finir d'éteindre les lampadaires à gaz, et il lui semble s'être tourné vers un autre monde. Meilleur.

– Vous avez sur la conscience trois homicides entiers et vous les paierez, dit-il en grinçant des dents.

– Je n'ai rien sur la conscience, si le juge n'a rien. Et les juges ici ne comptent pas.

– Un homme vous a vue chevaucher en direction de la maison de Melchiorre. Le carabinier Sgrelli témoignera vous avoir reconnue dans les habits du maçon qui a tué Anania. Le brigadier Moretti témoignera que vous avez empoigné le couteau qui s'est retrouvé dans la poitrine de Pau. Ça vous suffit?

Le rire rauque revient.

– Des vêtements d'homme comme les miens et des couteaux comme les miens, il y en a partout par ici.

– La loi est toujours plus dure pour les brigands, vous avez intérêt à avouer.

– Avouer ? Avouer quoi ? Avouer, c'est vous qui y avez intérêt, toi et ton adjudant, qui s'est fait tuer un infirme à la caserne ! Et maintenant va en enfer ! Va-t'en ! Va-t'en !

Les cris rauques de Lianora alarment de nouveau le planton.

– Partez, j'ai dit ! En enfer !

Ghibaudo reprend son couteau et se rapproche de la porte avec la hâte de celui qui cherche de l'air après une longue apnée. Il introduit la clé dans le trou de serrure d'une main tremblante. Dès qu'il est dehors, il ferme jusqu'au dernier tour. Il se retourne et se heurte à Moretti, le visage cireux.

– Le planton m'a dit que tu étais là-dedans. J'ai entendu les cris. Que diable fais-tu ?

– Cette bête féroce ne paiera pas pour Anania, ni pour personne d'autre. Elle n'avouera jamais !

– Seigneur, Ghibaudo, j'ai commis une erreur en te laissant seul. Reste ici. Respire et ne fais rien d'autre. Maintenant, tu te calmes et puis tu viens avec moi. Je vais faire quelque chose d'important, dans la cellule. Et je veux que toi et moi, on le fasse ensemble

40

La table d'Audisio est débarrassée de ses photos dans les cadres d'argent. Les dossiers omniprésents à côté de l'encrier sont maintenant entassés par terre, sous la fenêtre. Aucun objet, ni personnel ni professionnel, n'a été laissé sur cet autel profané.

Un drap blanc y a été étalé tout à l'heure par Desiderio qui – personne n'a compris dans quel rôle – ne cesse de s'agiter dans la caserne depuis la veille au soir.

Audisio est assis à distance, sur son siège habituel garni de brocart rouge. Un Ghibaudo endolori et Lai à sa droite, Odorizzi et ses deux adjoints à sa gauche. Sgrelli a retrouvé sa place, derrière le petit bureau débordant des papiers habituels, des journaux habituels et maintenant aussi de beaucoup de feuillets qui ont migré depuis le bureau d'Audisio. Il a l'uniforme ordinaire et un visage plus serein. C'est du moins ce que suppose Ghibaudo, qui a rarement vu des visages aussi inexpressifs.

Le brigadier Fabio Quintiliano Moretti exécute le rite.

Il a posé avec la délicatesse d'un vitrier ses flacons pleins de poudre, a disposé divers types de pinceaux, passé des gants immaculés. À sa droite, il y a le couteau qui a tué Pau. À gauche, le verre dans lequel Lianora s'est désaltérée à la piscine, un jour qui semble très loin, et qui est seulement hier.

La démonstration du relevé des empreintes digitales dure une bonne demi-heure. Moretti sait parler clairement, il est concis mais exhaustif. Il n'oublie aucune séquence et montre chaque objet et chaque action particulière à son public comme la sage-femme exhibe chaque nouveau-né. Il est parfaitement à son aise. Ses mains bougent avec légèreté, sans aucune hésitation.

À la fin, l'empreinte sur le manche du couteau est confrontée avec une autre empreinte soigneusement choisie sur le verre.

Audisio se dresse en serrant les dents et se place aux côtés de son brigadier. Il ne profère pas un mot. Son bras droit a été immobilisé, et il doit lui faire un mal de chien, mais tout ce qui trahit l'agression de la nuit précédente, c'est une certaine pâleur, qui devient plus terreuse quand l'adjudant esquisse un mouvement.

– La coïncidence entre les deux empreintes digitales, explique Moretti, uniques et inreproductibles pour chaque individu, nous dit avec certitude que Lianora a manipulé aussi bien le verre que le couteau d'Anania. En particulier, étant donné la position de l'empreinte du pouce, elle nous dit que Lianora l'a aussi utilisé, ce couteau. Tout cela, opportunément expliqué au tribunal, peut conduire à la condamnation de Lianora Mosu née Sanna pour l'homicide de Sebastiano Pau, dit Moretti.

Lai feint de s'intéresser mais un soupir le trahit. Il regarde Moretti comme s'il voyait un homme marcher sur la Lune.

– Un homicide sur trois c'est mieux qu'aucun homicide, dit Audisio, d'une voix affaiblie par la douleur.

– Deux sur trois, mon adjudant. Si vous permettez, je poursuis, dit Moretti.

Ghibaudo est au bord de sa chaise. Il lui semble recommencer enfin à respirer.

– Hier soir, après avoir compris que Lianora était la coupable, je suis aussitôt allé relever ces empreintes sur le verre lui appartenant apporté par le vice-brigadier Ghibaudo, dont la contribution à la science moderne est digne d'éloge. Cependant, je savais que cela ne suffirait pas à démontrer sa culpabilité envers Anania, c'est pourquoi j'ai insisté pour ne pas faire enfermer l'accusée dans la cellule, mais bien dans une chambre quelconque sous surveillance. J'avais un faible espoir, et je n'entendais pas le laisser échapper.

Le silence absolu, interrompu seulement par le réveil des cigales, convainc Moretti de continuer.

– Pour vous montrer de manière concrète ce que j'ai trouvé, je vais devoir vous demander de me suivre plus tard dans la cellule, adjudant. En attendant, j'anticiperai oralement. Par chance, personne n'a fait de nettoyage récemment. Compréhensible, vu la précipitation des événements. Tout au fond de moi, j'espérais que Lianora, déguisée en maçon, avait touché quelque chose dans cette pièce quand elle s'y était rendue pour tuer Anania, et que ce contact avait laissé une empreinte lisible. Chaque contact laisse une trace. Il n'y a pas grand-chose à toucher, là, en effet, mais nous ne sommes pas nombreux à résister à l'appel des poignées et des embrasures de porte, même si on n'a pas un besoin effectif de les toucher. J'ai eu de la chance. Lianora, après avoir tué, a dû essayer d'ouvrir la porte que Sgrelli avait fermée à clé, et puis elle s'est appuyée distraitement au montant quand Sgrelli l'a fait sortir. Résultat de la confrontation : deux séries d'empreintes semblables entre elles sont superposables à celles du verre. Naturellement, si hier au soir nous avions permis à Lianora d'entrer dans la cellule ne fût-ce qu'un instant, nous n'aurions plus été en mesure de soutenir qu'elle les avait laissées précisément le jour du meurtre d'Anania, à savoir le seul jour où elle a eu accès à ce lieu.

Mais comme il parle bien, Moretti, pense Ghibaudo. En vrai carabinier. Pas comme lui.

Audisio est visiblement admiratif, et le montre en plissant les yeux à chaque battement de cils.

– Sans compter une touffe de poils raides que le vice-brigadier Ghibaudo m'a conseillé de chercher et que j'ai trouvée sous le lit de camp de la cellule, en tout point semblable à la barbe postiche de Lianora.

– Deux meurtres résolus, avec des accusations recevables au tribunal, c'est le maximum auquel nous soyons jamais arrivés dans ce poste. Qu'on prépare tout pour le transfert de l'accusée auprès du poste de carabiniers de Nuoro.

Après le salut militaire, les adjoints abandonnent le bureau d'Audisio presque au pas. Sgrelli reste assis où il est, peut-être par amour de sa place retrouvée. Audisio se retire dans ses appartements. Lui aussi a des douleurs et des fatigues, et aussi des déceptions et l'espoir de remettre de l'ordre. Moretti et Ghibaudo rangent son bureau.

– Beau travail, Moretti.

– Tes histoires et mes empreintes. C'est comme ça que ça devra marcher, dans le siècle nouveau.

– Je regrette seulement de ne pas avoir pu rendre justice à Melchiorre, confesse Ghibaudo.

– Ce n'est pas bon de faire une hiérarchie entre les vivants et les morts, mais tu devrais regretter encore plus la cavale de Chicchinu. Il est quand même responsable d'un enlèvement à des fins d'extorsion, et c'est lui qui nous a tiré dessus en blessant Marasco.

À ces mots, Ghibaudo se bloque. Et abandonne à leur destin les chemises qu'il était en train de repositionner sur le bureau d'Audisio.

– Il y a peut-être encore quelque chose qu'on peut faire. À Spaccavento, la tête de Chicchinu apparaît et disparaît à toutes les fêtes patronales. N'importe qui pourrait l'identifier comme le chef de gare de Serra, si on voulait. Et moi, à ce stade, je pourrais témoigner que, quoique parlant d'une tierce personne, ce qu'il m'a raconté était une accusation ouverte contre lui-même.

– N'importe qui pourrait l'identifier mais personne ne le fera. C'est justement la certitude de cette omerta qui le rend si tranquille, conclut Moretti, découragé.

– Mais je connais quelqu'un qui pourrait le faire. Moretti, toi, tu t'arrêtes là. Moi, je dois aller à un enterrement.

Comme s'il avait le feu aux cheveux, Ghibaudo s'enfuit, précédant de peu le petit cortège de carabiniers qui accompagne Lianora menottée hors de la caserne.

Rattrapé par une question qu'il se reprocherait toujours de ne pas avoir posée, Ghibaudo revient sur ses pas.

– Je dois dire un dernier mot à l'accusée, annonce-t-il aux deux adjoints qui la tiennent chacun par un bras, les poignets menottés sur le devant.

Odorizzi, à qui est confié le transfert, hésite, mais devant la fermeté de Ghibaudo il fait un signe à ses hommes qui s'écartent juste assez pour le laisser approcher.

Lianora a un visage déchirant, pour qui a les yeux de Ghibaudo.

– Pourquoi avez-vous tué Anania ? La prison ne vous suffisait pas, pour lui ?

Dans un filet de voix tendu et coupant, Lianora répond.

– C'est votre ami Moretti qui m'y a contrainte. Quand il est venu me chercher, j'ai compris qu'il ne me croyait pas. Qu'il voulait qu'Anania soit libre. Je n'aime pas être obligée de tuer, et alors je l'ai fait de manière à vous frapper dans votre propre caserne. C'est comme ça que travaille Lianora. Mais peut-être que c'est une autre question, que vous devriez me poser.

Ghibaudo attend. Ne bouge pas un muscle, respire à peine.

– Demandez-moi qui a commandé le Massacre de Spaccavento, vu que Mosu était innocent.

– Quoi que vous me disiez, vous ne pourrez pas le prouver. Je ne vous croirai pas.

– Alors je vous dirai seulement que c'était une femme que Pau aurait dû égorger.

41

Outre Ghibaudo, aux funérailles d'Anania, il y avait Felicita, Gavino, Desiderio qui faisait fonction d'enfant de chœur, le prêtre et une caisse à pommes de terre. Felicita l'avait voulu ainsi, vu les bruits qui circulaient sur son frère. Personne ne devrait dire qu'on enterrait un brigand.

– Il est fort possible que son assassin paie, dit Ghibaudo à Felicita et Gavino, dès qu'ils furent sortis du cimetière. La justice pour Anania servira aussi pour toute votre famille.

Felicita lui offre un sourire triste. Gavino l'accompagne en la soutenant par le bras jusqu'à sa charrette. On rentre à la maison, pour préparer une sorte de normalité pour cet enfant à venir.

– Je voudrais que ce soit vous qui gardiez les papiers de mon frère et aussi ceux de Melchiorre, dit d'une traite Felicita en se tournant vers Ghibaudo. Ça ne lui aurait pas déplu, et nous, nous ne savons pas lire.

Ghibaudo regarde Gavino, qui hoche la tête. Puis il prend sous son bras la caisse à patates d'un garçon qui a payé de sa vie l'affection paternelle d'un vieux poète aveugle, coupable de ne jamais avoir connu une justice vraiment juste.

– Avant que vous partiez, j'ai un mot à vous dire, Gavino.

Les deux hommes s'éloignent de quelques pas.

– Nous ne réussirons pas à prouver la culpabilité de Lianora pour le meurtre de Melchiorre. Je suis navré de vous le dire, mais je ne peux pas vous mentir.

Gavino fait oui de la tête.

– Mais nous pouvons punir un autre brigand. Il a participé à l'enlèvement de Mosu et a tiré sur notre brigadier.

– Qui est-ce ?

– Le poète Chicchinu. Vous le connaissez ?

De nouveau oui avec la tête.

– C'était un ami de Melchiorre. Je l'ai souvent vu du côté de Spaccavento.

– Melchiorre n'a pas rendu un bon service à Anania, et Chicchinu non plus. Le premier en tout cas ne méritait pas la mort, et le second ne mérite pas la liberté. Vous pourrez l'identifier officiellement ?

Gavino lance un regard circulaire. Une petite brume d'une douteuse innocence, qui depuis cette nuit flottait sur Serra, est en train de se dissiper pour laisser place au soleil. Son regard se pose sur Felicita, qui les observe sans aucune question dans les yeux.

– Ça servirait à quoi ?

Cette fois, c'est au tour de Ghibaudo. Il demande au gazouillis des oiseaux une réponse vraie et forte à la fois. Il ne trouve rien de mieux que sa vérité, à peine découverte, peut-être pas assez forte, mais c'est la sienne.

– Ça servirait à semer une justice qui ne répand pas le sang, qu'il soit innocent ou coupable. Si nous n'en cueillerons pas les fruits, que ce soient au moins nos enfants qui le fassent.

Gavino inspire profondément. Se passe une main sur le visage, comme pour ôter une toile d'araignée qui lui gêne la vue. Puis il tend la même main à Ghibaudo, qui la serre fort.

– Vous savez où venir me chercher.

42

Aujourd'hui, on le dirait revenu, le bon été, celui qui fait mûrir les fruits sans assécher les puits et les âmes, et un jour pareil n'est pas un jour à perdre. C'est pourquoi un Ghibaudo fatigué, endolori, ensommeillé, se trouve là, devant l'hôpital des Capucins, plutôt que de rester au repos à la caserne, pour accomplir jusqu'au bout son devoir.

Son devoir est de remercier publiquement celui qui a risqué sa vie pour lui.

L'hôpital des Capucins est un ex-couvent, et de l'extérieur c'est à ça qu'il ressemble, en tout et pour tout.

Le hall surprend Ghibaudo, il s'ouvre sur deux grands escaliers de marbre inondés de lumière venant des grandes vitres du premier étage. Le docteur Spano vient à sa rencontre. Il porte une chemise sombre et les personnes qui vont et viennent le regardent avec révérence. Il l'accueille de manière théâtrale, entouré de son public personnel. Il est dans son royaume urbain, après s'être nettoyé les chaussures de la poussière du village, et il accompagne un vaillant et honnête carabinier venu accomplir son devoir. Tout le monde, médecins, patients, parents, infirmières, cuisiniers, aides-soignants, aiment les histoires d'héroïsme moderne.

Ghibaudo fait courir son regard sur le passage rempli de gens qui travaillent là, ou qui sont là pour aider leurs parents malades. Maintenant, il ne lui reste plus qu'à se faire escorter jusqu'à la chambre par le docteur.

– C'est une salle avec de nombreux lits, mais nous avons fait en sorte que le brigadier Marasco puisse être seul, lui fait savoir le docteur Spano.

Même sa façon de parler – la manière dont il prononce les *s* – semble différente ici. Plus *raffinée*.

Ghibaudo attend que le médecin s'en aille. Il ne bouge pas.

Il rassemble son courage.

– Je voudrais rester seul, si ça ne vous dérange pas.

Signes de consternation, mais bien entendu, ça se comprend, l'héroïsme d'une âme noble n'est pas une chose qu'on exhibe sur la place publique.

Ghibaudo attend que les pas du docteur ne soient plus audibles. Le couloir où il se trouve est inondé d'une lumière claire, pure, radieuse. La porte de la chambre de Marasco est à moitié ouverte.

Ghibaudo avance prudemment, un pas après l'autre, vers le seuil.

Quel idiot, de croire qu'il pouvait être vraiment seul.

Elle est assise sur une chaise à côté du lit. Lui, il faudrait que Ghibaudo se penche à l'intérieur pour le voir. Il n'en aperçoit que la main, entre les doigts délicats d'une jeune femme qui ne lui a pas paru si belle, la première fois qu'il l'a vue. Son profil noble et franc parle pour elle. Les cheveux sont d'un châtain si brillant qu'aucune blondeur ne saurait l'égaler.

Elle bouge les lèvres. Lui murmure doucement quelque chose. Elle sourit souvent. Elle a des fossettes quand elle sourit.

Un coup d'œil rapide autour d'elle, sans raison, et elle le voit.

– Brigadier !

Elle se lève et va à sa rencontre avec la plus belle spontanéité qu'un visiteur puisse désirer.

– Lorenzo, le brigadier est là ! Il vous attend depuis des jours, vous savez, il parle tout le temps de vous ! Entrez, je vous prie !

Ghibaudo retire son chapeau et fait deux pas en avant.

Il voit le visage de Marasco, et voudrait ne rien voir d'autre pour le restant de sa vie.

– Elle est parfaite, lui dit-il.

Il le pense vraiment. Elle a ramassé son châle léger en se déclarant contente de laisser les deux hommes seuls et a glissé comme un nuage vers la porte.

– Assieds-toi.

– C'est sa place.

– Maintenant, elle est libre.

Ghibaudo serre son chapeau entre ses mains. Les yeux de Lorenzo sont redevenus bleus comme il se les rappelait, et les lèvres aussi ne sont plus pâles et ternes, mais roses, charnues. Belles.

– Je suis venu te remercier de m'avoir sauvé la vie.

Marasco grimace.

– Phrase impeccable, mais tragiquement erronée.

Ghibaudo tente un sourire forcé qu'il ne réussit pas très bien. Il ne comprend pas, et n'est pas spontané. Ridicule, plutôt, il le sait.

– Ce n'est pas la vie que nous voulions, dit Marasco.

Ghibaudo trouve le courage de le fixer, de s'attarder entre ses cils, après tant de temps.

– Pourquoi tu dis ça ?

– J'aurais préféré qu'on soit morts ensemble, répond Marasco dans un filet de voix.

Un tremblement s'empare en traître des viscères de Ghibaudo. Une boule lui monte dans la gorge.

Il pose son chapeau au pied du lit.

– Pourquoi tu n'as pas fait feu ? demande-t-il. Le bandit était à portée de tir. Le premier coup t'avait indiqué sa position dans le noir.

Ghibaudo le regarde comme s'il implorait une réponse, n'importe quelle réponse plutôt que la pensée terrible qui lui traverse l'esprit.

– Parce qu'à ce moment-là, je t'ai vu mourir.

– Si seulement tu avais tiré, à cette heure tu irais bien et moi aussi. Personne ne serait mort.

Et tout serait resté comme avant, voudrait ajouter Ghibaudo, mais il se tait.

– Je n'ai pas tiré parce que je ne voulais sauver ni toi ni moi. Sais-tu combien de fois j'ai pensé qu'il n'y aurait rien pour nous, à part mourir ensemble ?

Les yeux de Marasco semblent fiévreux. Ils cherchent dans ceux de son camarade un quelconque signe d'approbation.

Un frisson parcourt le dos de Ghibaudo.

Le silence tombe dans la salle. Un bruit de pas arrive du couloir. Une porte claque au loin.

– Je ne suis pas le héros que tu pensais, donc.

Le visage de Marasco est maintenant déformé par une grimace de colère, ou peut-être de douleur.

– J'étais ton camarade, Lorenzo. Je veux dire…

– Je sais ce que tu veux dire. Carabiniers avant tout. Je ne t'ai pas protégé, je t'ai exposé au danger et à la mort comme aucun carabinier ne devrait le faire avec un autre. C'est ça ? dit-il avec mépris, d'une voix trop haute, que ses forces peinent à soutenir. Ne pense pas à aller le raconter. Qui te croirait ?

Ghibaudo ouvre la bouche deux fois sans pouvoir rien ajouter. Encore un frisson glacé, qui descend le long du dos. Peut-on chercher sa propre mort et celle d'autrui par amour ? Une envie de vomir étreint son estomac vide. Il sort un mouchoir de sa poche et se le passe sur le visage, pour affronter le pire au cas où ça arriverait. Ça n'arrive pas.

Sa respiration redevient peu à peu régulière, son estomac se détend assez pour lui laisser ranger son mouchoir. Marasco regarde un point fixe sur le mur d'en face, la tête abandonnée sur le coussin, comme si quelque chose était sorti de lui pour toujours.

– Tu vas rentrer en Toscane ? demande Ghibaudo.

N'importe quelle question pour sortir des cauchemars et rentrer dans le monde.

Marasco se secoue.

– Dès que je me sentirai mieux. Mais je n'ai pas l'intention de me faire transférer, pour le moment. Je reprendrai mon service ici tout de suite après le voyage de noces, puis on verra. Je crois qu'aucun de nous n'a envie de rester longtemps en ce lieu. Pas même toi.

Nous. Tu. Des mots qui gênent.

Ghibaudo détourne le regard et sent celui de Marasco sur lui. Il guette ses réactions, Ghibaudo le sait.

– Je crois que tu ne devrais pas reprendre du service, dit-il enfin.

Je crois qu'aucun carabinier ne devrait plus jamais se fier à toi, ou mettre sa vie et sa protection entre tes mains, il voudrait lui crier au visage, si seulement il avait le courage de tirer sur un homme dont l'âme est déjà tellement écrasée.

– Tu vas avoir besoin d'une longue convalescence, et en tout cas, ton épaule ne pourra plus être comme avant, ajoute-t-il en hâte.

La dernière phrase se brise en l'air. Marasco se remet à scruter le mur blanc frappé par le soleil.

– D'ici peu, ta fiancée sera de nouveau ici. Il vaut mieux que j'y aille, dit Ghibaudo en se levant et en récupérant son chapeau entre les draps.

– Assieds-toi un instant, tu veux ?

Marasco fait un signe de la main, puis la pose sur le matelas à côté de lui.

Ghibaudo reste debout, devant ce spectacle de folie.

– Porte-toi bien, Marasco.

Il se retourne un instant sur le seuil avant de disparaître.

– Oui. Toi aussi.

43

Et les voilà, Ghibaudo et Moretti, deux valeureux carabiniers à cheval côte à côte sur la très tordue Route Droite.

Le soleil s'est couché sur cette journée infinie dans laquelle il s'est passé plus de choses qu'il n'en arrive normalement dans la moitié d'une vie.

Les gamins se bousculent vers le dîner frugal qui les attend. C'est juillet, on donne volontiers un coup de dents à une tomate mûre saupoudrée de sel, à une poire avec un morceau de fromage, à un quignon de pain avec de la ricotta. C'est juillet et tout semble facile.

La maison de Lianora va rester déserte et a désormais quelque chose de spectral, pense Ghibaudo.

Les deux carabiniers regardent du haut de la route principale la mare d'eau boueuse autour de laquelle n'errent pas plus de trois malheureux. Le bruit s'est répandu, mais partiellement. D'ici quelques jours, cet endroit redeviendra une simple flaque de boue.

Pendant ce temps, sur l'esplanade à gauche de la route, le cousin du maître d'école repose un râteau avec lequel il a feint de nettoyer le champ. Il voit les deux brigadiers et les salue d'un signe de tête.

– Ça fait deux jours que les lettres anonymes n'arrivent plus, observe Moretti.

– Cette fois, Anania a vraiment fini toute son encre, répond Ghibaudo.

– En tout cas, ce ne sera plus notre affaire. Et pas même celle de ce pauvre Marasco.

Ghibaudo ne répond pas. Il n'y a pas un seul point de son corps qui ne lui fasse pas mal, à chaque pas de son cheval. Et pourtant, il se sent guéri. Il ferme les yeux un instant, puis recommence à regarder autour de lui en feignant l'attention requise pour une véritable patrouille de reconnaissance. En réalité, il prend congé de chaque pierre, de toutes les personnes qu'il rencontre – et qu'il connaît moins que les pierres, à quelques exceptions près.

– Ça te plaira de travailler à Rome, tu vas voir. J'écrirai à ma mère pour qu'elle commence à te chercher un bel appartement au Champ de Mars.

– Pourquoi pas ? approuve Ghibaudo.

L'euphorie de Moretti est contagieuse. Il a obtenu son transfert dans la capitale et la charge de prendre les contacts utiles afin de répandre les pratiques de l'invention scientifique dans le Corps des carabiniers royaux. L'opération conclue, il pourrait arriver même qu'il monte en grade, de sorte que le nouvel officier Moretti puisse disposer des hommes et des moyens utiles pour fonder le premier cabinet scientifique du Corps.

Audisio a apprécié l'expérimentation de la matinée, mais il n'est pas homme à s'en contenter. Il a dû passer les heures suivantes à prendre des contacts à Rome : vérifier, confronter, appeler officieusement quelques hauts personnages, un ami fidèle dans le corps de police, un avocat expert en affaires de droit pénal, pour en savoir plus sur cette histoire d'empreintes.

À lui, Ghibaudo, on a laissé officieusement le choix. Rester là, avec un grade plus élevé, à commander dans ce même poste, ou bien aller à Rome avec son collègue Moretti en qualité de brigadier.

Vraiment, je devrais m'asseoir là ? avait pensé Ghibaudo devant Audisio, en trouvant la chose très drôle, sans prendre garde que tout ce beau mobilier suivrait l'adjudant vers une destination non encore révélée. Au maximum, il lui serait resté une chaise en paille.

– Je vous donne vingt-quatre heures, Ghibaudo, avait dit Audisio, pour rester fidèle à lui-même.

Il lui avait fallu moins de temps, en vérité. Il lui avait suffi d'une marche au grand air vers le chêne solitaire devant la caserne, et une proposition très inconvenante.

Juste avant de sortir pour son tour d'inspection, Ghibaudo avait respecté la promesse d'expliquer à Desiderio comme on faisait pour faire ce qu'il faisait lui.

– Tu sais lire et écrire, Desiderio ?

Le garçon, assis sur un tabouret devant le foyer de la cuisine, avait l'air de quelqu'un pris en flagrant délit. Sa mère s'agitait alentour en faisant mine de ne pas écouter. C'est une femme petite, maigre, avec un sourire à trois dents, qui dépense vraiment peu mais sait être à sa manière généreuse, c'est-à-dire en condiments et en épices. Le chevreau promettait.

– J'apprends ! avait lancé enfin Desiderio.

Sa mère s'était tournée avec un mouvement sec de la tête, une louche à la main. Ça, ça devait être nouveau pour elle.

– Depuis combien de temps tu apprends ? avait demandé doucement Ghibaudo, qui se reconnaissait du flair pour les demi-mensonges depuis sa tendre enfance, flair développé devant les discussions entre son père et sa mère.

– Trois jours. En comptant aujourd'hui.

Ghibaudo avait fait la tête de celui qui ne comprend pas, mais s'amuse tout de même.

– Depuis que je vous apporte les journaux ici, à la caserne, monsieur. J'étudie les grandes lettres sur la première page.

– Bien. C'est, disons, une bonne voie, qui a déjà porté ses fruits par le passé.

Le visage du garçon s'était éclairé d'un sourire, le premier qu'on ait jamais vu sur un visage dans le coin.

– Mais, par sécurité, j'en parlerai avec Sgrelli. Lui, il possède bien l'alphabet, et il pourra te donner un coup de main quand il n'est pas en service.

Après une bonne demi-heure passée à la cuisine avec Desiderio à parler de service militaire et d'enrôlement volontaire, tout en s'enivrant à la fois de ses valeureuses seize années et des odeurs du chevreau en sauce, Ghibaudo avait décidé de faire quelques pas en sortant par-derrière pour mieux supporter la langueur de son estomac jusqu'au soir. La cour et les écuries avec leur odeur d'étable lui iraient très bien.

La calèche du docteur Spano juste devant la caserne l'avait surpris, mais un instant seulement. Amelia caressait la tête du petit cheval en le confiant aux bons soins de Desiderio.

Ghibaudo avait décidé de faire l'homme du monde et d'inaugurer une espèce de nouveau courage qu'il sentait en lui depuis quelques heures.

– Ne me dites pas qu'il y a un autre malade qui a besoin de soins, dans cette caserne.

– Oh, vice-brigadier Ghibaudo ! Non, vraiment, non.

Le sourire d'Amelia était prudent, mais sincère.

– En vérité, je suis ici pour vous.

Ça s'annonçait comme une nouvelle journée de surprises.

– Voulez-vous m'accompagner pour une promenade, disons jusqu'au chêne et retour ? avait proposé Ghibaudo.

La jeune femme portait un ensemble avec un corset serré et une jupe ample, à vue d'œil un peu plus courte qu'elle n'aurait dû l'être, avait pensé Ghibaudo qui soudain se sentait expert en tout. La masse de cheveux bouclés était maintenue par une coiffure laborieuse, intriquée, un délicat enchevêtrement de ronces surmonté de deux fleurs des champs.

Les règles du respect veulent qu'on fasse semblant que tout ce qui a été vu dans des situations compromettantes n'ait jamais existé, cela Ghibaudo le sait bien, et donc il s'est préparé à un gentil bavardage sur tout et sur rien, dans l'espoir que le train des émotions qui l'avait renversé cette fameuse nuit ne surgisse pas en traître.

Fais mine de rien, et parle de choses et d'autres, Ghibaudo.

– Vous vous êtes forgé une opinion par rapport à ce que vous avez vu il y a deux nuits, vice-brigadier ?

Ghibaudo avait trébuché, simulé une quinte de toux, puis déclaré :

– Absolument aucune, mademoiselle.

– Je suis une femme libre, vice-brigadier. Et je ne crois pas que les rapports sexuels en dehors du mariage doivent être réservés aux hommes, au seuil du XXe siècle. D'ailleurs, il y a de moins en moins de femmes qui le croient, vous savez ? Disons qu'il vous a été donné d'en avoir la preuve.

– Moretti est ce qu'on appelle un bel homme. Intelligent. Ambitieux. Non dépourvu d'un certain code d'honneur personnel. Et, surtout, il va retourner à Rome dès que possible. Il est juste un peu fiancé, mais cela pourrait ne pas être un problème.

Cette fois, ça avait été au tour d'Amelia de marquer le pas, en restant bouche bée comme si elle n'en croyait pas ses oreilles, et encore moins ses yeux.

– Eh bien ? Qu'ai-je dit ?

– Vous n'aurez pas imaginé quand même que je suis tombée amoureuse de Moretti ? Ou, pire, que je veuille l'utiliser ?

Au lieu de le gifler, Amelia s'était laissée aller à un rire tellement cristallin qu'il en était contagieux. Ghibaudo s'était retrouvé à rire comme un gamin idiot sans savoir pourquoi.

Alors, Amelia l'avait pris par le bras.

– Ça m'a fait plaisir de… d'avoir connu Moretti, voilà. Mais comme je vous l'ai dit, je n'ai aucune intention de jouer les épouses. Je veux seulement aller à Rome et devenir médecin.

– Vous en avez parlé avec votre père?

Amelia avait longuement soupiré, avec emphase.

– Oui. Je lui ai enfin parlé.

– Et?

– Et c'est comme je pensais: aucun problème, si mon mari m'accompagne à Rome.

– Vous êtes dans une impasse comme je l'avais prévu, mademoiselle. Vous ne voulez pas être épouse, mais vous avez besoin d'un mari.

Ghibaudo commençait à apprécier cette conversation, si différente de toutes celles qu'il avait jamais eues dans la vie. En vérité, il ne se rappelait pas avoir parlé avec une femme qui ne soit pas sa mère. Il aimait ce rôle de confident, de presque ami, qu'il avait avec elle depuis qu'ils se connaissaient. Il était sur le point de se demander s'il était prudent de se confier lui-même à son tour. De se libérer de ses propres pensées, de l'histoire avec Marasco tragiquement finie. Tout à coup, elle lui semblait l'unique personne qui ne le condamnerait jamais pour ce qu'il était vraiment.

– Ça ne sera pas facile, mais j'ai peut-être la solution. Voilà, mettez-vous là, vice-brigadier.

– Où, comment?

– Ici, debout, sous le chêne. Ne bougez plus. Voilà!

La brise chaude et légère de cette fin d'après-midi emportait leurs rires.

– Et, maintenant, écoutez-moi sans m'interrompre. Prêt?

Ghibaudo fit oui de la tête. Sérieux. Le chapeau collé contre la poitrine.

– Vice-brigadier Je-ne-sais-quel-prénom Ghibaudo, voulez-vous m'épouser?

Si elle lui avait donné un coup de coude dans l'estomac, ça lui aurait moins coupé le souffle.

– Naturellement, après avoir accepté la proposition d'être transféré à Rome.

– Vous êtes une sorcière ! Qui vous l'a dit ? avait temporisé Ghibaudo.

– Mon père est devenu très ami avec l'adjudant Audisio, après toute cette douloureuse affaire.

– Amelia, je…

– Je le sais, que vous ne voulez pas d'épouse. Je le sais, je l'ai vu par moi-même, je l'ai su quand vous vous êtes assis au chevet du brigadier Marasco. C'est-à-dire trois minutes après vous avoir rencontré.

Le visage malheureux, interdit, interrogatif, par moment inexpressif, de Ghibaudo la fixait sans émettre un son.

– Mais je sais aussi que vous êtes intelligent, très intelligent. Et réfractaire aux conventions, aux censures, aux limitations que les autres font peser sur les êtres humains, justement parce que vous aussi risquez d'en être victime. Presque comme une femme.

Amelia s'était approchée pour lui prendre la main et, adoucissant le ton de sa voix, elle lui avait dit :

– Je sais aussi que vous me soutiendrez de toutes les façons dans la réalisation de mon désir. Moi, de mon côté, je ferai de même avec ce que vous voudrez réaliser, vous. Et puis, je pourrais être utile à votre travail, et vous au mien. Nous pourrions vivre en bons amis, sans aucun besoin de… de…

À ce moment, Ghibaudo commençait à percevoir la cruauté de son propre silence et de son air abruti.

– Asseyons-nous un instant, voulez-vous ? Ici, sous le chêne, comme pour une promenade à la campagne.

Amelia avait dit ce qu'elle avait à dire, l'avait dit de son mieux et maintenant elle allait garder le silence, ça, c'était clair.

– Je suis sûr que vous seriez une amie honnête. La meilleure amie qu'on puisse espérer. Mais viendra le moment où vous ressentirez le désir légitime d'un homme, un homme comme Moretti, j'entends.

– Je le ressentirai comme vous le ressentirez, vous, j'imagine.

Amelia avait parlé sérieusement, sans la moindre trace de sarcasme.

– Comment pensez-vous gérer cela ? Nous ne sommes pas des animaux domesticables, vous et moi.

– Je ne sais pas. Je n'y ai pas pensé. Nous verrons si et quand cela arrivera. En tout cas, je ne serai jamais là pour vous dire quoi faire de votre vie, cela je vous le promets.

Le regard adouci de cette fille indomptée éveillait maintenant chez lui une tendresse telle qu'il l'aurait embrassée là, sans aucune réserve.

– J'ai aimé deux personnes dans ma vie. J'en porterai toujours la marque.

– Je ne vous demande pas de m'aimer comme vous aimeriez un homme. Je vous demande de m'aimer bien comme Amelia, c'est tout.

– Et vous, comment m'aimerez-vous ? Vous ne connaissez même pas mon prénom !

Un rire avait allégé leur respiration.

– Je sais des choses plus importantes sur vous. En tout cas, comment vous appelez-vous ?

– Robespierre.

– Robespierre ?

– Mère socialiste anarchiste. Vous avez l'autorisation de rire.

– Insolite, dirais-je. Beau, raffiné. Français. Si nous nous marions, je t'appellerai Pierre, avec ta permission, avait dit Amelia en savourant ce prénom.

L'estomac de Ghibaudo avait été troublé pendant un instant et une boule d'émotion lui avait bloqué la gorge.

– Tu ne dois pas me donner une réponse tout de suite. Mais promets-moi que tu y penseras, Pierre Ghibaudo.

– J'y penserai. Sérieusement, j'y penserai.

Et bras dessus, bras dessous, ils étaient revenus sur leurs pas.

NOTE DE L'AUTEURE

Noir d'encre est une histoire imaginaire qui vole sur les ailes de la réalité.

Les personnages de Ghibaudo, Moretti et Audisio sont un hommage aux nombreux carabiniers qui luttèrent contre les brigands pour défendre la population, comme le raconte en 1914 l'adjudant-chef des Carabiniers royaux Giuseppe Farris dans son livre *Dieci anni di brigantaggio in Sardegna,* et comme le racontent les nombreuses chroniques admirablement collectées dans la section Histoire du site des carabiniers, à laquelle je suis redevable pour mille détails.

Le personnage d'Anania s'inspire des écrivains de brigands, qui ont réellement existé, dont les écrits anonymes sont devenus objets d'étude, comme le témoigne Pietro Trifone dans son essai *Pocoinchiostro. Storia dell'italiano comune* (2017).

Le poète aveugle Melchiorre doit son nom et bien plus encore au poète en langue sarde Melchiorre Murenu, vrai champion de la poésie *a bolu* (au vol), né à Macomer en 1803 et mort dans des circonstances obscures environ cinquante ans avant les événements racontés. Les vers en sarde du Logudoro (Nord-Est de la Sardaigne) cités dans le roman sont en fait un hommage à un des poètes *a bolu* les plus connus et aimés de la tradition sarde de la deuxième moitié du XIXe siècle,

Gavino Lucinao Contini. Je les transcris ici en italien, au bénéfice du vice-brigadier Ghibaudo :

Chi fa il poeta per mestiere / – come dice il proverbio – muore / mendicante ; / e io, nonostante lo veda da me stesso, / lo faccio solo per capriccio.

Qui fait le poète de métier / – comme dit le proverbe – meurt / mendiant ; / et moi, bien que je le voie bien moi-même, / je le fais seulement par caprice.

Contrairement à ce que pense le brigadier Moretti, l'histoire de la brigande et des deux carabiniers racontée par Lianora a un fond de vérité. Pour la reconstruction de son personnage et pour beaucoup d'autres questions, je suis redevable au long article "Banditesse sarde tra ieri e oggi" écrit par Anna Silvia Todde et publié dans la *Rivista di Psicodinamica criminale* (3/2010).

Les chroniques de crime, les lettres anonymes et les procès-verbaux sont copiés sur des documents historiques, dans une langue un peu domestiquée.

Les pilules Cooper et les bonbons végétaux Costanzi ont vraiment existé, comme toutes les publicités qui plaisent tant à Anania : en témoignent les quotidiens de l'époque consultables sur les bibliothèques en ligne.

Serra et Spaccavento sont des villages de fiction, reconstruits grâce à quelques pages du *Dizionario geografico-storico-statistico-commerciale degli Stati di S.M. il Re di Sardegna* (1833-1856), sous la direction de Goffredo Casalis. Les rubriques relatives à la Sardaigne ont été écrites par le Cagliaritain Vittorio Angius, historien et homme politique du XIXe qui, comme le carabinier Lai, quand il sait quelque chose, c'est qu'il le sait.

Amelia, Desiderio, Felicita et Gavino ont surgi des régions impénétrables de l'esprit juste pour réaliser leurs rêves. Je peux me dire heureuse de les avoir aidés.

Le docteur Aurelio Spano m'a appris qu'on peut cautériser une plaie avec de la poudre à canon, et d'autres secrets de l'art médical du XIXe ; il fêtera les noces de sa fille avec le Piémontais Ghibaudo et se préparera une vieillesse sereine, sans imaginer le moins du monde quelle affaire incroyable l'attend sur l'île du phare.

En attendant, le carabinier Sgrelli et sa belle mécontenteront ses riches parents à elle en se mariant ; ils partiront en voyage de noces à Rome où ils déjeuneront avec Amelia, Ghibaudo et Moretti dans le sélect restaurant Ronzi & Singer, via del Corso (qui malheureusement pour nous n'existe plus). En échange d'une nouvelle enquête et d'une autre promotion, le brigadier-chef Moretti acceptera de payer pour tous.

À la fin de cette histoire, je me mets debout sur la caisse de coupures de journaux de Melchiorre pour dire à haute voix mes nombreux remerciements :

À Stefano, Miriam et Zea Fabbro, avec qui je cultive chaque jour amoureusement un riche verger.

À Mariuccia Caratelli et Biagio Vallefuoco, nous trois ensemble entre ciel et terre.

À Maurizio Caratelli, mon conseiller spécial pour toutes les questions médicales, et à Roberto Caratelli, l'un et l'autre sang de mon sang.

À Nina Cordedda, jeune fille du siècle dernier qui de Sardaigne prit le ferry-boat, et à Mario Caratelli qui en tomba amoureux.

À la famille Fabbro et à la famille Vallefuoco, répartie entre les Alpes et la Méditerranée.

À Cataldo Cazzato, Andrea Galla, Salvatore Lecce et Fabiano Massimi, frères d'encre.

À Giordano Aterini, pour sa générosité, son enthousiasme et sa compétence ; à Massimiliano Borelli, gardien inestimable des mots parfaits ; à Alessandro et Andrea Cavallini du Studio Karamazov pour l'image de couverture ; à Elena Biagi pour sa gentillesse et son professionnalisme ; à tous ceux qui ont contribué à rendre réel ce livre aux éditions Mondadori.

À qui est arrivé à lire jusque-là, et qui s'est amusé.

Cet ouvrage a été composé par
Atlant'Communication
au Bernard (Vendée)

ACHEVÉ D'IMPRIMER SUR ROTO-PAGE
PAR L'IMPRIMERIE FLOCH À MAYENNE
EN FÉVRIER 2024

N° d'édition : 0763001 – N° d'impression : 104361
Dépôt légal : avril 2024

Imprimé en France